10대,
지금은
내일을
준비할
시간

10대들의 내일을 위한 인생 설계도

10대,
지금은
내일을
준비할
시간

● 노명화 지음

인생의 피크 타임, 지금 이 순간

소풍을 가기 전날은 언제나 좋았다. 일단 학교가 일찍 끝나서 좋았고, 아주 가끔씩은 엄마에게 억지로라도 용돈을 타내서 소풍날 입고 갈 새 옷을 사러 가기도 해서 좋았다. 또 친구와 재잘거리며 수다를 떨다 보면 소풍날엔 뭔가 특별한 일이 벌어질 것만 같은 기분에 사로잡히곤 해서 좋았다.

밤이 되면 내일 아침 비가 오지 않기를 간절히 기도하며 잠이 들고 엄마가 굳이 깨우지 않아도 혹은 평소와 달리 한두 번만 깨워도 벌떡 눈이 떠지는 날, 엄마의 김밥 싸는 모습을 보고 흐뭇해 하며 씻지도 않은 채 입속으로 김밥을 넣기도 하는 날, 얼른 씻고 아침 먹으라는 엄마의 잔소리가 달콤하게 들리는 날, 그날은 바로 소풍날 아침이었다. 게

다가 어제의 기도대로 날씨가 맑다면 기분은 날아가기 일보 직전. 결코 늦지 않았음에도 서둘러 과자가 수북이 든 가방을 챙기며 집을 나설 때의 기분이란 말로 표현하기 힘들 정도였다.

아마 10대인 그대들도 지금 그러할 것이다. 인생을 놓고 볼 때 10대 시절이 바로 소풍 전날, 소풍을 가기 바로 직전의 모습 같다는 생각이 든다. 아직 가지 않은 소풍에 설레듯 그대들도 그대의 삶을 설레어 하며 내일을 꿈꾸고 있기 때문이다. 그래서 그런지 그대들을 보면 나는 기분이 참 좋다.

꿈을 꾸면 하루하루가 설렌다. 물론 꿈을 현실로 이루기 위해서는 펄펄 끓는 용광로와 같은 열정과 최고의 CEO들만이 내리는 단호한 결단력, 그리고 CIA가 부러워할 정도의 재빠른 추진력이 그대에게도 필요하다. 그대는 이러한 것들을 갖고 있는가? 갖지 못했다고? 괜찮다. 이 책을 끝까지 다 읽은 후에는 갖게 될 테니 말이다.

지금 이 순간, 그대가 할 수 있는 그 무엇을 해야 한다. 그것이 어른이 되어서도 전혀 써먹을 것 같지 않은 미적분이라도 말이다. 물론 여기서 그 무엇이란 단순히 영어나 수학 공부를 말하는 것이 아니다. 그렇지만 자신의 꿈이 학업과 밀접한 관련이 있다면 공부밖에 모르는 범생이 같아서 폼이 안 나도 하라. 꿈을 이루면 그대 인생 자체가 폼 나게 마련이니까 말이다.

지금부터 10년 후, 20년 후 어떤 이름으로 불리기를 원하는가? 어떤 모습으로 살아가기를 원하는지 생각한 후 글로 적어보라. 거기에 그대가 원하는 답이 있을 것이다. 그리고 그런 모습으로 살아가고자 한다면 지금 현재 내가 할 수 있는 일이 무엇인지 생각해보라. 그 일이 바로 '꿈을 위한 공부'다.

세상만사가 공부다. 세 명이 함께 길을 걷다 보면 그중 한 명에게서는 반드시 배울 점이 있다고 하지 않는가. 그래서 그대에게도 코앞에 닥친 학교 시험만을 위한 공부가 아니라 꿈을 위한 공부를 하라고 말하는 것이다. 내가 하고 싶은 말은 엄마를 위한 공부가 아니라 '그대 꿈을 위한', '그대 스스로를 위한 공부'를 하라는 것이다.

꿈을 위한 공부를 한다면 다양한 선택의 기회를 가질 수 있다. '선택의 기회', 이 얼마나 달콤한 말인가. 인생에서 스스로 선택할 수 있다는 것 자체가 얼마나 짜릿한지 그대는 반드시 느껴봐야 한다.

학교 공부를 잘하는 우등생만이 꿈을 이룰 수 있는 것은 절대 아니다. 뜨거운 열정이 꿈을 현실로 바꾸는 것이다. 그대의 현실이 깜깜한 밤처럼 느껴질수록 꿈을 꾸고 꿈을 위한 공부를 해야 한다. 그래야 그대 삶에 다양한 기회가 생긴다.

변화하라. 진정한 변화는 스스로 마음을 먹는 순간만 가능하다. 그대가 변하기로 마음을 먹고 행동을 한다면 그 순간부터 그대는 새로 태어나는 것이다. 그런 용기 있는 행동들로 그대들은 한 발짝씩 꿈에 다가갈 수 있을 것이다. 잠을 설칠 정도로 설레는 꿈을 가지게 된다면 스스로가 어찌 변하지 않겠는가.

인생은 '선택'과 '집중'이다. 그대의 멋진 삶을 그대가 선택하기 위해 지금, 이 순간 그대의 꿈에 집중하라. 까만 하늘의 별이 더 빛나 보이듯 곧 그대 하늘도 눈부시게 빛날 것이다.

그대여,
지금 이 순간부터
미래의 자신을 위해 내일을 준비하라.

노명화

차례

chapter 4 젊음, 무한도전을 하다

chapter 5 책 숲에 빠지는 날

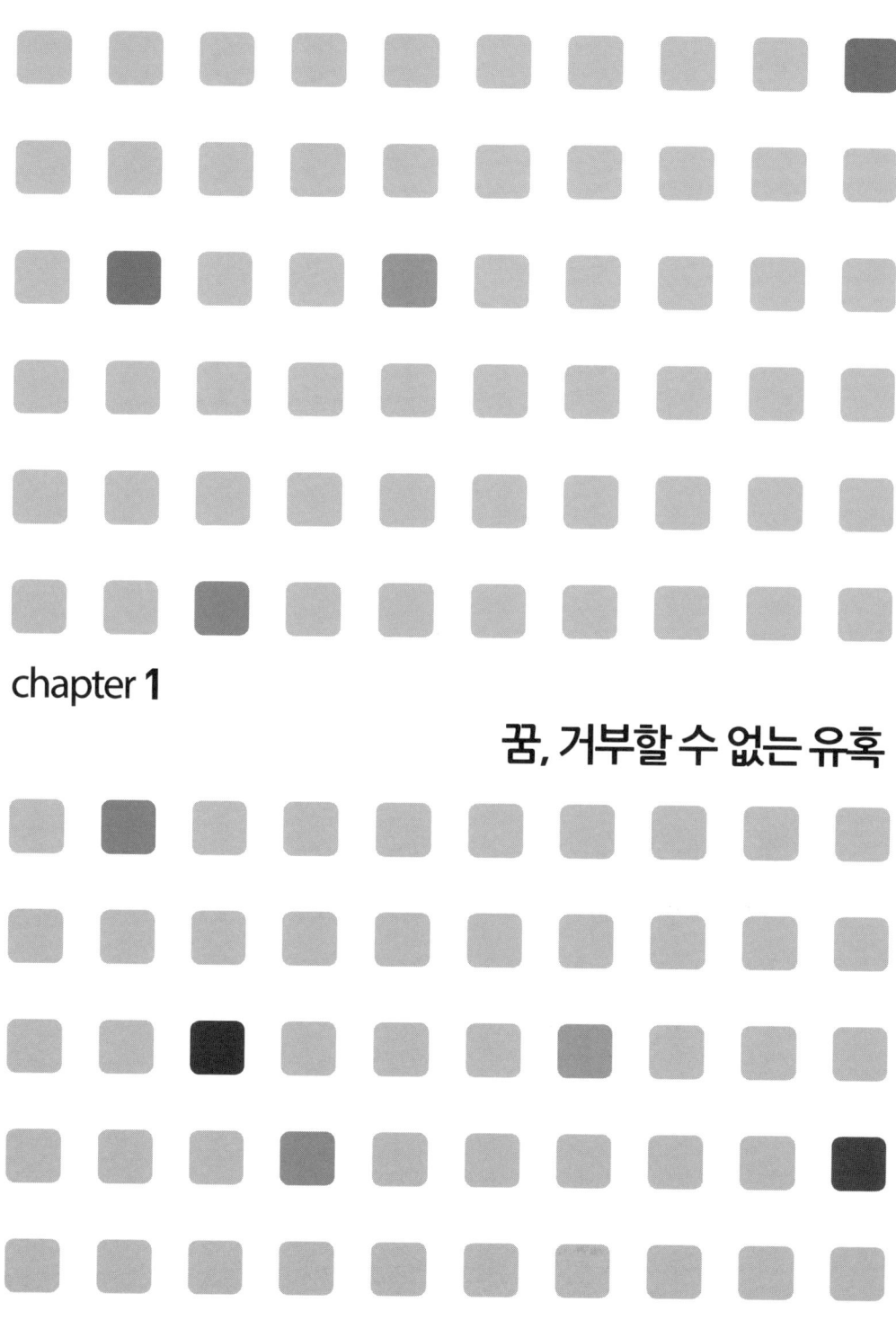

chapter **1**

꿈, 거부할 수 없는 유혹

삶이란 이정표가 없는 곳에서 나만의 표지판을 찾아 새로운 길을 걷는 것이다. 가끔은 예상치도 못하게 좌절하기도 하고, 길을 걷다가 넘어져 상처가 생기기도 한다. 그렇지만 실수나 실패를 하지 않고 살아가는 이는 아무도 없다. 수많은 시행착오를 반복하더라도 스스로가 가야할 길을 향해 묵묵히 걸어가면 될 뿐이다. 나만의 속도로 천천히 가면 된다. 조금 오래 걸려도 괜찮다. 언젠가는 목적지에 도착하게 되어 있다. 그러니 꿈을 가진 그대여, 시간에 너무 연연해하지 말라.

어설픈 꿈,
사형에 처하라

　요즘 아이들은 참 바쁘다. 학교는 물론 학원도 다녀야 하고 공부도 해야 한다. 대학입시를 위해 미리 준비할 것도 너무나 많다. 학원을 다니지 않으면 뒤처지는 것 같고, 친구들은 대부분 학원을 다니기 때문에 혼자 다니지 않는다고 해서 딱히 할 일도 없다. 하루 종일 공부 때문에 학교와 학원에서 스트레스를 받고 살다 보니 친구와 PC방에 가서 게임을 하기도 한다.

　그런데 엄마의 눈치가 보여 마음 편하게 게임을 하기도 쉽지 않다. 너무 지쳐서 머리를 조금 식히고 싶을 뿐인데 엄마는 공부 안 한다고 잔소리를 하고 더욱이 게임을 하는 것 자체를 싫어한다. 엄마 몰래 학원을 빠지고 PC방에 가다 보면 꼭 한 번은 엄마에게 들켜 야단을 맞아 스트레스 지수만 상승된다. 그래서 휴대전화로 여러 가지 게임을 받아두고 엄마 몰래 하기도 한다. 대개 10대 자녀를 둔 부모들은 아이가 게임에 빠질까 두려워 컴퓨터 하는 시간을 제한하기 때문이다.

또 학교에서 받는 스트레스만으로도 힘에 부치는데 엄마 아빠는 왜 그리 맨날 싸우는지 모른다. 큰 소리가 안 나는 날이 없다. 아빠가 술을 마시고 오는 날은 언제나 엄마의 잔소리가 이어지고, 그러면 또 어른들의 싸움이 시작되는 것이다. 그런 날 성적표라도 나오면 정말이지 애꿎은 나에게만 화풀이하는 것 같다.

도무지 이런 환경 속에서 하루하루를 버티는 것만으로도 스스로가 장하다는 생각이 든다. 학교 공부고 뭐고 다 때려치워 버렸으면 좋겠다는 생각도 한다. 가끔씩은 그냥 이대로 시간이 멈춰버렸으면 하는 생각도 든다. 시간이 흘러가 봤자 상황은 더욱 나빠질 것이 뻔하기 때문이다.

학교에 간다고 해서 뭔가 달라지는 것도 없다. 늘 같은 학교, 같은 반 친구들을 만나야 하고 엄마가 해주는 밥보다 못한 급식을 먹기 위해, 마치 생존을 위해 급식실로 달려가는 자신이 참 한심하다는 생각도 든다. 그래도 배가 고프니 어쩔 수 없다. 그 짧은 점심시간을 뒤로하고 나면 지루한 수업시간이 시작되고, 한숨 자고 나면 종이 치고 곧이어 저녁시간, 그 후엔 하기 싫은 야간자율학습을 강제로 해야 하거나 과외나 학원 수업이 기다리고 있다. 고통의 연속일 뿐이다.

과연 이런 환경 속에서 뭐, 꿈을 꾸라고? 개뿔~, 무슨 꿈을 꾸라는 거냐? 대한민국 입시 스트레스를 어디 멀리 가서 찾을 필요가 없다. 바로 이 책을 읽고 있는 그대가 산 중인이니까 말이다.

맞다. 요즘 우리 아이들은 이런 모습으로 살아간다. 엄마의 잔소리로 아침을 맞이하여 엄마의 잔소리로 하루를 마무리한다. 그렇지만 이런 환경일수록 스스로를 냉정히 돌아봐야 한다. 정말로 꿈이 없다면 이제부터 꿈꾸는 법을 배워야 한다.

나는 학교 현장에 있다 보니 늘 아이들과 대화를 한다. 무조건 공부를 하기 싫다고 하는 친구들도 깊은 상담을 해보면 그 이면에는 미래에 대한 두려움이나 불안함이 크다. 아무 생각 없이 놀고만 있는 자신의 모습이 한심하다고 생각을 하는 경우가 대부분이다. 그런데도 공부는 너무 어렵고 뭘 어떻게 해야 할지도 모르니 막막하고 두려운 것이다. 엄마의 공부하라는 잔소리가 듣기는 싫어도 왜 그 말을 하는지 어렴풋이 알고는 있다. 다 자신이 잘되라고 그러는 거라는 것을 알지만 수백 번을 듣다 보니까 지겹다는 생각만 들 뿐이다.

이런 아이들에게 네 꿈은 뭐냐고 묻는다면 하나같이 꿈이 없다고 대답한다. 남들은 꿈이 있는데 자신만 없어서 불안해 하기도 하고, 꼭 꿈이 있어야 하는지 되묻는 경우도 많다. 그리고 자신이 뭘 꿈으로 삼으면 좋을지 묻기도 한다.

그동안 자신의 꿈이 뭔지 몰랐더라도 괜찮다. 이제부터 찾으면 되니까 말이다. 남들이 알아주고 인정해주는 것을 꿈으로 정하고 그것이 진정 내 꿈인지 아닌지 혼란스러워 해도 괜찮다. 친구들은 나름의 꿈을 가지고 있는 것 같고 나만 꿈이 없는 바보 멍청이처럼 느껴지겠지만 알고 보면 다들 오십보백보다. 하지만 지금부터는 달라져야 한다. '꿈', 그것은 인생을 살아가는 데 꼭 필요하다.

그러면 과연 어떻게 내 꿈을 찾을 것인가. 우선 내가 가장 좋아하는 것이 뭔지 고민해보자. 운동일 수도 있고, 연예인 사진 모으기일 수도 있고, 어디 가서 봉사하는 것일 수도 있다. 꿈이란 사람들마다 다르기 때문이다.

여기서 가장 중요한 것은 스스로에게 물었을 때 뭐가 제일 재미있느냐 하는 것이다. 무엇을 할 때 시간 가는 줄 모르고 푹 빠졌었던가, 스스로에게 물어보면 된다.

다음으로는 자신이 어떤 모습으로 살고 싶은지 생각해본다. 그러면 대개 아이들은 부자로 살고 싶어 하거나 유명 연예인을 꿈꾼다. 좋은 일이다. 내가 가르치는 아이들이 거부가 되거나 유명해지면 나로서도 기쁜 일이기 때문이다. 그렇지만 일단은 가능성을 '구체적'으로 찾아본다. 자신이 살고 싶은 모습을 추상적으로 생각하는 게 아니라 자세하게 적은 후 하고 싶은 것을 계속 생각하고 찾아보는 것이다.

예를 들어 '명문대 가기'를 꿈으로 정한 친구가 있다고 가정해보자.

물론 명문대 가기가 '꿈' 그 자체일 수는 없다. 솔직히 그러한 것들은 자신의 꿈을 이루기 위한 하나의 단계, 즉 목표이지만 대부분 아이들은 꿈과 목표를 헷갈려 한다. 그래도 괜찮다. 이 또한 꿈을 찾아가는 과정이니까 말이다. 꿈이란 원래 진짜 나를 완성해가기 위해 수차례 변하니까 말이다.

그리고 누구나 처음에는 다 서툴고 헷갈린다. 그래도 그대의 삶에 한 가지 목표를 정했다는 것이 어딘가. 일단은 명문대 가기를 꿈으로 여기고 천천히 생각해보자. 과연 명문대를 어떻게 갈 것인가. 걸어가도 좋고 버스나 지하철을 이용하면 그만이다. 하지만 간다는 것이 이런 의미는 아닐 것이다. 그 학교 학생이 된다는 것이리라. 그렇다면 자신이 원하는 학교에 가기 위해 필요한 것이 무엇인지 생각해봐야 한다.

그래, 맞다. 기본적으로 성적이 필요하다. 자신이 원하는 대학보다 본인의 성적이 더 높다면 얼마나 좋을까. 그런데 그런 경우는 거의 없다. 아니, 아예 없는 듯싶다. 전교 1등인 친구도 늘 점수가 부족하다 느끼고 힘들어 하니까 말이다.

그렇다면 스스로가 가고 싶어 하는 그 학교의 성적을 갖기 위해 지금 할 수 있는 모든 방법을 동원해보자. 물론 커닝 등의 비양심적인 방법은 배제하자. 그런 경우는 어차피 들통 나게 마련이고 남들이 몰라도 자신은 알기에 한갓 점수에 순수한 영혼을 팔지 말아야 하니까. 그대는 지성인으로서 명품보다 더 빛나는 양심을 파는 행동이 그르다는 것쯤은 알고 있을 것이다.

어쨌든 내가 할 수 있는 최선의 방법을 강구하자. 필요한 등급이나 점수대가 어떤지, 과연 내 성적과 얼마나 차이가 나는지, 그 정도 등급을 올리기 위해서는 어느 정도의 기간 동안 어떻게 노력을 해야 할지 '구체적'으로 적어보자. 차후 시험까지 한 등급을 올리기 위해서 영어나 수학 점수를 몇 점 올려야 하는지 적어보는 것이다. 그리고 그 점수를 올리기 위해 들어야 할 수업이 무엇인지, 교과서의 어느 부분을 공부해야 할지, 풀어야 할 문제집은 무엇인지 꼼꼼히 체크하자.

하루에 몇 시간 정도 공부를 해야 할지도 정하자. 단, 수업시간이나 인강인터넷 강의 듣는 시간은 빼고 순수하게 자기 주도적으로 공부하는 시간만 체크해야 한다. 수업이나 인강은 그대의 공부시간이 아니라 선생님의 공부시간이라 생각해야 한다. 그 수업을 위해 준비한 사람은 선생님이기 때문이다. 그 수업을 본인의 것으로 만들기 위해서는 반드시 복습시간을 가져야 하고, 그때 비로소 자신의 공부가 되는 것이다. 즉, 자기 주도적 학습시간을 하루에 몇 시간 잡을 것인지 치밀하게 계획을 세워야 한다. 이렇게 계획을 세웠다면 월月 계획부터 다시 점검하자. 그 후에는 한 주의 계획을, 다음으로는 오늘 하루 계획을 세우고 실천 여부에 'O', '×'를 표시해가면서 공부를 해야 한다. 그래야 명문대 가기라는 꿈이 조금씩 현실감을 찾아간다.

꿈만 꾸고 있다면 정말 그건 꿈에 머물 뿐이다. 내 꿈을 위해서는 스스로가 행동해야 한다. 이건 내 꿈으로 가는 과정이기 때문이다. 꿈을 이루기 위해서는 하기 싫어도 해야 하는 옵션이 있기 마련이다.

시련과 고통이라는 단어는 꿈을 이루기 위해 자동으로 따라붙는 옵션이기에 내가 선택할 수 없다. 그러니 받아들여라.

이제까지 그대의 어설픈 꿈,

남들에 의해 꾸어진 꿈은 사형에 처하라.

새롭게 진짜 꿈꾸기를 시작하라.

너의 화살표를
찾아라

　과연 나의 진짜 꿈은 어떻게 찾을 것인가? 진짜 꿈을 찾는 일은 세상에서 가장 중요하고도 시급한 일이다. 그러니 자신의 꿈이 뚝딱하고 쉽게 찾아지지 않는다고 걱정하거나 좌절할 필요가 없다. 주위에는 자신의 꿈을 향해 오늘 하루 최선을 다해 살아가는 이들이 많다. 물론 그들 중에도 처음부터 '아, 이것이 진정한 내 꿈이구나' 하는 필feel을 받은 사람은 많지 않다.

　어쩌면 그들도 처음에는 자신의 꿈이 뭔지도 모른 채 하루를 열심히 살다 보니 어느 순간 '내가 원하는 것은 이거구나', '내가 이런 것을 좋아하는구나'라며 자신을 알게 되고, 그때부터 진짜 꿈을 꾸기 시작했을 것이다.

솔직히 꿈은 우리가 알고 있는 수학공식처럼 정해진 답을 찾아가는 과정이 아니다. 그렇지만 죽기 살기의 절박함으로 찾는다면 어느 순간 그대의 뜨거운 가슴이 꿈을 알려줄 것이다. 원하는 미래가 있다면 먼저 그대 자신을 변화시키는 것부터 시작하자. 그리고 원하는 미래의 모습을 마치 이루어진 것처럼 상상하면 곧 현실이 될 것이다.

자신의 진짜 꿈을 찾기 위해서는 많은 것을 보고 느끼고 경험해봐야 한다. 여러 가지 다양한 경험을 통해서 자신이 죽어도 하고 싶지 않은 일이 무엇인지를 찾아내다 보면 결국에는 자신이 원하는 진짜 꿈을 찾을 수도 있을 것이다.

일단 내가 살아온 인생을 놓고 곰곰이 생각해보자. 살아오면서 지금 현실과 전혀 관련이 없어도 거기에 시간을 들이고 자신도 모르게 관심이 가는 일이 있는가? 내가 상상하는 그것이 무엇이든 즐겁고 행복하다면 그게 바로 그대의 꿈일 수 있다. 물론 평생에 그런 일을 찾기도 어렵고 찾았다고 해도 꿈을 찾아가는 길은 멀고도 험하다. 그래도 그대는 할 수 있다. 왜? 그대이기 때문이다.

강상중은 《고민하는 힘》에서 해답이 없는 물음을 갖고 고민하는 것, 그것은 결국 젊기 때문에 가능하다고 했다. 그렇다. 그대는 청춘이기에 그대의 꿈에 물음표를 가지고 꿈의 화살표를 찾기까지 충분히 고민하고 방황해도 된다.

《어머니는 나에게 하고 싶은 일을 하라고 하셨다》의 데즈카 오사무는 그대가 정말 사랑하는 일을 하고 꿈을 꾸면 좋은 결과가 찾아올 거라 했다. 그러니 그대가 정말 사랑하는 일을 찾아서 꿈을 꿔보라. 그의 말대로 상상도 못 할, 좋은 결과가 눈앞에 나타날 것이다.

며칠 전 김수영의 《당신의 꿈은 무엇입니까》를 읽고 오랜만에 가슴이 설렜다. 그동안 잊었던 나의 꿈이 꿈틀대기 시작했기 때문이다. 직장생활을 하느라 잊고 있었던 나의 꿈이 생각났던 것이다. 동시에 '우리 아이들이 내 책을 읽고 이렇게 꿈을 꿀 수 있다면, 이토록 가슴이 설렐 수 있다면 얼마나 좋을까'라는 생각이 들었다. 더불어 '그동안 미뤄두었던 내 꿈을 찾아야겠다'는 생각도 들었다.

나의 꿈은 사람들에게 긍정적인 영향을 끼치는 이가 되는 것이다. 그래서 이왕이면 베스트셀러 작가가 되면 좋겠다. 작가면 작가지 왜 베스트셀러 작가냐고? 그만큼 주변 사람들에게 영향을 크게 미칠 수 있기 때문이다. 그래야 보다 많은 사람들에게 꿈을 찾는 법을 알려줄 수 있을 테니 말이다. 내가 베스트셀러 작가가 되어 강연을 한다면 그대들이 나와 함께 꿈 찾기 운동에 더욱 적극적으로 동참하지 않겠는가. 그렇게 나는 젊은 청춘들에게 긍정적인 영향을 주는 멋진 작가, 선생님으로 기억되고 싶다.

대형서점에 내 책이 진열되고 수많은 사람들이 내 사인을 받기 위해 줄을 서 있는 모습을 상상만 해도 가슴이 설렌다. 물론 아직까지 그런 일은 일어나지 않았다. 왜? 그동안 내가 글을 쓰지 않았기 때문이다. 이제는 내 꿈을 찾아서 이렇게 글을 쓰고 있다. 그러니 그런 일이 일어나지 말라는 보장이 없다. 아니, 곧 일어날 것이다. 그 시간이 온다면 이 책을 읽고 있는 그대에게도 정성 들여 사인을 해줄 것이다. 그날을 함께 기다려보자.

이제까지는 내 꿈을 이루기도 바쁠 시간에 남들이 이룬 꿈을 부러워만 하고 있었다. 정말 어리석은 짓이었다. 그렇지만 나는 이런 어리석은 행동을 오래 했었다. 아니, 지금도 가끔씩 하고 있다. 사촌이 땅을 사도 배가 아프다는 대한민국의 핏줄이어서 그런지 나도 모르게 주변에서 큰 상을 받거나 잘나가면 솔직히 많이 부러웠다. 그리고 '그동안 나는 뭘 했나' 하는 자괴감에 빠져들기도 했다.

그렇지만 이제는 조금 부러워하다가도 진심으로 축하해주고 있는 내 모습을 발견하기도 한다. 그 사람이 그렇게 세상에서 인정을 받았다는 것은 그가 그만큼 노력을 했기 때문일 것이다. 설사 정당하게 노력하지 않고 얻어진 성과라 하더라도 그건 신神이 판단하실 문제라 생각하기로 했다.

물론 한때는 그 사람이 운 좋게 그런 상황에 가게 되었을 것이라며 올라오는 질투를 애써 억눌러보기도 했었다. 그렇지만 다시 생각해보면 내 입장에서 볼 때 운 좋게 된 것이지 그 사람 입장에서는 남모를 노력과 고통이 있지 않았을까 하는 생각이 든다.

이는 인기 연예인의 화려한 생활과 같다. 대중들은 그들이 토크쇼에 나와서 웃고 떠들고 돈을 받아 간다고 비아냥거리기도 한다. 노래 한두 곡 부르고 수백만 원에서 수천만 원의 개런티를 받는다고 손가락질을 하기도 한다. 겉만 보고 그들의 진짜 모습을 보지 못했기 때문이다. 다시 말해 그들이 그 자리에 서기까지 얼마나 피나는 노력을 해왔는지에는 그대가 관심을 갖지 않았기 때문이다.

최정상급의 스타가 되기 위해 수년간의 연습생 시절을 거치는 이들도, 노래 한 곡을 부르기 위해 수많은 길거리 공연을 한 이들도 있다. 대중에게 자신들을 알리기 위해 얼마나 많은 날들을 그들이 배고파 했었는지는 오직 그 자신만 알 것이다. 화려함 속에는 노력의 시간이 숨어 있는 것이다.

삶이란 낯선 곳에서 나만의 표지판을 찾아 걸어가는 것과 같다. 가끔은 예상치도 못 하게 좌절하기도 하고, 길을 걷다 넘어져 상처가 생기기도 한다. 그렇지만 실수나 실패를 하지 않고 살아가는 이는 아무도 없다. 수많은 시행착오를 반복하더라도 스스로가 가야 할 길을 향해 묵묵히 걸어가기만 하면 된다. 자신만의 속도로 천천히 가도 된다. 조금 오래 걸려도 괜찮다. 꿈의 화살표대로 가기만 한다면 곧 목적지에 도착할 것이다. 그러니 꿈을 가진 그대여, 시간에 너무 연연해 하지 말라.

혹시 그대가 여학생이라면 다이어트를 한다고 생각해보자. 하늘이 주신 몸매를 가진 모델 장윤주 같은 그런 S라인을 가지고 싶지 않은 여자가 세상에 어디 있겠는가. 남학생들도 마찬가지다. 배우 김수현처럼 탄탄한 초콜릿 복근을 가지고 싶을 것이다. 그렇지만 그런 몸매는 쉽게 얻어지지 않는다. 먹고 싶은 것이 있더라도 참아야 하고 친구들이 함께 매점을 가자고 유혹해도 냉정히 뿌리칠 정도로 강한 의지가 필요하다. 밤늦게 치킨 같은 야식에 대한 유혹이 생기더라도 오직 참고 견뎌야 한다. 단 한 번이라도 다이어트를 한 경험이 있다면 내 말을 더욱 잘 이해할 것이다. 몸을 만드는 것에도 이렇게 뼈를 깎는 노력이 필요한데 자신의 꿈을 이루기 위해서는 두말할 나위도 없다.

《스타일》로 여성 독자들에게 인기가 많은 소설가 백영옥을 아는가. 그녀는 대학교 1학년 때부터 신춘문예에 해마다 응모했으나 번번이 낙방을 했다. 생계 때문에 카피라이터, 패션잡지 에디터 등 다양한 일을 했고 13년 만에 〈고양이 샨티〉로 문학동네 신인상을 수상하면서 등단할 수 있었다. 한 인터뷰에서 그녀는, 소설가라는 직업이 자신의 목표가 아니라 '꿈'이라고 했다. 목표는 만약 도달하지 못하면 방향을 바꿀 수 있는 것이지만 꿈은 그럴 수 없기에 13년간 신춘문예에 실패해도 꾸준히 도전했었다고 한다.

무대의 화려한 조명 뒤에는 수많은 연습시간과 피땀 어린 노력이 존재한다. 그러니 남의 떡이 커 보인다고, 남의 꿈이 좋아 보인다고 부러워 말고 내 꿈의 화살표를 찾아 자신만의 길을 떠나보자.

명품 꿈쟁이가
되다

　내 꿈을 이룰 수 있는 방법은 무엇일까? 궁금할 것이다. 내가 비법을 하나 알려줄까? 그것은 바로 그대가 하고 싶은 것을 주변 사람들에게 말하는 것이다. 계속 말을 하다 보면 곁에 있는 이들도 그대가 그런 인물이 될 것이라 은연중에 인정하게 된다.

　꿈을 이루기 위한 세세한 목표들을 정해놓고 가능한 한 많은 사람들에게 알리라는 것은 자신의 목표에 대한 책임감을 부여하기 위함이다. 꿈을 위한 뚜렷한 목표가 있고 그 목표를 위해 치열하게 노력한다면 그 꿈이 어느샌가 현실이 되어 있을 것이다.

　나는 컴퓨터 활용 자격증을 따겠다고 주위 사람들에게 늘 말하고 다

넀다. 운 좋게 학원도 다니지 않은 채 필기를 한 번에 통과하는 바람에 실기도 만만하게 보고 조만간 자격증을 따서 보여주겠다면서 호언장담하고 다녔다. 그런데 실기시험은 만만하지 않았다.

한두 번 떨어지고 나니 '굳이 올해 안 따도 되는데' 하는 안일한 마음이 들어서 그냥 포기해버릴까 하는 생각도 들었다. 그런데 하루는 오래간만에 만난 지인이 컴퓨터 자격증은 땄냐고 물었다. 한때 올해의 목표가 컴퓨터 관련 자격증을 따는 것이라고 입만 열면 말하고 다녔기 때문이었다. 순간 아차, 싶었다. 그러고 보니 내가 자격증을 딸 것이라고 말하고 다닌 지가 2년이나 지나 있었다. 나는 오기로 "곧 딸 것"이라고 말했고, 당시 대학원에 다니고 있던 지인은 "내가 대학원 졸업하는 시간과 네가 자격증 따는 시간이 같겠다"며 놀렸다. 그 말에 자극을 받은 나는 다시 자격증 공부를 하게 되었고, 노력에 대한 보상이었던지 연이은 두 개의 시험에 모두 다 합격했다.

그때 내가 사람들에게 목표를 말하고 다니지 않았다면 과연 그 목표를 이룰 수 있었을까, 하는 생각이 든다. 대개 사람들은 자신의 목표를 다른 사람들에게 말하고 다니는 것을 두려워한다. 이는 그 목표를 달성하지 못했을 때 남들이 자신을 어떻게 볼까 하는 걱정 때문에 그렇다. 만약 내가 꿈을 위해 목표를 달성할 자신이 있다면 당장은 실패하더라도 당당하게 말하지 못할 이유가 없다. 물론 목표를 이루기 위한 행동이 수반되어야 할 것이다.

'미래의 나의 꿈'을 위해 '현재 내'가 할 일은 '노력'이다. 당연히 긍정적인 마인드, 의지, 열정은 옵션으로 따라와야 한다. 여기서 중요한 것은 꿈이 거창하고 원대하더라도 자신이 처한 위치에서 노력을 하지 않는다면 아무 소용이 없다는 것을 인지해야 한다는 점이다. 아무리 남들에게 꿈을 이야기하고 다녀도 스스로의 노력이 없다면 그건 공수표를 남발하는 것에 불과한 것이다.

　꿈을 이루겠다고 주위에 이야기하고 다니다 보면 누군가가 나를 시기하고 질투할 수도 있다. 공부만 한다고, 재수 없다고 손가락질하고 욕할 수 있다. 그러나 빌 게이츠도 말하지 않았던가. 공부밖에 모르는 바보를 비웃지 말라고, 그 바보 밑에서 일하는 사람이 될 것이라고 말이다.

　누군가가 나를 질투한다면 그냥 겸허히 받아들이면 된다. 사람들은 아주 사소한 이유로 남들을 질투하기도 한다. 표정 하나에, 말투 하나에 태클을 거는 경우도 있다. 그런 것에 일일이 반응을 하면 나만 피곤해질 뿐이다. '남들은 그렇게 생각하는구나' 하고 맘 편히 지내면 된다. 꿈을 위해서 스스로는 최선을 다해 살고 있는데 남들이 뭐라고 한다고 어쩌겠는가.

　남의 생각을 내가 바꾸기는 힘들다. 내 생각조차 내가 바꾸기 힘든데 어떻게 다른 사람들의 생각까지 바꿀 텐가. 남들의 말 한마디에 반응하고 상처받다 보면 인생이 너무 소모적으로 변해버린다. 그냥 내가 잘하고 있으니 부러워서 질투한다고 여기고 그들에게 미소나 한번 날려주

자. 또한 대개 그런 사람들은 뒷말을 하는 경우가 많다. 하지만 그건 순전히 그 사람의 생각일 뿐이다.

다시 한 번 말하지만 그대의 꿈꾸기를 방해하는 이들의 말을 귀 기울여 들을 필요는 없다. 그대가 진심으로 변한다면 주변은 저절로 바뀔 것이고 내 주변에 나와 같이 꿈꾸는 사람이 많다면 세상도 꿈을 꾸기 시작할 것이기 때문이다. 그러니 그대는 반드시 '명품 꿈쟁이'가 되어서 세상 사람들에게 꿈이 있는 세상이 행복하다는 진리를 널리 전파하기 바란다.

조금 더 시간이 지나서 사회에 나가면 '무슨 일이든 잘하는 것은 당연하고 못하는 것은 나쁜 거'라는 생각이 드는 순간이 있을 것이다. 이럴 때 중요한 것은 스스로 자신의 위치를 알고 자리를 지키는 것이다. 진짜 그대만의 꿈으로 말이다. 험난한 사회에 나가서 무작정 비바람을 맞고 쓰러지지 말고, 그대만의 우산을 준비하라.

혹자는 근거 없는 자신감에 근거를 만들기 위해 공부를 했다고 한다. 솔직히 긴 인생을 살아온 것은 아니지만, 그래도 이 책을 읽고 있는 그대보다는 좀 더 살아본 자로서 말하는 것인데, 살아오면서 가슴 뛰는 순간을 맞이하기는 참 쉽지 않다. 마음을 온전히 빼앗기는 일을 찾기도 쉽지 않고 어떤 일을 열정적으로 하는 경우는 더욱더 많지 않다. 대개는 머릿속으로 생각만 한 채 그냥 시간을 흘려버리기 일쑤다. 그런데도 그대가 진짜 자신의 꿈을 찾게 된다면, 스스로 할 수 있겠다는 생각이 든다면 잠도 오지 않고 살아 있음이 느껴지는 순간이 반드시 온다.

자신의 진짜 꿈을 발견하면 주위의 모든 에너지가 그 꿈을 위해 존재하는 듯한 느낌을 받는다. 하고 싶은 게임이나 놀이도 절제할 수 있는 용기가 생기고 하기 싫은 공부를 해야겠다는 의지도 생긴다. 그 순간부터 꿈을 위한 무한한 애정이 샘솟는다. 힘들더라도 스스로 다독이며 위안을 받고, 열정이 그 자리를 대신하게 된다. 그러다 보면 꿈을 향한 마음이 최고조에 이르게 되고 어느 순간 행동으로 실천하고 도전하고 있는 자신을 발견하게 된다. 무엇이든 그것이 그대의 진짜 꿈이라면 이러지 않을 수가 없다.

"천재는 1퍼센트의 영감과 99퍼센트의 노력으로 이루어진다"고 말한 에디슨 역시 수천만 번 이상의 도전을 통해 결국 전구를 발명해냈다. 하루는 기자가 어떻게 2만 번 이상 실패를 거듭하면서도 전구 발명을 포기하지 않았냐고 묻자 에디슨은 실패한 것이 아니라 전구를 발명하기 위해 도전한 것이었다고 말했다. 전기로 불빛을 만들고자 했던 에디슨의 꿈은 1퍼센트의 영감이었고, 여기에 99퍼센트의 노력이 더해졌기에 현실이 되었던 것이다.

진짜 꿈은 남들에 의해 이루어지는 것도 아니고, 막연히 동경하는 수준의 것도 아니다. 생각만 하고 있어도 가슴 설레고 말할 수 없는 벅찬 감정이 드는 것, 어떤 일이 있어도 꼭 이루고 싶은 것, 그것이 진짜 꿈이다.

그대가 진짜 꿈을 찾게 되면 꿈을 이루기까지의 과정을 즐길 수 있게 된다. 스스로가 무엇을 좋아하고 잘할 수 있는지, 과연 어떤 모습으로 살아가고 싶은지, 누구에게 어떤 영향력을 끼치면서 살고 싶은지 생각해보라. 그 고민 끝에 내린 것이 진짜 그대의 꿈이다. 그대의 모든 에너지가 꿈에 집중되기에 머릿속은 온통 꿈을 이룰 수 있는 방법만 계속 생각하게 된다. 자신의 꿈을 이루기 위해 그대만의 빛나는 열정으로 노력을 하게 된다면 그 꿈은 곧 현실이 될 것이다.

한 번쯤 과학시간에 돋보기를 사용하여 햇빛을 한곳에 모아 종이에 불을 붙여본 적이 있을 것이다. 아무리 더워도 하늘 위의 태양은 책상 위의 종이를 태우지 못하지만 돋보기로 햇빛을 모으면 종이가 타올라 신기해 하지 않았던가. 미국의 과학자 알렉산더 그레이엄 벨도 "햇빛은 한 초점에 모아질 때만 불꽃을 내는 법"이라며 "자신이 하고 있는 일에 온 정신을 집중하라"고 했다. 그대만의 진짜 꿈을 위해 이토록 뜨거운 열정으로 집중하고 노력하는 '명품 꿈쟁이'가 되기를 바란다.

걱정은 걱정인형에게
맡기자

최근 한 온라인 커뮤니티에서 '누구나 가지는 세대별 고민'이란 제목의 기사를 봤다. 10대부터 70대까지 연령대별로 안고 있는 고민에 관한 내용이었다. 10대는 키·패션·성적, 20대는 연애·취업·돈, 30대는 결혼·탈모·돈, 40대는 자식·탈모·돈, 50대는 자식·노후·돈이 최대 고민이라고 했다. 60대 역시 노후와 돈이 고민이었으며 마지막으로 70대는 한숨 쉬고 있는 강아지 사진으로 표현해서 참으로 씁쓸했다.

정말 걱정 없이 사는 사람이 없나 보다. 티베트 속담 중에 '걱정을 해서 걱정이 없어지면 걱정이 없겠다'라는 말이 있다. 오죽하면 이런 말이 있겠는가. 또 그대는 혹시 '기인우천杞人憂天'이라는 말을 들어본 적이 있는가? 중국의 기杞나라 사람이 하늘이 무너질까 봐 먹고 자는 것도 잊고 근심·걱정을 하였다는 뜻으로, 쓸데없는 걱정을 한다는 의미다. 그러고 보면 옛날 사람들도 늘 걱정을 하고 살았나 보다. 이렇게 우리의 삶은 언제나 쓸데없는(?) 걱정거리로 가득하다.

어니 J. 젤린스키의 《느리게 사는 즐거움》에 따르면 우리가 하는 걱정의 40퍼센트는 결코 일어나지 않을 일이고 30퍼센트는 이미 일어난 일에 대한 것이라고 했다. 22퍼센트는 해도 그만이고 하지 않아도 그만인 사소한 걱정거리이며, 4퍼센트는 아무리 걱정을 해도 어찌할 수 없는 일이라고 한다. 나머지 4퍼센트만이 우리가 걱정해야 하고, 또 대처할 수 있다는 것이다. 결론적으로 우리는 96퍼센트의 쓸데없는 걱정을 하고 살아가느라 인생을 낭비한다.

나도 걱정을 많이 하고 산다. 장마철이 되면 베란다의 유리창이 깨질까 걱정이고 가스 불을 켜두고 나온 것 같기도 하고 문을 잠그지 않은 것 같아 불안하기도 하다.

한번은 외국에 머물고 있던 언니가 아이를 낳아서 산후조리를 위해 엄마 혼자서 출국을 하셔야 했다. 영어 한 마디 할 줄 모르는 엄마만 출국을 하셔서 얼마나 걱정을 했는지 모른다. 지인에게 이런 고민을 이야기하자 여든이 되신 자신의 이모할머니도 혼자서 미국으로 잘 가셨다는 에피소드를 들려주면서 걱정하지 않아도 된다고 했다. 그래도 나는 우리 엄마가 입국 심사대는 잘 통과하실지, 입국 확인서는 잘 쓰실는지,

그 많은 짐은 잊지 않고 챙겨 갈 수 있으실지 걱정이 떠나지 않았다. 이렇게 걱정하는 나와는 달리 엄마는 걱정하지 말라며 큰소리를 치셨다. 역시나 엄마는 무사히 언니 집에 잘 도착하셨다. 입국 확인서는 친절한 승무원이 잘 알려주었으며, 짐은 같은 한국 사람에게 물어서 찾았고, 입국 심사대에서는 언니가 적어준 종이를 내밀었더니 한 번에 통과를 시켜주었다고 했다. 물론 언니는 그 종이에 영어를 못 하는 엄마라는 사실을 밝히고 며칠 동안 어디서 머물 것인지와 자신의 연락처를 적어두었다고 한다.

한번 걱정을 하게 되면 걱정거리가 꼬리에 꼬리를 물고 계속 생긴다. 동기부여 전문가 브라이언 트레이시는 "부정적인 것도 습관"이라 했다. 쓸데없이 부정적으로 생각하고 상상을 하다 보면 스트레스를 받게 되고 급기야는 공포가 찾아오기도 한다.

나 역시 걱정이 넘치는 인간에 분류되어도 전혀 하자가 없다 보니 공포영화를 보고 나면 영화 속의 일이 현실로 나타날까 봐 잠을 이루지 못한다. 종일 뒤척이다 보니 다음 날에는 다크서클이 눈 밑까지 내려와 있기도 한다. 아마 그대들도 그러할 것이다. 아직 성적표가 나오지 않았음에도 좋지 않은 시험결과를 예측하면서 미리 걱정을 하기도 하고, 자신의 키가 지금 이 상태에서 멈출까 봐 전전긍긍하기도 한다. 그렇지만 알다시피 그런 걱정은 시간낭비일 뿐이다. 걱정한다고 달라질 것은 하나도 없다. 이제부터는 '쓸데없는 걱정'은 그만하고 그 시간에 '쓸모 있는 것'만 생각하자.

그렇다면 걱정을 줄이는 방법에 대해 알아보자. 우선 '걱정이 태산'인 그대와 나에게 희소식이 있다. 한 기자가 쓴 〈하루 30분 '걱정 타임' 마련하라〉라는 기사를 읽고서 무릎을 딱 친 것이다. 그의 말대로 하루 중 적당한 시간을 정해서 30분 동안만 걱정을 하는 것이다. 심리학 분야 학술지 〈심리요법과 정신신체의학 저널Journal of Psychotherapy and Psychosomatics〉 최신호에는 네덜란드 연구 팀의 연구결과가 실렸다. 네덜란드 연구 팀이 근심이나 걱정 등으로 다양한 정신질환을 앓고 있는 환자 62명을 대상으로 '하루 30분씩 집중적으로 걱정하기'를 실험했는데, 정해진 30분을 제외하고는 가급적 관련된 걱정을 하지 않도록 했다. 그 결과 환자들은 시도 때도 없이 걱정하며 살아가던 때에 비해 상태가 훨씬 좋아졌다고 했다. 따라서 연구 팀은 걱정을 달고 살기보다는 시간을 정해놓고 걱정하는 것이 정신건강에 훨씬 도움이 된다고 밝혔다.

다음으로는 '이 순간'을 충실히 사는 것이다. 일어나지 않는 일에 대해 미리 걱정하고 고민하지 말고 지금 내가 할 수 있는 일에 최선을 다하는 것이 낫다. 혹시 어린 시절 읽었던 동화 〈부채장수와 우산장수〉가 기억나는가? 날이 맑아도 걱정, 비가 와도 걱정이었던, 부채장수와 우산장수 두 아들을 둔 어머니의 이야기 말이다.

여름이 되어 날씨가 더워지자 작은아들이 파는 부채가 아주 잘 팔려도 우산을 파는 큰아들 걱정에 어머니는 울상이었다. 며칠 뒤 비가 오자 우산 파는 큰아들은 바빠도 하루 종일 부채 하나도 팔지 못하는 작은아들 때문에 또다시 어머니는 한숨을 쉬었다. 이렇게 어머니는 날씨가 맑은 날이면 우산 장수인 큰아들을 걱정했고, 비가 오는 날이면 부채 장수인 작은아들을 걱정했던 것이다. 그때 한 이웃이 어머니에게 이렇게 말했다.

"생각을 바꿔보세요. 날이 맑으면 부채 장사가 잘되는 작은아들을 생각하고, 비가 오면 우산 장사가 잘되는 큰아들을 생각하는 거예요. 그러면 매일매일 기쁘지 않겠어요?"

그 이후로 어머니는 비가 오면 비가 와서 즐거워했고 날이 맑으면 맑아서 행복해 했다고 한다.

그렇다. 모든 것은 마음먹기에 달렸다. 날씨라는 것은 나의 능력 범위에서 벗어나는 일이다. 신神에게 빈다고 해서 날이 맑아지는 것은 아니다. 자연의 섭리일 뿐이다. 우리는 비가 오면 우산을 준비하면 된다. 《서른 머뭇거리지 않기로 결심했다》의 한창욱은 이렇게 말했다.

걱정을 많이 하는 사람들의 심리 저변에는 미래에 생길 일을 미리 걱정함으로써 그 일이 현실화되었을 때 받을 충격을 반감하려는 의도가 숨어 있다. 또한

미리 걱정하고 있으면 왠지 조금은 해결된 것 같은 착각과 안도감에 빠지게 된다. 그러나 그들은 약간의 위안을 얻는 동안 가장 소중한 '현재'를 놓치고 있다. 우리에게 가치 있고 소중한 순간은 미래가 아닌 현재다. 현재를 살면서 미래에 대한 걱정 때문에 행복을 느낄 여유가 없다면 우리는 영원히 행복할 수 없다. '미래의 행복'은 추상적인 개념이지 현실이 아니고 현실이 될 수 없기 때문이다.

그렇다. 우리가 바꿀 수 있는 것은 오직 이 순간뿐이다. 이미 지나가 버린 과거를 돌이킬 수도 없고, 오지 않은 미래는 내 소관 밖이다. 최악의 사태에 대해 대책을 세운 후 깔끔하게 잊는 것이 낫다. 어쩌면 영원히 최악의 사태가 일어나지 않을지도 모른다. 만일 발생한다면 어쩔 수 없다. 그냥 받아들여야만 한다. 내 능력을 벗어나 스스로 바꿀 수 없다면 상황이 바뀌기를 기다리거나 견딜 수밖에 없는 노릇이다.

일어나지 않는 일 때문에 지금 현재를 무작정 흘려보낸다면 얼마나 아까운 일인가. 걱정이 꼬리를 물다 보면 지금 집중해야 할 일이 눈에 잘 보이지 않는다. 잘되던 일이 엉망이 되기도 한다. 그러니 지금 할 수 있는 일에 몰입해서 최선을 다하라.

'걱정은 걱정인형에게 맡기고 고객님은 행복하라'는 한 보험회사의 광고를 본 적이 있을 것이다. 그대도 이제부터 걱정은 걱정인형에게 맡기고 오늘을 즐겨라.

Thanks for
my life

　앙드레 말로는 "오랫동안 꿈을 그리는 사람은 마침내 그 꿈을 닮아간다"고 했다. 좌절을 겪어 힘들더라도 찬찬히 자신의 삶을 되돌아보는 시간을 가져보자. 그래도 이 순간 이렇게 꿈을 꿀 수 있다는 사실만으로도 얼마나 감사한 일인가. 그 얼마나 행복한 일인가.

　살다 보면 인생이 작게만 느껴질 때도 있다. 그래서 자신만의 동굴 속으로 더 깊이 들어가기도 하고, 눈물이 멈추지도 않고 흐르기도 한다. 나 역시 그랬다. '다른 이와 비교하지 말고 어제의 나와 비교하는 내가 되자'고 다짐을 하고 또 다짐을 해도 생각만큼 잘되지 않았다. 내 옆의 짝이, 엄친아 반장이 부러웠던 시절이 있었다. 한때 깊은 수렁에 빠지기도 했었지만 결국은 그런 방황의 시절이 있었기에 지금의 내가 있는 것이 아닐까 싶다. 어느 날 갑자기 성숙되는 사람은 없으니까.

물론 나이에 비해 성숙한 사람들이 있다. 하지만 이들에게는 다른 이의 눈에는 보이지 않는, 성숙된 삶을 살 수밖에 없는 이유가 있게 마련이다. 남들이 모르는 상처가 온몸에 있을지도 모르고 수천 번 울음을 터뜨렸을지도 모른다. 그리고 수많은 시간을 이기고 견뎌냈기에 지금 그 자리에 서 있는 것이다.

그러니 내키지 않더라도 지금 우리가 살아 있다는 사실에 감사하자. 감사한 마음이 우러나지 않더라도 감사하는 마음을 가져보자. 엘리자베스 퀴블러 로스, 데이비드 케슬러는 《인생 수업》에서 "삶이 우리에게 사랑하고 일하고 놀이를 하고 별들을 바라볼 기회를 주었으니 지금 이 순간을 살라"고 했다.

그대가 마음만 먹는다면 이 순간에도 감사할 일이 지천에 널렸다. 그대가 눈을 뜨고 볼 수 있다면, 가슴으로 느낄 수 있다면 말이다. 나는 이 글을 읽고 있는 그대가 잿빛 현실에서도 스스로의 꿈을 믿고 자신을 사랑할 수 있는 용기가 있는 이라 생각한다.

전 월드비전 긴급구호 팀장이자 현 세계시민학교 교장인 한비야는, 2013년 6월 창원 KBS홀 강의 때 지구 반대편에는 하루에 깨끗한 물 한 컵을 먹지 못해 병으로 죽어가는 이들이 많다고 알려줬다. 하루 한 컵의 깨끗한 물만 있어도 살아갈 수 있는 이들이 지구 반대편에는 수십 명이라는 것이다. 솔직히 지금의 그대 현실이 그 정도로 열악하지는 않지 않는가. 따스한 방에서 원하는 만큼의 물을 먹기도 하고 배고픔이 아니라 다이어트로 고민하고 있지 않는가. 그대가 지금 길거리의 노숙자처럼 잘 곳이 없는 것도 아니고 원한다면 공부를 시작할 수도 있지 않냐, 이 말이다. 혹 지금 갈 곳이 없어 길을 잃고 있더라도 이 상황을 이겨내겠다는 굳건한 생각은 스스로 할 수 있을 것이다. 지금 가고 있는 길이 원치 않는 길이라면 다른 길을 찾아보면 된다. 그러니 지금 현실에 감사하자. 아주 작은 것이라도 감사할 거리를 찾아보자. 아침에 눈을 떠서 태양을 맞이할 수 있다는 사실에 감사하고, 한 끼 밥을 먹을 수 있다는 사실에 감사하라.

그동안 우리는 스스로에게 너무 엄격한 기준을 정해두고 살았는지도 모른다. 아무리 철저한 계획을 세워놓았다고는 하나 사정상 제대로 이루지 못할 수도 있고, 원하는 성적이 나오지 않을 수도 있다. 아는 문제를 어이없이 틀릴 수도 있고 다 완성해놓은 무엇을 눈앞에서 놓쳐버릴 수도 있는데, 그때마다 자신을 너무나도 혹독하게 나무라며 실의에 빠졌는지도 모른다. 이렇게 살고 있는 스스로가 너무나도 무능력해 보이고 어리석게 느껴져서 말이다. 그리고 뭘 제대로 하는 게 없는 인간이라고 스스로 몰아붙이기도 한다. 그 누구도 뭐라고 하지 않는데 스스로를 자책하고 학대하며 괴롭히는 것이다.

그렇지만 원래 인생이 계획대로 되는가. 스스로가 최선의 노력을 다

했다면 받아들여라. 내가 못나서 혹은 내 잘못으로 그런 것이 아니라 삶이기에 그런 것이다. 그동안 스스로가 너무 지치고 힘들었던 것은 아마도 자신에게 격려를 하지 않았거나 지금의 현실에 감사하는 마음을 갖지 않아서 그럴지도 모른다. 지금 상황에서 어떻게 감사하는 마음을 가지냐고 불만을 터뜨릴 수도 있다. 그렇지만 냉정히 생각해보자. 불만을 터뜨린다고 해서 나아질 것이 있는가. 본인 기분만 나빠질 뿐이지 않는가.

아직까지 그대의 꿈이 이루어지지 않았다고 해도 괜찮다. 지금 이 모든 것들은 꿈을 이루기 위한 과정이다. 이런 현실에서도 여전히 꿈꾸고 꿈을 위해 도전하는 그대가 충분히 아름답기 때문에 오늘 하루쯤은 스스로에게 칭찬을 해도 좋다. 그리고 감사하라. 세상에는 무언가를 꿈꾸며 살아가기조차 힘든 사람도 많다. 그대가 일어나기 싫어하는 아침을, 단 하루만이라도 더 맞이하고 싶어 하는 이들도 많다. 그대의 꿈이 뭐든 절대 늦었다고 생각 말고 자신의 삶에 감사하라.

한비야는 한 인터뷰에서 인생을 축구 경기에 비유한 적이 있다. 만약 자신이 30대라면 전반전 30분을 뛰고 있는 선수라 여기면 된다고 했다. 그리고 축구 경기에서 전반 30분을 뛰고 난 후 경기에서 질 것 같다며 포기하는 선수가 어디 있냐고 우리에게 되물었다. 그대는 10대다. 그렇다면 축구 경기가 이제 겨우 전반전 10분 정도 지났을 뿐이다. 이래도 그대의 꿈을 포기할 텐가? 늦었다고 자책만 하고 있을 텐가?

한비야는 '10대, 20대에 해야 할 일' 같은 것에 절대 속지 말라고도 했다. 사람마다 끓는점이 따로 있다는 것이다. 각각의 끓는점이 다른데 그깟 정해진 리스트에 맞춰보고 늦었다고 생각하는 것 자체가 어리석다는 말이다. 열정을 가진 그대는 절대 그러지 않으리라. 지금 그대를 뜨겁게 달구는 그 열정으로 무슨 일이든 하라. 늦었다고 한탄하지 말고 그대가 얼마나 복 받은 존재인지만 생각하라.

《광수생각》의 박광수도 "살면서 어느 것 하나 이룬 게 없어 스스로에게 칭찬 한 번 안 했지만 그래도 생각해보면 이만큼이 어딘가 싶다"며 고백한 적이 있다. 그리고 그는 "알고 보면 스스로 계획에 없던 것들도 많이 이루었으니 이룬 것이 많은 사람들에게 기죽지 말자"고도 했다.

고개가 끄덕여질 정도로 공감이 가지 않는가. 곰곰이 생각해보면 원하지 않았지만 내가 이룬 것들도 많다. 시험을 칠 때 예상치 못하게 찍어서 정답을 맞힌 적도 있었을 것이고, 쉬는 시간에 잠시 외웠던 문제가 시험에 출제되어서 기뻤던 적도 있었을 것이다. 생각보다 공부를 많이 못 했지만 점수가 예상보다 높게 나온 경우도 더러 있었을 것이다. 그러니 박광수의 말처럼 우리는 매일 행복할 권리가 있다. 두 번 다시 오지 않을 내 인생이니까, 그 무엇과도 바꿀 수 없는 내 인생이니까 행복해야만 한다.

《당신의 꿈은 무엇입니까》의 김수영은 "스스로가 꿈꾸지 않을 뿐, 꿈꿀 수 없는 상황은 없다"고 하면서 더 이상 꿈꾸지 않는 이들은 스스로가 더 이상 꿈꾸지 않기로 결심했기 때문이라고 했다. 맞는 말인 듯싶다. 우리가 아무리 화를 내고 목소리를 높여 현실을 원망해도 세상이 눈 하나 깜짝하냔 말이다. 그러니 돌아오지 않는 메아리에 상처받고 억울해 하지 말고 차라리 그 시간에 그대의 꿈을 꾸라고 말해주고 싶다.

그녀 역시 몇 번의 좌절과 실패를 반복하면서 자신이 하고 있는 일이 진짜 꿈이 아닐지도 모른다는 두려움과 답답함이 있었다고 한다. 제자리걸음만 하고 있는 자신이 한심하게 느껴졌으리라. 그렇지만 그녀는 꿈 찾기를 시도해봤기 때문에 꿈꾸기 전과는 분명 달랐을 것이다. 시도조차 하지 않는다면 아무 일도 일어나지 않는다는 것을 그대도 알고 있지 않은가.

그렇다. 그대의 꿈을 이루는 길은 언제나 열려 있다. 지금은 과연 꿈이 이루어질까 의심이 들고 좌절과 실패라는 단어만이 머릿속을 맴돌지 몰라도 일단 그대만의 길을 계속 가다 보면 꿈이 현실로 바뀌어져 있는 순간을 맞이하게 될 것이다.

〈달인〉으로 큰 인기를 끈 개그맨 김병만은 좌절은 해도 포기는 하지 않았다고 한다. 지금 그는 얼마나 멋진 삶을 살고 있는가. 한때 좌절은 있어도 꿈을 위한 포기는 없다는 사실이 지금의 그를 만든 것이다. 잘 곳이 없어서 무대 위에서도 자고 노숙까지 했던 그다. 공중화장실에서 몸을 씻다가 건물 관리인에게 알몸으로 망신을 당하기도 하고, 수차례 오디션 탈락으로 인해 수면제를 모아보았으며, 죽으려고 건물 옥상 난

간에 서보기도 했다. 그렇지만 포기하지 않는 끈질긴 집념으로 일곱 번의 낙방 끝에 자신이 꿈꾸던 개그맨이 되었다.

이런 김병만처럼 그대의 영혼을 송두리째 바칠 각오가 되어 있는가. 자신의 진짜 꿈을 이루기 위해서는 피나는 노력이 필요하다. 세상에 쉽게 얻어지는 것은 없기 때문이다. 그렇지만 우리가 무언가에 대해 노력할 수 있다는 것 자체가 감사한 일일 수도 있다. 개그맨 시험을 칠 수 있는 기회를 가졌다는 사실만으로도 김병만은 행복했으리라. 누군가를 웃기고 즐겁게 해줄 수 있는 재능이 그에게는 있었으니까 말이다.

그러니 그대가 믿고 있는 종교가 무엇이든 상관하지 말고 스스로의 인생에 하루 세 번씩 감사기도를 드려라.

06

쌩얼의
나를 사랑하자

나는 거울을 자주 본다. 여자라서 그런지는 모르겠으나 거울을 들여다보면서 내 모습을 자주 확인한다. 거울 속 나는 참 예쁘다. 얼굴이 예뻐서 예쁜 게 아니라 오늘도 스스로를 사랑할 수 있는 나이기에 예쁜 것이다. 나를 사랑하지 않는 자는 다른 이도 사랑할 수 없다.

그대들이 얼마나 예쁜지 아는가? 그대보다 조금 더 산 내가 볼 때 그대들은 정말 아름답다. 눈이 부실 정도로 말이다. 그래서 그대들을 청춘이라 부르는가 보다. 10대는 화장을 하지 않고도 마음껏 예쁠 수 있는 나이다. 낙엽만 굴러가도 까르르 웃는 그대들을 바라보고 있자면 내 마음이 다 흐뭇해진다. 이런 그대들이 성적으로, 공부로, 친구로 인해 얼굴이 점점 굳어가는 것 같아 너무나도 마음이 아프다.

　학교에서 상담을 하다 보면 형편이 참 어려운 친구들이 많다. 드라마에나 나올 법한 친구들도 꽤 있다. 부모님의 이혼이나 별거는 오히려 흔한 이야기라 해야 할까. 사춘기 시절에 자신도 갈 길을 잃고 서 있는데 어머니가 가출을 하거나 아버지의 폭언, 폭행으로 고통을 받는 경우도 있다.

　친구 문제로 인해 심각한 고민을 하는 경우도 많다. 10대 시절은 친구가 인생의 전부라 할 만큼 자신의 삶에 차지하는 부분이 매우 크다. 그런 이들에게 폭력을 행사하거나 재미삼아서 놀리는 몇몇 친구들이 있다 보니 그 상처는 이루 말할 수 없다. 요즘에는 단순한 장난을 넘어서 사회적인 문제가 될 만큼 심각한 지경이다.

　그렇다면 이런 문제들이 있는 현실을 좌절하고 절망한 상태로 방치해둘 텐가. 일단 지금의 나의 현실을 받아들이고 인정하자. 부모님이 이혼을 하셨다면 이혼하신 상태를 받아들이자. 그것은 그대들의 잘못이 아니라 어른들의 문제다. 이혼을 하지 않으셨다면 좋았겠지만, 어른들도 그들만의 이유가 분명 있을 것이다. 친구와 싸웠다면 먼저 용기 내어 다가가 보든지 편지 등을 이용해서 내 마음을 전해보자. 싸움이 일어나지 않았으면 좋았겠지만 이미 벌어진 일이다. 그러한 것들로 인해 스스로를 열등감 덩어리로 여긴다거나 피해의식만 가득한 채 세상을 바라보거나 하지는 않았으면 좋겠다. 나는 자신의 믿음이 미래를 만든다고 생각한다. '과거의 나'는 결코 '현재의 나'를 지배하지 못한다. 스스로를 내팽개쳐 두지 않는 한 말이다.

지금부터라도 스스로가 긍정적으로 변하고 싶다면 먼저 "변하겠다"고 주위에 선언을 하라. 그 순간부터 변화는 시작된다. 변할 수 있다고 믿는 순간부터 달라질 것이다. 믿음에는 한계가 없기 때문이다.

내가 초등학생이었을 때 있었던 일이다. 사실 나는 엄지손가락이 못생겼다. 남들은 길쭉길쭉하게 예쁜데 짧고 뭉툭한 내 엄지손가락이 맘에 들지 않아서 참 부끄러웠다. 교장선생님께서 전교생을 대상으로 훈화 말씀을 하던 때였다. 내 바로 뒷줄에 선 친구가 다른 친구와 장난을 치며 웃었을 뿐인데 마치 내 엄지손가락을 보면서 놀리는 것 같았다. 그래서 내 엄지손가락이 남들에게 보이지 않도록 나머지 손가락으로 감싼 채 서 있었다. 그리고 그날 집으로 가자마자 엄마에게 불만을 터뜨렸다. "내 엄지손가락이 왜 이 모양이냐"고, "나도 예쁜 손톱이 갖고 싶다"고. 그랬더니 엄마는 나를 다독이시며 "이런 손가락을 가진 사람들이 원래 손재주도 좋고 공부도 잘한다"고 말씀해주셨다.

초등학생 시절에는 엄마 말씀을 찰떡같이 믿고 살았던 터라 친구들이 "너 엄지손가락 웃기게 생겼다"라며 놀릴 때도 엄마 말만 믿고 나는 당당하게 "원래 이런 손가락을 가진 아이가 공부를 잘한대. 엄지가 이렇게 생기면 손재주도 좋대" 하면서 받아쳤다. 이런 식으로 친구들의 의견에 조목조목 반박을 하다 보니 친구들도 금세 인정하고 말았다. 그렇게 부끄럽기만 했던 내 엄지손가락은 그날 이후 공부 잘하는 엄지손가락으로 둔갑해버렸고, 그러자 엄지손가락이 자랑스럽기까지 했다. 이제는 나처럼 뭉툭하게 생긴 엄지손가락을 가진 이를 보면 왠지 모르게 친밀감이 들기도 한다. 하지만 세상에 공부 잘하는 손가락이 어디 있겠는가. 내 자존감을 위해 한 엄마의 거짓말이었을 뿐이다. 그렇지만 나는 그때 엄마의 말을 굳게 믿었었다. 그리고 실제로 그렇게 되었다. 믿음은 이렇게 현실을 바꾸기도 하는 것이다.

국어사전에 의하면 열등감은 '자기를 남보다 못하거나 무가치한 인간으로 낮추어 평가하는 감정'이다. 이는 실제 자신의 능력 유무와는 전혀 상관이 없다. 그렇지만 열등감을 가진 이들은, 자신이 가진 능력보다 더 낮게 자신을 판단하여 부정적으로 세상을 바라본다.

고백하건대 나도 한때는 열등감 덩어리였다. 부잣집의 공주님이 아닌 평범한 집의 딸이어서, 예쁜 친구의 뽀얀 피부를 갖지 못해서, 심지어 학급반장, 학생회장 자리를 쉽게 차지하는 언니에게도 열등감을 크게 느꼈다. 엄마 말씀 잘 듣고 공부 잘하는 우리 언니와 다르게 엄마 말 안 듣고 공부도 못하는 아이라 생각했던 것이다.

나에게는 이런 경험도 있다. 나는 두 번째 발가락이 첫 번째 발가락보다 길어서 늘 앞이 막힌 구두를 신고 다녔다. 더운 여름임에도 불구하고 누가 내 발가락을 볼까 봐 부끄러워서 20년 넘게 앞이 뚫린 샌들을 신지 못했다. 그리고 늘 작고 예쁜 발을 가진 이들을 한없이 부러워했다. 그런데 한 모임에서 선배가 "난 여자를 볼 때 발가락이 예쁘지 않으면 마음이 가지 않더라. 간혹 발가락이 특이하게 생긴 여자들이 있는데 기형 같아서 싫더라구"라고 했고, 그 말이 끝남과 동시에 모임에 참석한 사람들은 서로의 발을 쳐다보면서 웃었다. 순간 나는 너무나도 당황스러웠고, 앞이 막힌 구두를 신고 오길 잘했다는 생각을 하면서 땀을 삐질삐질 흘렸었다.

그러던 어느 날 발가락이 훤히 보이는 슬리퍼를 신고 외출을 한 적이 있었다. 너무 급하게 나가느라 생각을 못 하고 그냥 신고 나간 것이었다. 그런데 사람들은 아무도 내 발가락에 관심을 두지 않았다. 그 누구도 이상한 시선으로 바라보지 않았다. 그동안 나만의 열등감으로 발가락을 꽁꽁 숨겨두고 있었던 것이다.

그날 난 구두매장으로 갔다. 하지만 막상 가게에 오니 다시 망설이게 되었다. 직원이 아주 친절하게 웃으면서 찾으시는 것이 있냐고 물었다. 그때 나는 예쁜 샌들을 신고 싶다고 말했고, 직원은 구두 한 켤레를 보여주었다. 구두를 신겨주려고 하는 그에게 나는 민망해 하면서 "제 발이 좀 못생겨서요" 했고, 직원은 미소를 지으며 "아니에요, 전혀 못생기지 않으셨는데요"라고 하면서 아무렇지 않게 구두를 신겨주었다.

패티큐어를 받았을 때도 마찬가지였다. 직원은 내 발을 곱게 씻겨주었고, 발톱에 정성스럽게 매니큐어를 발라주었다. 그 누구도 내 발이 못생겼다고 하지 않았다. 그동안 내가 너무 나만의 동굴 속에 갇혀 있었음을 느꼈다.

그때부터 자신감이 생기기 시작했다. '발이 좀 못생겼으면 어때? 발가락이 좀 길면 어때?' 하면서 당당하게 신고 싶은 구두를 신고 다닌다. 지금 이대로의 현실을 인정하니 정말 마음이 편해졌다. 나를 사랑하고 나를 인정하니 주변의 모든 것이 새롭게 느껴졌다. 그동안 너무 부정적인 생각만 하고, 세상을 원망하며 살아왔던 내가 한없이 부끄러워졌다. 그래서 이제는 스스로를 사랑하는 사람이 되어야겠다는 결심을 했다. 발이 못생긴 여자를 싫어하는 사람이 있을 수 있다. 그렇지만 그건 그 사람의 생각일 뿐이다. 부모도 형제도 친구도, 내 주변의 그 누구도 내 발가락 때문에 나를 판단하지는 않았다. 드디어 스스로를 있는 그대로 받아들일 수 있게 된 것이다.

세상에 콤플렉스 없는 사람이 어디 있겠는가. 유명 연예인의 망언이라며 떠도는 인터넷 기사들을 읽다 보면 그토록 날씬하고 예쁜 사람들도 자신만의 콤플렉스를 갖고 있다는 것을 알게 된다. 그러니 콤플렉스에 자신을 가둘 필요는 절대 없다. 있는 그대로의 나를 바라볼 줄 알아야 한다. 부잣집에서 태어나지 않았더라도, 예쁜 얼굴이 아니라도, 몸매가 날씬하지 못해도, 공부를 잘하지 못해도 괜찮다. 찾아보면 누구나 장점이 있게 마련이다. 나만의 장점을 종이에 적다 보면 손발이 오그라들 때도 있지만 기분은 좋다. 다른 이들은 몰라도 스스로는 나의 장점을 알고 있으니 말이다.

그러니 지금 당장 그대의 장점을 찾으라. 세상을 바라보는 기분이 확 달라질 것이다. 성적은 좀 떨어지더라도 성격이 좋을 수도 있고, 교우관계가 뛰어날 수도 있다. 장점을 찾다 보면 열 가지, 스무 가지, 아니 백 가지도 적을 수 있을 것이다. 그렇다. 그게 바로 그대의 진짜 모습이다. 그동안 스스로를 다른 사람들과 비교하느라 열등감이라는 괴물덩어리를 키워온 사람들은 이제 그 괴물의 본모습을 찾아내야 한다. 그 괴물은 실은 아름다운 공주일 수도, 멋진 왕자일 수도 있다. 괴물 눈에는 괴물만 보이고, 공주 눈에는 공주가 보일 뿐이다.

이렇게 있는 그대로, 쌩얼의 자신과 마주하자. 눈이 부실 정도로 아름답다는 생각이 들 것이다. 자신이 아름답다고 생각하면 아름다운 것이다. 스스로 예쁘다고 주문을 외우면 예뻐진다고 하지 않는가. 사람들은 무생물인 산도 바다도 예쁘다며 찾는데 인간으로 태어난 그대가 어찌 어여쁘지 않겠는가.

청춘들은 다 예쁘다. 청춘이라는 이름표를 달고 있는 그 순간까지 한없이 예쁘다. 나도 청춘이고 그대도 청춘이다. 스스로가 죽을 때까지 청춘이라는 이름으로 살면 되는 것이다.

마법의
다이어리

스마트폰이 필수가 되어버린 요즘 메모를 한다는 것이 어색하게 느껴질 수도 있다. 그렇지만 가끔씩 중요한 일을 메모해두지 않아서 기억 저편으로 날아가 버리는 사태를 맞이한 후에 땅을 치고 후회한 적이 다들 한 번쯤은 있을 것이다.

최효찬은 《한국의 메모 달인들》에서 아이디어를 휘발성이라 보았다. 즉, 아이디어는 끊임없이 머릿속에서 생성되지만 메모를 해서 이를 구체적인 정보나 기획으로 바꾸지 않으면 휘발성 물질처럼 형체도 없이 사라져 버린다는 것이다. 메모를 해두지 않으면 잊어버리기 쉽고 그 생각을 다시 떠올리기가 여간 힘든 일이 아니다.

그런데 메모를 하는 이유는 그 내용을 기억하기 위해서가 아니라 그 내용을 잊어버리기 위해서다. 다시 말해 시간이 지나도 아무런 수고를 들이지 않고서도 손쉽게 찾아보기 위해 메모를 하는 것이다.

스마트 시대라고는 하지만 내가 촌스러워서 그런지 스마트폰에 터치를 하면서 기록하기보다는 손으로 직접 쓰는 것을 좋아한다. 아직까지 디지털보다는 아날로그가 더 익숙한 탓이겠다. 월요일 아침 회의에서는 교무수첩에다가 필요한 사항들을 적는다. 그리고 교실에 다시 올라와 그 수첩을 보면서 아침 조례를 시작한다. 회의 때 언급된 내용을 적지 않았다면 그 많은 양을 어찌 다 기억하겠는가. 그래서 메모를 하는 것이다. 이렇게 적어두면 굳이 기억을 하지 않아도 되니 참으로 편하다.

어제보다 나은 삶은 살고자 하는 나는 계획이나 목표를 세울 때도 반드시 메모를 한다. 다이어리는 여행을 갈 때도 꼭 챙긴다. 다이어리에 나만의 이야기를 자주 털어놓는 편이니 나를 가장 잘 알고 있는 이도 다이어리가 아닐까 싶다. 카카오스토리나 페이스북 등과 같이 타인과 공유하기 위한 삶이 아닌 혼자만의 시간도 필요한 나에게 있어 다이어리는 필수품인 셈이다.

누군가는 메모하는 사람을 '미래를 위해 현재를 점검하는 현실주의자'라고 말했다. 메모하는 습관을 들이면 자연스럽게 자기관리가 되기 때문이다. 대개 메모를 하는 이들은 우선 오늘 해야 할 일을 종이에 적는다. 그리고 잊어버리지 말아야 할 것, 챙겨야 할 것 등도 적어둔다. 그러다 보니 자연스레 하루가 계획적으로 설계되는 것이다.

누구에게나 하루는 24시간으로 공평하다. 그런데 이 시간을 어떻게 보냈는가에 따라 그 사람의 인생이 달라진다. 하루가 모여 한 달이 되고, 한 달이 1년이 되고, 1년이 모이면 한 사람의 인생이 된다. 하루 경영이 모여 1년 경영이 되는 것이다.

그대들도 메모를 해서 미래를 준비하자. 오늘 해야 할 일, 곧 'To Do List'로 스스로를 관리하여 자신의 꿈을 찾기 위해서라도 반드시 메모를 해야 한다. 과연 내가 잘할 수 있는 일이 무엇인지, 어떤 일을 좋아하는지, 혹은 결코 하고 싶지 않은 일이 무엇인지 다이어리에 적다 보면 어떤 방식이든 자신의 꿈이 몇 가지로 추려진다. 그것이 바로 그대 인생의 로드맵이 되는 것이다.

임재성은 《미래의 자서전으로 꿈을 디자인하라》에서 "미래는 기록에서부터 시작될 것이기에 '미래자서전'을 써보라"고 했다.

미래자서전은 종이 위라는 가상의 공간에서 한평생을 미리 살아보는 것이다. 아직 인생이 무엇인지, 미래의 삶을 어떻게 영위해 나가야 하는지 모르는 청소년들에게는 새롭고 유익한 경험이다. 미래자서전의 마지막 페이지에 마침표를 찍는 순간 인생이란 무엇인지, 어떻게 살아가야 할지 어렴풋이나마 알게 된다면 더할 나위 없이 바람직한 결과를 얻을 것이다. 자신의 적성과 꿈조차 찾지 못해 방황했던 청소년이 미래자서전 쓰기를 통해 인생의 최종 목적지를 알게 되면 생각의 변화와 더불어 행동의 변화가 일어나 꿈과 비전을 이루어가는 과정에서 성숙한 삶을 살게 될 것이다. 꿈을 시각화하면 그 이미지는 반드시 현실이 된다는 이야기가 바로 미래자서전 속에서 펼쳐진다.

헨리에트 앤 클라우저는 《종이 위의 기적, 쓰면 이루어진다》에서 "열망을 담은 메모는 물론이고 무의식중에 적었던 단어들에도 에너지가 담겨 있다"고 했다. 그 에너지가 목표를 끊임없이 끌어당기고, 결국 사람과 세상을 움직이게 된다는 것이다. 전설의 액션스타 이소룡도 자신의 꿈을 종이에 적은 적이 있다. '1980년에 미국에서 가장 유명한 동양인 배우가 되어 있을 것이고, 천만 달러의 출연료를 받을 것'이라고. 그리고 그것은 현실로 이루어졌다. 이소룡의 꿈이 담긴 종이는 뉴욕 플래닛 할리우드에 소장되어 있다.

이렇듯 글로 적는 것은 엄청난 에너지를 발생시킨다. 그리 어려운 일도 아니니 속는 셈치고 한번 시도해보자. 종이에 소원을 쓴 후 자신이 꿈꾸는 대로 인생이 달라진다면 좋지 않겠는가.

나 역시 언제부턴가 '꿈을 종이에 쓰면 이루어진다'라는 말을 가슴속 깊이 새기면서 글로 적어둔다. 이루고 싶은 것이 있으면 꼭 세 번을 적는 습관이 있다. 한 번을 적으면 기운이 덜 생기는 것 같고 두 번을 적으면 아쉬움이 드는데, 세 번을 적으니 완벽한 느낌이 들었다. 종이 위에 자신이 바라는 꿈과 목표를 적은 후 계속 그것을 보면 결국 자기의 생각과 목표를 정확하게 인식하게 된다. 자신의 목표를 정확하게 인식하고 목표를 위해 행동하게 되면 꿈은 이루어지기 마련이다. 만약 내가 갖고 싶은 차가 있다고 가정해보자. 그 색깔이 빨간색이라면 길거리에 빨간색의 차가 계속 내 눈에 띌 것이다. 이는 그만큼 관심이 한곳으로 집중되어 있기 때문이다.

　스무 살 때 귀를 뚫고 버스를 탄 적이 있다. 귀를 뚫고 난 직후라 곧 예쁜 귀걸이를 착용할 수 있을 거라는 기대감에 매우 설렜다. 버스에 앉아 있으면서, 버스 안의 사람들을 지켜보니 오직 그녀들의 귀만 보였다. '저 여자는 저런 귀걸이를 했구나', '저 귀걸이 예쁘다', 뭐 이런 식으로 생각하면서 버스를 타고 내리는 수많은 사람들의 귀만 뚫어지게 쳐다보았다. 예쁜 귀걸이를 해야겠다는 정확한 목표를 가지고 있다 보니 그것과 관련된 정보들만 계속 뇌 속에 주입이 되는 것이다. 우리는 평소에 너무나도 많은 정보를 접하고 살아가지만 세상의 모든 정보들을 다 기억할 수는 없다. 그래서 우리 뇌는 자신에게 필요한 정보를 정해두면 그와 관련된 정보만 진짜 정보라 인식하게 된다고 한다. 그래서 내 눈에는 계속 빨간 색깔의 자동차만 눈에 띄었고, 귀걸이를 착용한 사람들만 보였던 것이다. 즉, 자신의 꿈이나 목표를 메모해두고 계속 보게 되면 뇌는 그것을 핵심 정보라 여기게 되어 그 정보와 관련된 것들만 보이기 시작한다.

메모는 자기가 가장 편한 방식으로 하면 될 듯하다. 나 같은 경우는 잊지 말아야 할 중요한 일이나 꼭 필요한 내용은 별표를 해두거나 빨간 색 펜으로 동그라미를 쳐둔다. 그리고 목표를 적어둘 경우는 그 목표를 이룰 수 있는 기한을 적어둔다. 오늘 해야 할 일을 적어두는 것은 물론 이거니와 1년 목표나, 한 달 목표도 적어둔다. 특별한 방식은 없고 편하 게 다이어리에다 적는 편이다.

그러니 지금부터 그대도 다이어리를 펼쳐서 당장 메모를 시작하라. 그대의 꿈을 위해, 오늘을 보다 효과적으로 살기 위해서 메모하라. 잊지 마라. 메모가 그대의 꿈을 실현시켜 줄 강력한 도구임을 말이다.

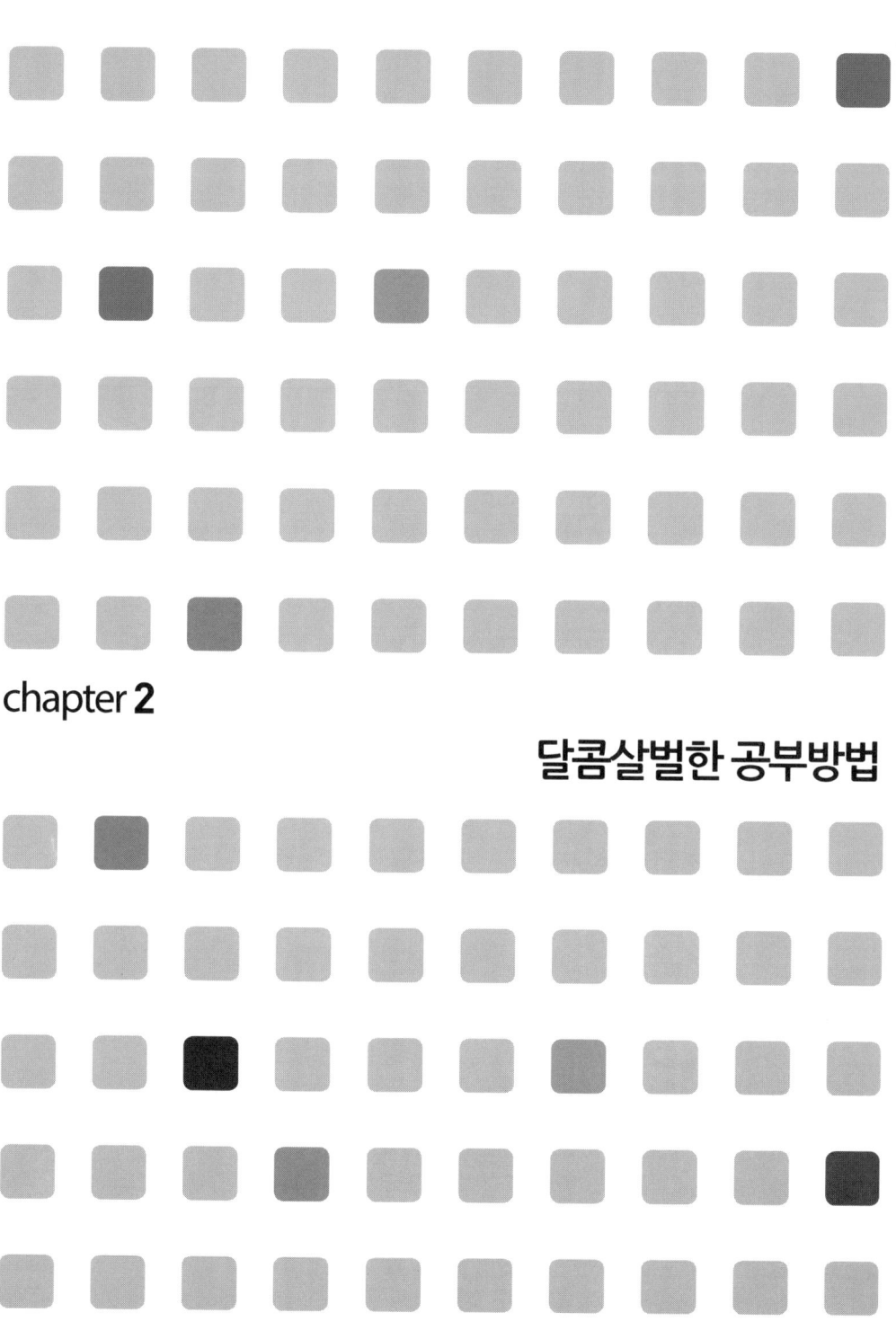

chapter **2**

달콤살벌한 공부방법

그대가 먼저 베풀라. 그대가 공부를 한다면 먼저 공부에게 다가가 인사를 하고, 교과서 내용을 알아
보고자 노력하고, 단어를 외워라. 그대가 운동을 한다면 연습부터 하라. 기초 체력을 키우고 걷기를
하거나 달리기를 하라. 그대가 그림을 그리거나 음악을 한다면 실력이 늘지 않는다고 탓하지 말고
수십 장의 그림을 먼저 그리고, 수십 시간 동안 악기 연습을 하라. 엉덩이를 떼지 말고 꾸준히, 끈기
있게 말이다.

공부?
Why? Why? Why?

그대여! 청춘을 바칠 만큼 무언가에 몰입한 적이 있는가?

살다 보면 누구나 한 번쯤은 인생 전부를 바칠 대상을 만난다. 그게 공부일 수도 있고, 사랑일 수도 있고, 또 다른 무엇일 수도 있다. 10대인 그대에게 그것은 무엇인가? 물론 공부가 인생의 전부는 아니다. 세상에 나와 보면 알겠지만 인생은 성적순대로 돌아가지 않는다. 학창 시절에 공부를 잘하지 못해도 잘 사는 사람도 많다. 공부 이외에 다른 것에 특별한 재능이 있다면 그 길로 가면 된다.

그래도 지금 이 순간만큼은 10대인 그대가 인생을 바칠 대상이 공부였으면 좋겠다. 내가 선생이라서 이런 말을 한다고 생각해도 어쩔 수 없다. 솔직히 10대 시절에 공부를 잘하면 어른이 되어서 후회할 가능성이 적다. 그리고 남들보다 좀 더 많은 기회가 주어지기 때문에 나는 그대들에게 이 기회를 잡으라고 말하고 싶다.

어른들에게 인생을 돌이킬 수 있다고 가정했을 때 "어느 시절로 가고 싶냐?"는 질문을 하면 대개는 10대 시절로 돌아가고 싶다고 한다. 어른이 되었을 때 자신의 꿈을 찾은 이들도 있겠지만, 대부분은 돈 때문에 혹은 어쩔 수 없이 자신의 꿈과는 상관없는 직장에 취직해서 살아가고 있는 경우가 많다. 그래서 어른들은 10대로 되돌아가 미친 듯이 공부해 자신의 인생을 리셋reset할 수 있는 기회를 잡고 싶다고 한다.

살면서 인생을 바꿀 수 있는 기회는 여러 번 있다. 제일 쉬운 방법은 부자 부모님을 만나면 된다. 태어나 보니 우리 아버지가 한 나라 왕이거나 대기업 회장님이라면 남보다 앞선 출발선에 선 것이나 마찬가지다. 남들보다 조금 더 쉽게, 다양한 기회를 가질 수 있으니 말이다.

그런데 우리 부모가 평범하다고? 스스로가 공부를 잘하는 것이 하나의 방법이 될 수 있다. 공부를 잘한다고 해서 모든 것을 다 가질 수도 없고, 다 잘되는 것도 아니다. 그렇지만 자신에게 더 큰 기회를 제공해주는 것이 바로 공부다. "인생은 기회다", "인생은 타이밍이다"라는 말이 있는 것도 다 그런 이유에서다. 기회가 왔음에도 자신의 실력이 모자라서 그 기회를 잡지 못한다면 얼마나 억울하겠는가.

그리고 나 역시 교사가 되었기 때문에 이런 글을 젊은 그대에게 쓸 수 있는 기회를 가질 수 있다고 생각한다. 공부를 못했다고 해서 실패한 인생이라고 결코 말할 수는 없지만 그래도 대학이라도 나오고 교사를 하고 있는 내 말이 지금 그대에게 더 공감되지 않겠는가.

그러니 그대가 금수저를 물고 태어난 왕자나 공주가 아니라면 일단 공부를 하라고 말해주고 싶다. 공부는 지금의 그대 인생이 나아질 수 있는 기회, 아니 통째로 바꿀 수 있는 기회를 제공한다.

사람이란 존재는 다양한 경험을 할수록 인생이 풍요로워진다. 다양한 사람들이 모여 있는 공간 속에는 열정적인 사람들이나 그대의 멘토가 될 만한 사람들 또한 많을 것이다. 그럼 이들을 어디서 만날 수 있을까? 가장 쉽게 만날 수 있는 방법이 대학이다. 대학의 선후배로 만날 수도 있고 동아리나 학과활동, 교외활동 등을 통해 자연스럽게 친분을 쌓을 수도 있다. 그래서 지금 공부를 열심히 하라고 그대에게 꼭 말해주고 싶다. 그 다양한 기회로 인해 그대의 인생이 어떻게 바뀔지 모를 일이기 때문이다.

나 역시 고등학생 시절에는 왜 공부를 해야 하는지도 몰랐고 공부에 큰 흥미도 없었다. 내가 왜 공부를 해야 하는지를 아무도 알려주지 않았다. 다만 공부를 하라고만 했다. 그런 현실이 싫어 반항하는 차원에서 공부를 하지 않았고 결국 후회를 했다. 그 당시에는 굳이 대학을 갈 필요성도 느끼지 못했다. 친구들에게 "너는 왜 대학을 가려고 하니?"라고 물어봐도 다들 "그냥" 혹은 "남들 다 가니까. 대학이라도 나와야 뭘 해

먹고 살지 않을까?" 혹은 "엄마가 가라고 해서"라는 답변만 듣다 보니 대학에 대한 흥미를 잃어버린 것이다. 엄마에게 물으면 "쓸데없는 소리 그만하고 공부나 해라"는 말만 돌아왔다.

결국 나는 공부를 하지 않았고, 학교 시험점수는 엉망이 되어버렸다. 이런 방황(?)을 알고 있는 친한 친구들은 내가 안쓰러웠는지 학교 시험을 칠 때마다 "제발 이거 하나라도 외워라"면서 중요한 문제를 찍어주곤 했었다. 쉬는 시간 10분간 그걸 외웠고, 운 좋게 외운 문제가 시험에 나오면 맞히고, 그렇지 않으면 틀렸다. 그때는 그게 후회될 만한 일인지 몰랐다. 대학을 선택하지 않아서 내심 폼이 난다고 착각도 했다. 친구들과 다른 길을 걷고 있는 내가 뿌듯한 적도 있었다. 그래서 다른 친구들이 공부를 할 때 나는 좋아하는 책만 읽었다.

그런데 어느 날 엄마가 "대학을 가지 않을 거라면 고등학교 졸업하고 뭘 하고 살거냐?"고 물어보셨다. 순간 딱히 할 말이 없었다. 딱히 하고 싶은 것은 없었지만 책만은 실컷 읽고 싶었다. 그래서 서점주인이 되고 싶다고 했더니 엄마는 서점을 차려줄 정도의 집안형편이 안 된다고 딱 잘라 말씀하셨다. 그러고는 "네 인생이니 네가 알아서 할 것을 생각해봐라"고 하셨다.

그런데 아무리 생각을 해도 뭘 해야 할지 몰라 고민만 지속되었다. 결국 엄마에게 솔직하게 말씀드렸다. 그러자 엄마는 고민하고 방황하는 시간을 조금 더 가져보라고 하셨다. 그런데 조건이 있었다. 그건 바로 대학생으로서 그 고민과 방황의 시간을 가지라는 것이었다. 딱히 가고 싶다는 생각을 해본 적 없는 대학을, 가서 나랑 안 맞으면 어쩌지 하는 생각이 들 즈음에 당시 대학생이던 언니가 한마디 거들었다. "일단 가봐. 가서 맘에 안 들면 자퇴를 하든지 휴학을 할 수 있으니까"라고.

별로 손해 볼 것 없을 것만 같다는 생각에 대학을 가겠다고 엄마에게 선언했다. 그게 바로 수능 치기 3개월 전이었다. 정말 열심히 했다. 그렇지만 워낙에 공부량이 부족했던지라 수능 당일 날 내가 원하던 점수는 나오지 않았다. 당연한 결과였다. 수능 후에 엄마는 재수를 권했지만 나는 재수를 할 생각이 전혀 없었기 때문에 점수에 맞춰서 대학에 입학을 했다. 서울 쪽으로 가고 싶었으나 점수가 안 되어서 지방대를 가게 되었다. 전공은 그다지 중요하지 않았다. 수학은 머리에 쥐가 날 지경이어서 깔끔하게 포기하고, 영어보다는 국어가 더 익숙하다는 단순한 이유로 국어교육과를 선택했다. 영어보다는 국어가 한글이니 좀 더 쉽겠지, 하는 정말 말도 안 되는 생각으로 학과를 선택했던 것이다.

학교를 다니는 동안 엄마 말씀대로 방황과 갈등을 거듭했지만 교사가 될 생각은 전혀 없었다. 그래서 3학년 즈음이면 누구나 듣는 교육학 강의조차도 나는 듣지 않았다. 그렇다고 해서 다른 것을 딱히 하고 싶은 것도 아니었다. 솔직히 불안하기도 했다. 남들은 교사라는 꿈을 정해서 갈 길을 가는데 나는 뭘 해야 할지를 몰라서 방황을 하고 있었던 것이다. 그렇게 나는 4학년이 되었다.

그런데 교생실습을 마치고 나니 아이들이 너무 보고 싶었다. 그런 아이들을 계속 가르치고 싶다는 생각을 태어나서 처음으로 하게 되었고, 좋은 선생님이 되어야겠다고 결심했다. 드디어 나에게도 꿈이 생긴 것이었다. 이런 식으로 내 꿈이 생길지는 생각지도 못 했다. 물론 그동안의 방황과 갈등을 겪은 후라 더욱 그렇게 느껴졌는지도 모를 일이다. 그런데 지금 생각해보면 나 역시 '교생실습'이라는 기회가 있었기 때문에 내 꿈을 쉽게 찾을 수 있었다는 생각이 든다. 교생실습의 기회를 맛보지 못했더라면 내가 과연 이 자리에 서 있을 수 있을까, 하는 생각 말이다.

나처럼 이런 식으로 꿈이 정해질지도 모르고, 또 다른 어떤 방식으로 자신의 꿈을 찾을지는 모를 일이다. 그러니 그대에게 기회를 많이 가지라고 말하고 싶다. 그런 기회를 얻는 가장 손쉬운 방법이 바로 공부다. 공부가 많이 부족했던 나조차도 이런 기회를 얻어서 진짜 내 꿈을 찾았는데, 지금 공부를 할 수 있는 그대는 얼마나 더 크고 다양한 기회를 가질 수 있겠는가.

그래서 늘 수업시간마다 공부를 하는 이유를 생각하고 미친 듯이 해보라고 아이들에게 이야기한다. 그러니 그대도 지금 당장 책을 펼쳐라.

집중 by
엉덩이!!

　공부는 '엉덩이와의 싸움'이라는 말이 있듯 일단 질보다 양으로 승부해야 한다. 우직하게 책상에 앉아서 공부를 하는 친구가 반드시 좋은 결과를 얻게 마련이다. 질을 논하는 것은 그 다음 문제다.

　머리는 어차피 타고난 것이니 스스로 천재가 아니라는 생각이 든다면 노력만이 최선이다. 아무리 머리가 좋은 사람이라도 노력하는 자를 이기지는 못 한다. 독일의 심리학 박사 롤프 메르클레가 "천재는 노력하는 사람을 이길 수 없고 노력하는 사람은 즐기는 사람을 이길 수 없다"는 유명한 명언도 남기지 않았는가. 그래서 나는 아이들에게 원하는 성적을 얻고 싶다면 의자와 엉덩이를 떼지 말라는 우스갯소리를 곧잘

한다. 엉덩이를 자리에서 떼지 않고 끝까지 앉아 있다는 것은 끈기가 있다는 말이다. 무슨 일이든 끈기와 집념이 있다면 1등은 못 하더라도 최소 2등은 한다. 그토록 끈기를 갖고 노력을 한다면 결코 실패로 돌아오는 일은 없을 것이다.

물론 죽도록 노력해도 안 되는 일이 있다. 그렇지만 그 노력은 그대를 배신하지 않는다. 설사 원하는 결과가 나오지 않았다고 해도 어떤 방식으로든 그대의 삶에 자양분이 되기 마련이다. 그러니 엉덩이를 자리에서 떼지 마라. 무슨 일에서든 손쉽게, 재빠르게 원하는 것을 얻기는 힘들다. 무언가를 얻으려면 그만큼 투자를 하고 노력을 해야 한다. 베스트셀러 작가인 브라이스 코트니는 한 작가 지망생으로부터 위대한 작가가 되는 비결이 무엇인가에 대한 질문을 받고서 "의자에 엉덩이를 딱 붙이는 거다. 제대로 써질 때까지 다른 무엇에도 눈 돌리지 말고 앉아 있어야 한다"고 말했다.

인생사의 진리가 바로 '기브 앤 테이크Give and Take'다. '인풋input'이 있어야 '아웃풋output'이 있는 법이다. 먼저 주지 않는다면 받을 생각을 하지 마라. 이는 공부에 시간 투자를 해야지 좋은 성적을 받을 수 있는 것과 같다. 회사에서 근무를 하더라도 일단 회사를 위해 일을 한 이후에 월급을 받지 않는가. 이것이 바로 세상의 이치다. 영어를 잘하고 싶다면 영어에 '기브give' 하라. 죽도록 영어 공부를 위해 '기브' 한다면 몇 년이 지난 후에는 영어를 유창하게 말하고 있는 자신을 발견하게 될 것이다. 이 순간이 바로 '테이크take'다.

개그맨 김영철의 어머니는 미역을 따신다고 한다. 그런데 미역을 따게 되면 손질을 해서 늘 주변 분들을 먼저 챙기신다고 한다. 맛있는 음식을 해도 주변 사람들에게 나눠 주고 난 후에야 가족들을 챙기실 정도였다고 한다. 그런데 그러고 난 그 다음 날이면 자신의 집에 여러 가지 것들이 배달(?)되었다고 한다. 그의 어머니 정성에 감동해서 이웃집에서도 마음을 열고 여러 가지를 베풀었던 것이 아닐까 싶다.

그대가 먼저 베풀어라. 그대가 공부를 한다면 먼저 공부에게 다가가 인사를 하고, 교과서 내용을 알아보고자 노력하고, 단어를 외워라. 그대가 운동을 한다면 연습부터 먼저 하라. 기초 체력을 키우고 걷기를 하거나 달리기를 하라. 그대가 그림을 그리거나 음악을 한다면 실력이 늘지 않는다고 탓하지 말고 수십 장의 그림을 먼저 그리고, 수십 시간 동안 악기 연습을 하라. 엉덩이를 떼지 말고 꾸준히, 끈기 있게 말이다.

주변 사람들에게 독종 소리를 들을 만큼 무서운 집념을 가지고 자신의 일에 임해야 한다. 그게 공부든 운동이든 음악이든 미술이든 말이다. 어른들도 남들에게 워커홀릭이라는 말을 들어보지 않고서는 회사에서 성공할 수 없다고 한다. 그러니 그대가 한 우물을 깊게 파고 싶다면 시간이 걸리더라도 끝까지 파라.

예전에 금광을 찾던 사람이 있었다. 아무리 파도 금광을 발견할 수가 없어서 포기하고 다른 사람에게 팔아넘겼다. 그런데 자신이 파던 곳의 고작 1미터 아래에서 금광이 발견되어 그 땅을 산 사람만 부자가 되었다. 1미터를 눈앞에 두고 금광 찾기를 포기한 그는 얼마나 땅을 치고 후회했겠는가. 그러니 그대도 포기하지 말고 1미터만 더 파라. 조금만 더 깊게, 조금만 더 열심히, 젖 먹던 힘까지 내봐라.

모범생들은 예습뿐만 아니라 복습도 매우 철저하게 한다. 예습은 무슨 내용을 배울까 하는 기대감으로, 복습은 선생님께 질문을 한 가지 해본다는 마음으로. 모범생이 되는 비결은 바로 수업 이후 자신이 복습한 내용이 1차 고사, 2차 고사, 더 나아가 수능, 그 이후까지 남아 있으면 되는 것이다. 그럼 모범생이 되는 가장 빠른 길을 구체적으로 알아보자.

사람의 기억은 지속되는 시간에 따라 단기, 장기 기억으로 나뉜다고 한다. 기억에 대해 연구한 독일의 심리학자 에빙하우스는 학습한 이후 10분 후부터 망각이 시작된다고 했다. 그리하여 학습한 후 기억을 지속시키는 가장 효율적인 방법이 복습임을 밝혀냈다. 또한 망각이 시간의 경과와 관계가 있다는 '망각곡선'을 비롯해서 복습에 있어서 그 주기가 중요하다는 사실도 알아냈다. 학습 직후 "10분 후에 복습하면 하루 동안 기억되고, 하루 더 복습하면 일주일 동안, 일주일 후에 또 복습하면 한 달 동안, 한 달 후 또 복습하면 6개월 이상 기억인 장기기억으로 전환된다"고 발표했다. 더불어 학습 횟수가 늘어남에 따라 기억을 위해 필요한 학습내용의 양과 시간도 줄어들기 때문에 학습시간을 단축할 수 있는 사실도 밝혀냈다.

그러므로 공부를 시작한 지 얼마 되지 않을수록 기본기를 탄탄히 다져야 한다. 내용이 이해가 될 때까지 수십 번 복습을 해야 진짜 자신의 공부가 되는 것이다. 그래야만 모범생의 길로 들어설 수 있다. 또 시험을 칠 때 '아, 이 문제 아는데, 봤는데' 하면서 정답이 1번인지 2번인지 헷갈려 1번을 찍고 나면 답은 2번인 경우가 다반사다. 이는 복습을 철저히 하지 않아서다. 에빙하우스의 말대로 여러 번의 복습만이 살길이다.

의자와의 엉덩이 싸움에서 자신이 이겼다면 이제는 짧은 시간이라도 집중력을 갖고 복습하는 것이 중요하다. 책을 편 순간만큼은 책에 온전히 집중할 수 있어야 한다. 카카오톡이나 문자를 주고받으면서 책을 보면 집중력이 떨어진다. 하루 종일 책상에 있어도 집중을 하지 않는다면 모든 것은 '도로아미타불'이다. 책을 폈는데 딴 생각이 든다면 스스로에게 정신을 차리라고 자극을 주면서 공부를 해야 한다. 그러니 오직 책만 볼 수 있도록 집중력을 길러야 한다. 휴대전화를 꺼두든지 멀리 두든지 해야 하는 것이다.

예전에 임용시험을 준비할 때 집중력을 높이기 위해 공부시간을 체크한 적이 있었다. 옆에 다이어리를 두고 실제로 공부한 양을 체크한 것이다.

공부를 하다가 화장실에 가게 되면 무조건 '-10분'이라 기록한다. 또한 갑자기 피로가 몰려와 알람을 맞춰두고 10분 정도 자더라도 '-30분'이라 기록한다. 잠이 들기 전이라 분명 집중도가 떨어졌을 것이고, 잠에서

깨어나 다시 집중해서 공부하기까지 시간이 지체되었을 것이기에 스스로 30분 동안 공부를 하지 않은 것과 마찬가지라 여긴 것이다. 또 공부하다가 갑자기 다른 것이 연상되거나 멍한 시간이 잠시라도 생기면 '30분'을 적었다.

이렇게 하루 공부량을 체크해보니 열두 시간을 책상에 앉아 있었음에도 불구하고 집중하는 시간이 채 서너 시간도 되지 않음을 알게 되었다. 그래서 그 이후부터는 집중력 있게 공부하는 양을 조금씩 늘려나갔다. 종일 책상에 앉아 있다 보니 공부를 많이 한 듯한 착각이 들 때면 다이어리를 꺼내서 일주일 공부량을 체크해보고 마음을 다잡곤 했다. 이렇게 하다 보니 시간이 갈수록 집중력 있게 공부할 수 있었다. 간혹 배가 고픈 줄도 모르고 공부를 하다가 친구가 밥 먹으러 가자고 하면 벌써 시간이 이렇게 지났나, 싶을 때도 있었다.

아인슈타인은 "제대로 집중하면 여섯 시간 걸릴 일도 30분 만에 끝낼 수 있지만, 그렇지 못하면 30분이면 끝낼 일을 여섯 시간을 해도 끝내지 못한다"고 했다. 이제 집중력이 얼마나 중요한지 알겠는가. 할 수 있다는 자신감으로 의자에서 엉덩이를 떼지 말고 꿈의 과녁에 화살을 맞히도록 집중하라.

백만 불짜리 과외,
학교샘에게 받아라

많은 친구들이 학교에 와서 잠을 자고 학원에 가서 공부를 한다. 학원에서 선행학습한 내용이 학교에서 반복됨에 따라 학교 수업시간에 자연스레 조는 반면 밤에 학원에서 제대로 수업을 듣는 것이다. 게다가 요즘은 학원을 다니지 않은 친구들이 없을 정도로 사교육이 대세다. 이런 현실 속에서 학교 수업은 등한시만 되고 있다. 참으로 안타까운 일이다.

그렇지만 냉정히 잘 생각해봐야 한다. 밤늦도록 학원에 가서 수업을 듣는 이유는 오직 하나, 학교 성적을 잘 받기 위함이다. 물론 예체능을 전공하는 친구들처럼 실기가 필요한 경우는 제외하고 말이다. 학교 성적을 잘 받기 위해서 학원 수업을 열심히 듣는 기막힌 상황이 연출되는 것이다. 너무 아이러니하지 않은가.

학원에 가서 학습에 필요한 도움을 받을 수는 있다. 그러나 주객이 전도되는 상황까지 가서는 안 된다. 특히 수시로 대학을 가고자 하는 이들은 학교 수업을 열심히 들어야 한다. 시험을 치는 장소도 학교이고, 1차 고사나 2차 고사의 시험 출제자는 학원 선생님이 아니라 학교 선생님이기 때문이다. 학교 선생님이 중요하다고 강조하는 부분은 꼭 시험에 출제가 된다. 또한 학교 선생님에게 모르는 것을 계속 질문하다 보면 그분과 친해질 기회도 가질 수 있고, 여러 가지로 학교 생활이 편해질 수도 있다. 솔직히 교사를 하다 보면 열심히 문제를 풀면서 모르는 것을 질문하는 친구가 참 예뻐 보인다. 여분의 문제지라도 한 권 있으면 그 친구에게 먼저 주기 마련이다.

선생님이 학생들을 다 알까 싶겠지만 거의 대부분은 안다. 특히 자신이 가르치는 그 학년은 모를 수가 없다. 자기 반 학생이라면 이름은 물론이고 취미, 가정형편, 교우관계 등을 매우 자세히 아는 것은 말할 것도 없고, 옆 반 학생이라도 수업을 하다 보면 어떤 성향을 가졌는지 파악이 된다. 즉, 수업하는 반의 학생 이름까지는 정확히 모른다 할지라도 몇 반인지, 몇 분단의 몇 번째 줄에 앉아서 어떤 모습으로 수업을 듣는지 정도는 안다.

어떤 친구가 예의 바르게 인사를 잘하거나 수업을 집중해서 듣는 둥 열심히 노력하는 모습을 보이면 대개 교사들은 감동을 받기 마련이다. 그래서 그 친구의 이름을 꼭 외워둔다. 혹은 그 반 담임선생님에게 가서 그 친구 칭찬을 해주게 마련이다. 모든 선생님들은 아이들이 커서 잘되었으면 하는 부모와 같은 심정이기에, 그런 친구들에게는 관심이 절로 가기 때문이다.

그러니 모르는 것이 있다면 언제든 선생님에게 질문을 해라. 수업시간에 질문을 하는 친구는 그 수업이 진정 자신의 것이 된다. 질문을 하면 그 질문에 선생님이 대답을 하게 되고, 다른 부분을 설명할 때도 그 친구가 신경 쓰여 관심을 가지게 된다. 그러니 선생님에게 질문을 많이 해라. 다만 그 질문 내용이 개인적인 것이라면 쉬는 시간을 이용해서 하는 것이 좋다. 선생님의 식사시간을 피해서 하게 된다면 센스 있는 학생이라는 칭찬을 받게 될 것이다.

EBS의 교육대기획 10부작 〈학교란 무엇인가〉 중 8부작에 해당하는 '0.1퍼센트의 비밀'이라는 프로그램을 본 적이 있다. 교육적으로 의미가 있다고 판단되어 아이들에게도 한 번씩 보여준 이 방송은, 전국 성적 0.1퍼센트의 아이들은 과연 어떻게 공부를 하는지 그들의 공부습관을 알아보는 내용이었다.

그들은 모두 지독한 공붓벌레였다. 공부하는 방법은 조금씩 달랐으나 공통된 한 가지는 부모의 강압이 아닌 스스로 공부를 하고자 하는 의지와 노력이 있었다는 것이다. 또한 모두들 입을 모아 학교 수업에 충실하라고 했다. 특히나 0.1퍼센트에 해당하는 한 친구의 수업태도를 촬영한 장면이 인상 깊었다. 그 친구의 눈빛은 오직 칠판과 교탁 앞의 선생님에게 고정되어 있었다. 그는 수업을 충실히 듣다 보면 중요한 내용이 뭔지 선생님이 여러 번 강조해서 설명하기 때문에 핵심을 알 수 있게 된다고 했다. 이와 상반되게 옆에 앉은 친구는 책으로, 다른 친구로, 칠판으로 시선이 분산되는 모습을 보였다.

그렇다. 현장의 교사로서 정말 수업이 중요하다고 말해주고 싶다. 수업시간에 중요한 내용은 여러 차례 강조를 하게 된다. 시험에 나올 법한 내용이나 아이들이 꼭 알아야 하는 내용을 강조하지 않을 교사는 없다. 심지어 우스갯소리나 농담도 수업과 관련시켜 하는 경우가 대부분이다.

만약 인물 간의 갈등을 가르친다고 가정해보자. 교과서대로만 딱딱하게 가르치면 아이들이 흥미를 잃는 경우가 많기 때문에 나 같은 경우는 그때마다 유행하는 드라마를 예로 든다. 아이들이 좋아하는 드라마 속에는 꼭 갈등구조가 숨어 있기 때문이다. 드라마에 주동인물^{주인공}과 반동인물^{주인공과 대립되는 인물}은 기본적으로 존재하며, 주인공 측의 조연들과 반동인물들 측의 조연들로 꾸며진다. 특히 드라마에는 남녀 간의 로맨스도 있기 때문에 인기 드라마를 예를 들어 소설을 가르치면 아이들이 관심과 흥미를 보인다. 아이들 말로는 기억도 오래간다고 했다. 얼핏 들어보면 어제 저녁에 방영된 드라마 이야기를 하고 있는 것 같지만

76

사실은 인물의 갈등구조에 대해 설명하는 것이다. 이런 식의 수업방식은 나만 써먹는 특별한 노하우가 아니라 교사라면 누구나 활용하는 방법이다.

이렇게 수업시간에 선생님이 하는 농담조차도 교과내용과 관련이 되는 경우가 대부분인데 진짜 수업내용은 어떻겠는가. 그러니 수업시간에 잠을 잔다는 것은 시험에서 좋은 점수 받기를 포기한 것이나 마찬가지다. 수업시간에 졸고 나중에 다른 친구의 필기를 참고한다고 해도, 수업을 직접 들은 것과는 차원이 다르다. 텔레비전으로 축구경기를 보는 것과 월드컵 경기장에 가서 관람을 하는 것이 같을 수 없듯 수업도 마찬가지다.

공무원 시험을 비롯한 다양한 고시를 준비하는 이들도 인터넷 강의보다는 직접 듣는 강의를 선호하는 이유가 무엇이겠는가. 인터넷 강의는 언제든 반복해서 들을 수 있다는 장점이 있는 반면 현장감이 떨어진다. 현장에서의 강의는 대부분 단 1회만 이루어지기 때문에 그 시간을 놓치면 안 된다는 절박함이 들지만 인터넷 강의는 시간에 제약을 받지 않아서 나중에 들어도 된다는 생각에 느슨해지기 쉽다. 물론 학교에 다닐 형편이 못 되는 친구들이나 학교 수업을 듣고도 이해가 안 되어서 복습하는 차원에서 인터넷 강의를 듣는 것을 제외하고 말이다.

내가 강조하고자 하는 것은 학원 수업이나 인터넷 강의가 학교 본 수업보다 우선시되어서 밤늦도록 다른 강의를 듣느라 정작 중요한 학교 수업을 놓쳐서는 안 된다는 것이다. 시험의 출제자는 바로 학교 선생님이라는 사실을 반드시 기억해야 한다.

　몇 번의 시험으로 인간의 가능성을 판단할 수는 없지만 그래도 학창 시절 시험은 그대들에게 매우 중요한 영향을 끼친다. 방누수는《청소년, 책의 숲에서 꿈을 찾다》에서 이런 말을 했다.

> **현실이 학력경쟁사회라면 현실을 비판하기보다 아이들의 학력을 높여주는 것이 그들을 돕는 것이라 생각했다. 행복이 성적순은 아니지만 성적이 낮으면 희망도 작아지는 현실을 직시하고, 피할 수 없으면 맞서서 즐기자는 쪽을 선택한 것이다.**

　그의 말이 맞지 않는가. 그대도 솔직히 학력이 높아지기 바라지 않는가. 공부에는 분명한 목표와 평가기준이 존재하고, 목표를 달성했을 때 받는 보상도 명확한 편이다. 그러니 목표를 세우고, 학교 선생님이 수업시간에 이야기하는 평가기준을 귀를 열고 들어보자.

　성적으로 상위 0.1퍼센트가 되는 비밀이 할아버지의 재력, 아버지의 학벌, 어머니의 정보력이 아니라 스스로 공부하고자 하는 의지와 학교 수업에 충실한 것뿐이라는 사실을 기억하길 바란다.

연예인처럼
몸 관리하라

    얼마 전 김수현 주연의 영화 〈은밀하게 위대하게〉를 보았다. 거기서 김수현은 북한 간첩으로 나오는데 그가 체력을 키우는 장면이 인상적이었다. 상반신 탈의를 한 그의 탄탄한 근육질 몸매, 식스팩이 너무 멋져서 시선을 뗄 수가 없었다. 그 정도 몸매를 만들기 위해서는 과연 얼마나 노력을 해야 할까? 유명 트레이너의 코치를 받았음은 말하지 않아도 알겠지만 그의 의지나 노력이 없었다면 그런 멋진 몸매를 가질 수 있었을까, 하는 생각이 든다.

    학교 현장에 있다 보면 체력이 국력이라는 생각이 절로 든다. 요즘 아이들은 많이 약하다. 아침에 걸어서 학교에 오는 친구들도 있지만 대부분은 부모님께서 자동차로 학교까지 데려다주시기도 하고, 버스나 스쿨버스를 타고 온다. 그리고 수험생이라는 이유로 거의 종일 교실에 앉아 있다 보니 운동을 하는 경우는 매우 드물다. 수업이 끝나고 쉬는 시간에라도 몸을 움직이면 좋을 법한데 매점을 가는 경우나 다른 반 친구에게 책을 빌리러 가는 경우가 아니면 부족한 잠을 자는 경우가 다반사다. 이렇게 운동을 하지 않다 보니 체력은 갈수록 떨어지게 되고 공부하는 것 자체를 매우 버거워하기도 한다. 그러자 경남 교육청에서는 '운동하는 학교'라는 모토를 내세워 체력관리를 학교에서 할 수 있도록 하고 있다. 고등학교 3학년 학생들에게도 체육수업을 하게 한 것이다. 한때 3학년에게 체육시간은 자습시간으로 통용되기도 했었는데 이제는 이 시간만이라도 운동을 하라는 것이다.

전성철은《꿈꾸는 자는 멈추지 않는다》에서 운동에 관심을 가지고 운동에 취미를 붙여서 잘하는 위치까지 올라가 보라고 했다. 더불어 그것은 자신감이 생길 수 있는 가장 빠른 방법이라고도 했다.

그렇다. 누구나 자신감이 생기면 뭐든 할 수 있겠다는 의욕이 생기고 낯설고 새로운 일에 도전하는 것이 예전보다 덜 두렵게 느껴질 것이다. 즉, 운동을 하면 자신감이 생겨나게 되고, 그 자신감으로 인해 긍정적인 에너지를 받아 '할 수 있겠다'는 도전의식이 생긴다.

청소년 시절에 운동은 매우 중요하다. 기초체력이 부족하면 피로감이 쉽게 몰려온다. 그래서 나는 아이들에게 점심시간이나 저녁시간에 운동장이라도 한 바퀴 걸으라고 말한다. 남학생에게는 농구라도 하면서 스트레스를 풀라고 하고, 여학생에게는 멋진 S라인을 갖고 싶다면 걷기가 최고라며 부추긴다.

쉬는 시간이나 점심시간에 친구들과 함께 걷기는 의외로 효과가 크다. 바른 자세로 걸으면 체중이 감량되는 것은 물론이고 군살을 뺄 수도 있다. 또한 소화도 잘되며, 수다를 떨면서 걸으면 스트레스가 풀리기도 한다. 남학생들도 농구나 축구를 한판 하고 땀을 흘리면 체력이 좋아지는 것은 물론이고 공부에 집중도 잘된다. 더불어 땀을 실컷 내고 나면 기분도 좋아진다. 운동을 해서 온몸에 엔도르핀이 돌기 때문이다.

나도 임용시험을 준비하던 시절에 운동을 했다. 재수를 하던 시절 스스로 하루 스케줄을 조절할 수 있었기에 점심을 먹고 난 오후 3~4시쯤 헬스장에 가서 러닝머신에서 한 시간씩 걷곤 했었다. 그 시간은 어차피 공부를 한다고 자리에 앉아 있어도 잠이 쏟아지는 시간이고, 실컷 걷고 나면 공부로 인한 스트레스가 조금씩 풀려서 꾸준히 운동을 할 수 있었다. 간혹 외워야 할 것들을 들고서 러닝머신 위를 걷기도 했었다.

그때 습관이 들어서 그런지 요즘도 러닝머신으로 운동할 때 책을 읽는 편이다. 적당하게 빠른 속도를 만든 후에 러닝머신 위에서 운동을 하면서 동시에 책을 읽는다. 그러면 운동도 하고 책도 읽는 일석이조의 효과를 보게 된다.

물론 지금도 꾸준히 운동을 하려고 노력한다. 최소 일주일에 두서너 번은 운동을 하려고 한다. 운동을 하지 않고 있으면 접히는 뱃살로 인해 기분이 썩 좋지 않고 어떨 때는 우울한 상태가 지속되기도 한다. 그래서 화가 나거나 스트레스를 받으면 꼭 운동을 한다. 그러면 기분이 한결 나아지고 감정적인 일처리를 막을 수 있기 때문이다.

나는 잠자리에 들기 전에 윗몸 일으키기도 하는 편이다. 윗몸 일으키기는 누워서 잠들기 전에 하면 따로 시간을 내지 않아도 된다. 처음에는 숨이 차서 헉헉거리기도 했지만, 한두 개 하기도 너무나 힘들었지만 계속하다 보니 윗몸 일으키기를 하는 개수도 점차적으로 증가되었다.

운동을 열심히 하면 노화를 막을 수도 있다. 그대는 지금 충분히 젊지만 조금만 더 시간이 지나면 원래 나이보다 어리게 보이길 원할지도 모른다. 늙어 보이고 싶지 않은 것이다. 그러한 노화를 줄이는 최고의 방법이 바로 운동이다. 나이가 들면 근육량이 눈에 띄게 줄어든다. 30대 중반부터 조금씩 줄어들기 시작해서 40대 중반이 넘으면 근육량이 빠른 속도로 줄어든다. 우리의 부모님을 생각해보라. 여러분이 생각하는 몸짱이나 S라인을 가진 부모님은 그리 많지 않으리라. 나이가 들면 근육량이 줄고 체력이 저하됨에 따라 기초대사량이 떨어져서 생리작용이 활발하게 이루어지지 않는다. 그러면 몸에 이상신호가 나타나기 시작한다. 바로 노화가 시작되는 것이다.

그러나 운동을 꾸준히 하는 사람은 노화로부터 자유롭다. 동안童顔 연예인들을 떠올려보자. 그들은 정말 열심히 운동을 한다. 드라마 〈꽃보다 남자〉 방영 당시 가수 김현중은 20대 중반임에도 불구하고 지후 선배 역으로 고등학생 연기에 도전, 변함없는 동안 외모를 과시했다. 나이가 들어도 운동을 꾸준히 한 사람과 그렇지 않은 사람의 삶은 이렇게 질적으로 다르다. 요즘은 아이돌 사이에서도 운동돌, 체육돌이 대세다. 샤이니의 민호도, 소녀시대의 윤아도, 동방신기의 시아준수도 운동돌이다. 시스타의 보라도, 애프터스쿨의 유이도 체육돌로 불린다. 이들은 완벽한 운동실력에 몸매는 기본이다. 연예계 생활도 체력이 뒷받침되어야 오래 할 수 있기에 그토록 열심히 운동을 하는 것이다.

운동을 열심히 한 친구는 밤늦도록 공부를 해도 그다지 피곤해 하지 않지만 운동을 도통 하지 않는 경우는 조금만 공부를 해도 피로감을 느끼고 코피를 쏟지 않는가. 그러니 지금부터라도 운동의 중요성에 대해 깊이 생각하라. 우리에게 지금 중요한 것은 건강이다. 사람이 건강해야 공부도 하고 자신의 목표나 꿈도 이루어갈 수 있는 것이다. 건강을 잃으면 모든 것을 잃는다는 말을 흘려듣지 말고 새겨들어라. 건강하게 사는 것이 최선이다. 괜히 다이어트를 한다고 하루 종일 굶거나 빵 한두 조각으로 버티는 일은 없도록 해라. 다이어트를 하더라도 무조건 안 먹고 빼서는 안 된다. 건강한 다이어트를 해야 한다는 사실을 그대들도 알고 있지 않는가.

그러니 몸이 피곤하다는 이유로 이불 속에서 나오지 않고 잠만 잤던 그대여, 지금부터라도 건강하게 살기 위해, 자신의 꿈을 이룰 밑바탕을 만들기 위해서라도 운동을 시작하라. 아무리 그대가 실력이 좋고 그대의 꿈을 이루기 위한 절호의 기회가 찾아왔다고 해도 자신의 몸이 아프고 피곤하면 그 꿈을 이룰 수가 없다. 자신의 진짜 꿈을 찾고 그 꿈을 이루고자 한다는 의지가 강할수록 앉아만 있지 말고 몸을 움직여라. 정 시간이 없다면 하루 5분이나 10분 정도라도 짬을 내서 운동을 하라. 꼭 해야 한다. 운동은 선택이 아니라 필수다.

어떠한 운동이라도 좋다. 농구나 축구, 걷기나 요가도 좋다. 꾸준하게 자신이 할 수 있는 종목을 정해서 하면 된다. 단 일주일에 서너 번은 꼭 해라. 나와 약속할 수 있겠는가. 약속하겠다는 그대의 다짐을 받아야겠다. 새끼손가락 걸고 복사, 사인하자. 이제 약속한 것이다. 일주일에 서너 번은 운동하겠다는 그대의 다짐을 내가 받은 것이다.

혹여나 하는 마음에서 하는 말이지만 이 글을 읽고 '그래, 내일부터는 꼭 운동을 해야겠다'는 생각을 하는 그대가 있다면 내일이 오기까지 기다리지 말고 지금 당장 시작하라. 다음 장을 넘기지 말고 스트레칭이라도 하고 윗몸 일으키기라도 10분 하도록 하라.

05

그럼에도
불구하고

그대, 삶에 너무 지쳐서 그대로 멈추고 싶은가?

지금 그대의 심정은 도무지 그 어떤 것도 할 수 없을 정도일 수도 있고 올라가기는커녕 이 상태로 버티기조차 버거울 수도 있다. 너무 지쳐서 뭘 어떻게 해야 할지 도무지 감이 오지 않을 수도 있다. 아마 그냥 다 포기하고 싶은 심정일 것이다. 끝없는 추락으로 인해 공포만이 느껴질지도 모를 일이다. 어떻게 잘 아냐고? 나도 겪어봐서 안다.

솔직히 우리가 두려운 것은 보이지 않는 나의 미래 때문일 것이다. 수영을 할 때도 발이 바닥에 닿으면 물을 좀 마셔도 안심이 되지만 발이 닿지 않는 깊은 곳으로 갈수록 불안하기만 하듯이 과연 내 삶이 어떻게 내동댕이쳐질지 알 수 없기에 고통스러운 것이다. 공부를 하면 정말 성적이 오를까, 하는 고민도 마찬가지다. 열심히 했는데 오르지 않으니 관두고 싶은 마음뿐이다.

정말 공부만 할 수 있는 상황이면 오히려 낫다. 누가 공부가 가장 쉽다고 말했던가. 만나면 욕이라도 실컷 해주고 싶은 심정일 것이다. 내 성적이고 내 인생이니까 남들 보기에는 어떨지 몰라도 나름 걱정도 많고 유쾌한 척 웃고 다니지만 누구에게도 말 못 한 고민도 많다. 과연 나만큼 나 자신에 대해 아파할 사람이 있을까? 성적이 안 나오면 내가 가장 힘들다는 사실을 왜 모르는지 답답할 뿐이리라.

성적도 계속 떨어지는데 잘 지내던 친구와는 왜 이렇게 계속 어긋나기만 하는지, 또 엄마는 왜 그렇게 잔소리를 해대는지, 그동안 무심하던 아버지까지 왜 그러는지 모를 일이다. 고등학교 3학년이 되면 19년 만에 아버지의 존재를 느낀다는 말도 있다. 19년 만에 처음으로 "성적표 가지고 와봐라", "왜 이렇게 공부를 못하냐"며 아버지의 관심(?)을 받게 되고, 엄마에게 "그동안 당신은 애 안 챙기고 집에서 뭐했냐?"는 말을 던지면서 부부싸움을 시작한다.

한 마디로 미쳐버리기 일보 직전이다. 나 혼자 몸을 가누기조차 힘든데 부모님은 왜 이렇게 쉼 없이 싸우기만 하는지 모를 일이다. 학교에 가기도 싫고 친구 만나기도 싫고, 누구와도 말을 섞기조차 사치라고 느껴지는 순간이 있다. 그래서 가끔은 모든 것이 사라졌으면 하는 위험한 생각을 하고 있을 수도 있다.

　이런 상황에서 나는 그대에게 이런 조언을 하고 싶다. 그토록 부여잡고 있던 것들을 놓고 차후의 결과를 지켜보라. 밑바닥으로 떨어지지 않냐고? 그렇다. 떨어질 것이다. 하지만 성적이 떨어진다고 해도 친한 친구가 더 이상 말을 걸어주지 않는다고 해도 죽음과 같은 고통은 아니다. 물론 세상을 살다 보면 가끔씩 죽을 만큼 고통스러운 순간이 오기도 한다. 그렇지만 그것은 정말, 아주, 가끔이다. 개인적으로 신神이 온몸이 부스러지는 그런 고통을 주실 때는 그것을 견딜 만한 힘이 있을 때 주신다고 생각한다. 막상 일이 닥치고 보면 생각보다 괜찮을 수도 있다. 어둠의 바닥일지라도 두 발로 디디고 나면 살길이 생긴다.

　우선은 쉬어라. 충전의 시간을 갖고 충분히 아파하고 슬퍼해도 좋다. 두 눈이 벌게지도록 울어도 좋고 노래방에 가서 미친 듯이 춤추고 노래를 불러도 좋다. 친구를 만나 수다를 떨어도 좋고 산에 올라가 고함을 질러도 된다. 다이어리에 미친 듯이 낙서를 해도 괜찮다. 다만 너무 오랫동안 골방에 갇히진 말아라. 그대가 혼자라고 느낄 때도 하늘만은 곁에 있어주지 않는가. 당분간은 그냥 그대로 지내라. 그러면 조금씩, 아주 조금씩 나아질지도 모를 일이다. 모든 일은 다 지나가게 마련이기 때문이다.

　문득 슬픈 감정이나 울컥하는 마음이 들지도 모른다. 후회나 죄책감이 올라올지도 모른다. 괜찮다. 그래도 괜찮다. 그대는 이미 바닥을 디

더봤기에 괜찮은 것이다.

임용시험 재수를 하던 시절이었다. 앞이 막막했다. 1년에 한 번 있는 이 시험에 과연 통과할 수 있을까, 하는 의문이 들었다. 합격한다는 보장만 있다면 재수, 삼수라도, 아니 더한 시간도 투자할 수 있을 것만 같았다. 그런데 그 시험에 내가 통과한다는 보장은 없었다. 4학년 때 보기 좋게 낙방을 하지 않았던가. 솔직히 예상치도 못 한 낙방이었다. 그때는 내가 아니면 교사가 될 사람이 없다는 자만감으로 가득 차 있었던 시절이었다. 새벽에 도서관에 가서 자리 잡고 열심히 했다고 생각했었다. 그런데 생각지도 못 하게 떨어진 것이었다.

임용시험을 준비하다 보면 장수생들을 자주 만난다. 한 문제 차이로 아깝게 떨어진 이들도 수두룩했다. 학점이 4.5점 만점에 가까운 이들도 많았다. 스터디를 하면서 아는 것이 많은 사람들 때문에 스스로가 작아지기도 했다. '그동안 나도 공부를 한다고 했는데' 하는 자괴감도 몰려들었다. 충분할 것이라고는 생각지 않았지만 그다지 부족하지도 않을 거라 애써 생각했는데 그들과 얘기를 나누다 보니 내가 얼마나 부족한 존재인지 자각할 수 있었다.

'짧은 시간'이라도 집중력으로 승부를 보겠다는 혼자만의 의지가 '하루 종일' 집중력 있게 공부를 하는 이들 때문에 많이 흔들렸다. 평소에도 잘 안 되던 공부는 더 안 되었고, 시험을 친다고 해도 붙는다는 보장 또한 없었다. 모든 것이 깜깜한 절벽이라 여겨졌다. 그래서 나는 며칠

간 아파하기도 했다.

하지만 곧 마음을 다졌다. 남들과 비교하지 않고 다른 이들의 시선에 신경을 쓰지 않기로 한 것이다. 오늘 할 수 있는 양만큼만 해나갔다. 정 안 되면 될 때까지 해보겠다는 마음을 먹고 다이어리에 오늘의 각오를 적어나갔다. 열두 시간을 도서관에 앉아 있으면서도 하루에 두서너 시간 공부를 할 때도 있었고 답답한 마음에 종일 친한 친구와 통화를 하기도 했었다. 도서관에서 알게 된 몇몇 사람들과 마음을 나누면서 답답함을 공유하기도 했다. 40대임에도 공무원 시험을 준비하는 분도 있었고, 다니던 직장을 그만두고 공부를 새로 시작하는 30대 아저씨도 있었다. 그래도 그들보다는 내가 젊으니 충분히 도전해볼 만한 일이라며 마음을 다잡아갔다. 스스로에게 약속도 했다. 삼수까지만 해서 안 되면 포기하자고 말이다. 이번 시험 치고 불합격을 하게 된다면 한 해만 더 시도하고 취직을 하기로 결심했다.

미치도록 포기하고 싶은 마음이 들 때는 과감하게 포기해도 좋다. 하지만 포기를 하더라도 일단 자신이 목표한 기한을 채우고 포기하라고 말해주고 싶다. 1년이면 1년, 6개월이면 6개월로 말이다. 이때는 반드시 현실적으로 변화가 일어날 수 있는 기한을 세워야 한다. 일주일 혹은 한 달이라는 기한은 개인적으로 너무 짧다는 생각이 든다. 일주일 만에 갑자기 그대가 천재가 될 수 없고 전교 1등이 될 수 없으니 말이다.

나 역시 그 당시에는 삼수라는 목표(?)를 세웠다. 그대도 힘들다고 무조건 그만할 것이라고 외치지 말고, 언제 그만둘 것인지 스스로와 약속을 하라. 그 약속은 다이어리에 반드시 적어두라. 사람 마음은 생각보다 변덕이 심하므로 증거로 다이어리에 꼭 기록해둬야 한다. 그 내용을 책상 머리맡에 붙여두고 항상 자신의 목표를 보라. 그리고 그 기한은 잊지 말고 채우라.

그렇게 정말 포기를 하기까지 자신이 할 수 있는 모든 방법을 동원해서 마지막으로 최선의 시도를 하라. 최선을 다한 후에 관둔다면 포기를 하더라도 스스로가 비겁하게 느껴지지는 않으리라. 이렇게 스스로 포기를 선택한 자는 차후에 '과감한 결단을 내린 이'로 혹은 '용기를 가진 멋진 이'로 다시 태어날 수도 있다.

시간이 지나면 바닥도 디딜만 하다는 사실을 누군가에게 말해줄 날이 있으리라. 지금의 나처럼 말이다. 그대도 곧 하늘의 날개를 얻게 될 것이다. 내가 장담한다.

자신감 up grade를 시작하라

　학교를 다니다 보면 조별과제나 수행평가 등으로 인한 발표를 해야될 때가 있다. 대부분은 떨려서 말이 잘 나오지 않을 것이다. 잘하고 싶은 마음은 굴뚝같은데 생각만큼 잘되지 않는다. 다른 친구들은 청산유수처럼 이야기도 잘하고 유머러스하게 잘 이끌어 나가는데 유독 자신만 주눅이 들어서 말을 버벅거리기 일쑤다. 직장인들도 밤새 준비한 프레젠테이션을 깔끔하게(?) 망쳐서 절망감에 술잔을 기울이기도 한다. 회의 도중 갑작스러운 질문에 답변을 제대로 하지 못한 자신이 너무나도 초라하게 느껴져 자신감이 상실되는 것이다.

　예전에 친구들이 한밤중에 뒷산에 올라가겠다고 했다. 아닌 밤중에

홍두깨라고, 갑작스럽게 이 밤에 산에는 왜 가냐고 물으니 자신감을 찾으러 간다고 했다. 당시 친구들은 취직이 늦어지면서 의기소침해 있었다. 다른 친구들은 하나둘씩 직장을 잡아가고 결혼도 하고 안정된 삶을 꾸려나가는데, 자신들은 아직 취직도 못 해서 집에서 눈칫밥만 먹으니 늘 주눅이 들어 있다는 것이었다. 그래서 자신들도 할 수 있다는 자신감을 되찾기 위해 산에 올라간다고 했다.

남자들이었지만 험한 세상이라 한밤중에 산을 오르는 것은 그네들도 무서웠으리라. 그렇지만 그네들은 산에 오른 후 세상을 향해 소리쳤다고 한다. 자신이 원하는 바를 꼭 이루리라고, 오늘의 이 순간을 잊지 않겠다고 말이다. 그렇게 할 수 있다는 자신감으로 더욱 열심히 지내다 보니 결국은 원하는 곳에 합격해 취직도 하고 결혼도 했다. 그러니 그대들도 자신감이 부족하다고 느낀다면 자신감 찾기 프로젝트를 계획한 후 작은 것부터 실천해 나가보라.

실은 나도 은근히 소심한 편이라서 늘 자신감이 부족하다. 우스갯소리로 '스몰small O형'이라고 말하기도 한다. 결코 과학적이지는 않지만 내가 알고 있는 O형들은 적극적이고 활발한 경우가 많다. 그런데 나는 소심해서 낯선 곳에 가면 호기심보다는 두려움이 먼저 들고 새로운 사람들을 만나면 낯을 가리기도 한다. 물론 친해지면 적극적인(?) O형으로 되돌아오기도 한다. 그러니 오늘부터 나와 함께 자신감 찾기 프로젝트를 해보자.

92

우선 스스로가 자신감이 부족한 이유를 찾아야 한다. 집안의 경제적인 이유인지, 좋지 않는 성적으로 인한 열등감인지 생각해보라. 아니면 주변의 또래 친척들은 하나같이 다들 똑똑하고 공부를 잘하다 보니 비교를 당해서 그런지 냉정히 분석해보자. 즉, 원인이 엄친아라 불리는 엄마 친구 아들 때문인지 혹은 나와 다른(?) 유전자를 물려받은 언니나 오빠 때문인지 생각해보는 것이다.

이유를 찾았다면 그것과 비교하기를 멈춰라. 상대는 잘나고 똑똑하다. 그래서 뭐 어쩌라는 거냐, 하는 심정으로 비교하기를 멈추는 것이다. 비교하면 할수록 그들의 장점에 의해 나의 단점이 부각되면서 심리적으로 위축되기 쉽다. 그러니 당장 타인과 비교하기를 멈춰라. 그는 그고, 나는 나다. '천상천하 유아독존'이라는 말을 들어본 적이 있는가. 그렇다. 바로 이런 존재가 그대다.

그리고 다른 이의 시선에서 벗어나 자유롭게 살아보자. 세상에는 수많은 사람들이 존재한다. 나와 생각이 비슷한 이도 많지만 그렇지 않는 이도 많다. 누가 맞고 틀렸다고 할 수 없을 정도로 다들 나름의 기준을 가지고 그렇게 세상을 살아간다. 각자의 경험과 다양한 가치관을 갖고 세상을 이해하고 판단하면서 살아가는 것이다.

세상 사람들의 기준에 일일이 맞추려면 나만 피곤하고 힘들어질 뿐이다. 그냥 '남들은 그렇게 생각하는구나'라고 여기고 나의 개성대로 살면 된다. 타당한 조언이면 받아들이고 존중하면서 살면 될 일이지 일일이 그들의 시선과 눈높이에서 살아갈 이유는 없다. 스스로 당당해지자. 누가 뭐래도 그대는 정말 멋진 존재다. 굳게 믿어라. 그대가 정말 대단한 사람이라는 것을 말이다. 내가 나를 아끼고 사랑하지 않는데 누가 나를 아끼고 사랑하겠는가. 자존감이 낮은 사람은 티가 많이 난다. 자신을 헌신짝처럼 버려두면 정말로 헌신짝이 되는 것이 인생이다. 그러니 자신을 명품이라 여기며 아끼자. 나는 세상에서 하나밖에 없는 소중한 사람이니까 말이다.

사실 나도 완벽함에 대해 집착을 꽤 많이 하고 살아간다. 뭔가를 하나 해도 커리어우먼처럼 멋지게 마무리 짓고 싶고 남들에게 인정도 받고 싶다. 인간이라면 누구나 그러할 것이다. 아무리 힘든 일이 있더라도 캔디처럼 웃으며, 드라마 〈직장의 신〉에 나오는 미스 김의 김혜수처럼 멋지게 일을 성공시키고도 싶다. 그래, 그렇게 폼 나게 살고 싶다.

그대도 그러할 것이다. 낮에는 친구들과 실컷 놀며 게임도 하고, 여학생들 앞에서 운동도 멋지게 잘하고 싶을 것이다. 공부를 잘하는 것은 말할 것도 없고 친절해서 이성들에게 인기가 있다면 얼마나 좋겠는가. 시험이 끝나자마자 내 곁으로 친구들이 몰려들면서 정답을 맞추려고 할 때 "여기 있어" 하고 시험지를 건네주며 멋진 미소를 한 번 날리고도 싶을 것이다. 나만의 상상인가? 청소년 드라마를 많이 봐서 그런가? 하지만 어찌 이처럼 완벽한 인간이 있겠는가? 물론 간혹 가다가 천 명 중에 한 명은 있을 수 있다. 인정한다. 가르치다 보면 '뭐 이렇게 부족함이 없는 아이가 다 있지?라며 고개를 갸우뚱거리게 되는 친구가 있긴 하니까. 하지만 대개는 그렇지 못하다. 너무 완벽함에 집착하게 된다면 인생이 피곤해진다. 완벽하지 못한 인간이라고 괜히 자책하지 말고 스스로 최선을 다했다면 만족해도 좋다. 그런 자신을 자랑스러워 해도 좋다. 그래야 자신감이 생겨 다른 일도 더욱 잘할 수 있다.

오늘 해야 할 계획을 성실히 끝냈다면 그것으로 만족하자. 세상에서 가장 지키기 힘든 약속이 자신과의 약속이라고 하지 않는가. 그런 약속을 그대는 지킨 것이기 때문에 분명히 말해도 좋다. "넌 멋진 녀석이야" 라고. 그렇게 스스로를 응원하라. 그 누가 그대를 응원해주지 않더라도 그대가 자신을 응원하면 된다. 시간이 지나면 그대를 응원해주는 이들이 조금씩 나타날 것이다. 부모님, 친구들, 그리고 그대를 아는 모두가 그대의 꿈을, 목표를 응원해줄 것이다.

할 수 있다고 생각하고 꿈을 향해 달려가라. 말이 씨가 된다는 말을 들어본 적이 있을 것이다. 그대가 말하는 대로 인생이 바뀔 것이다. 잘된다고 암시를 주면 그대는 분명 잘될 것이다. 말이란 끌어당기는 힘이 매우 강력하기 때문이다. 긍정적인 기운을 끌어당기고 긍정적으로 생각하다 보면 주변에 좋은 일만 가득해진다. 그래서 좋은 말, 바른 말을 하고 살라는 것이다. 기억하라. 말이 씨가 된다는 것.

이제 스스로를 사랑할 준비가 되었는가? 그래, 그대는 지금도 충분히 멋진 존재다. 그 누가 뭐래도 난 그대가 숨은 진주라는 사실을 안다. 그대도 알고 나도 안다. 이제는 세상에 그대의 진짜 모습을 보여줄 시간이다.

어떤 모습으로 살고 싶은지 곰곰이 생각해본 후 자신의 미래를 그려보라. 10년 후, 20년 후 미래의 모습을 글로 써보자. 그렇게 꿈 노트를 작성하라. 조금이라도 스스로가 작아진다는 느낌이 들 때, 너무 지치고 힘들 때, 다른 여러 가지 이유로 자존감에 상처를 입었을 때 조용한 장소로 가서 나만의 꿈 노트를 꺼내서 글로 써라. 온갖 상상을 하면서 글로 쓴다면 분명 이루어질 것이다. 뇌는 언어를 현실로 받아들이는 특징이 있다고 한다. 상상이든 현실이든 구분하지 않고 말하는 대로, 적는 대로 받아들인다고 한다. 개인적으로 말하는 것에서 그치지 말고 꼭 글로 썼으면 좋겠다. 글로 쓰는 것이 더 강력한 힘을 끌어당겨서 더 빨리 꿈을 이루게 될 것이기 때문이다.

이참에 나도 나의 꿈을 적어보려 한다. 나는 늘 꿈을 꾸며 살아가는 선생이다. 그래서 그대들에게도 꿈을 꾸며 살아가라고 말해주고 싶다. 그리고 나의 꿈을, 그대의 꿈을 함께 나누며 이야기할 수 있는 기회를 갖길 진정으로 소망한다. 그렇게 나는 평범한 선생이 아닌 그대에게 희망이 되는 선생이 되고자 한다. 나의 '꿈 노트'에는 이런 것들이 적혀 있다.

대형서점에서 줄 서서 기다리는 사람들에게 사인해주는 저자 되기.

출판사로부터 책 출간 요청받기.

강의 다니기.

칼럼 쓰기.

물론 나의 꿈 노트에는 이것 이외에도 수십 가지의 목록들이 적혀 있다. 이룬 목록에는 두 줄을 긋는다. 꿈이 현실로 된 후 두 줄을 그을 때의 감정이란 정말 짜릿하다. 그대도 그런 기분을 나와 함께 나누었으면 좋겠다. 자신감을 한껏 높이기 위해 꿈 노트를 작성한 후 이룬 꿈을 나에게 알려주길 바란다. 다른 이들과 함께 그대의 꿈을 응원하겠다.

그대는 진짜 친구가
있나요?

　며칠 전 친구를 만났다. 일본인 가수를 좋아해서 일본어를 배울 정도로 도전을 두려워하지 않는 멋진 친구다. 작년에는 일본으로 여행도 다녀왔다. 또한 도서관 사서를 하면서 북아트의 매력에 빠져 한동안은 북아트를 열심히 만들며 살았다. 이제는 한국어강사 자격증을 따기 위해 대학원을 다니고 있다.

　삶이 나태해지거나 무료하다고 느껴질 때 이 친구를 만나면 정말 자극이 많이 된다. "요즘 어떻게 지내? 나는 요즘 바쁘게 지내"라는 말 한마디에 이 친구의 열정적인 삶이 느껴지기 때문이다. 그래서 나도 열심히 살아야겠다는 생각이 들도록 해주는 친구다.

그대도 이런 열정적인 친구를 곁에 두고 가까이해야 한다. 부자가 되고 싶다면 부자를 가까이하고 성공하고 싶다면 성공한 이들과 함께하는 것은 진리다. 공부를 잘하고 싶다면 당연히 공부를 잘하는 친구와 가까이 지내야 한다. 사람은 원래 유유상종類類相從이라 친구가 나쁜 길로 빠지게 되면 함께 나쁜 길로 들어서게 되고, 친구가 좋은 길로 들어서게 되면 그대도 좋은 길로 나아가게 되는 것이다.

또한 자신이 긍정적으로 살아가고 싶다면 운이 좋은 친구와 어울려야 한다. 자신의 운이 좋다고 생각하는 긍정적인 사고방식을 가진 친구와 만나야 하는 것이다. 운이 좋은 사람은 운을 끌어당기는 무언가가 있다고 한다. 《된다 된다 나는 된다》의 니시다 후미오는 그 이유를 이렇게 말했다.

> 누구든 운이 없는 사람들과 어울리고 재수 없는 말을 입에 올리다 보면 그 또한 틀림없이 운이 없는 사람으로 전락하게 되어 있다. 따라서 친구를 사귈 때는 정말 조심해야 한다. 운이 없는 사람과 함께 있으면 자신의 운조차 나빠진다. 무의식중에 운이 날아가는 사고와 행동을 취함으로써 자연스럽게 운을 쫓아버리기 때문이다.

아, 운을 쫓아버리다니. 얼마나 안타까운 일인가. 그러니 그대는 스스로 운이 좋다고 생각하는 긍정적인 사고의 소유자와 어울려야 할 것이다. 무슨 일이든 잘하는 이들을 보면 매사가 긍정적이다. 어떠한 어려움이 처하더라도 불만만 터뜨리고 앉아 있지 않는다. 지금의 시련은 자신의 더 나은 미래를 위한 것이라 여기며 이겨나갈 방안을 찾는 것이다. 론다 번은 《시크릿》에서 이렇게 말했다.

생각은 주파수를 결정하고 감정은 당신이 어떤 주파수에 있는지 즉시 알려준다. 어떤 순간 기분이 나쁘다면 나쁜 일을 더 많이 끌어당기는 주파수에 있다는 것이며 기분이 좋다면 좋은 일을 더 많이 끌어당기는 주파수에 있다는 뜻이다. 지금 있는 것들에 감사하라. 고마운 모든 일에 대해 생각해보면 놀랍게도 감사해야 할 일들이 끊임없이 꼬리를 물고 이어질 것이다. 시작은 당신이 해야 한다. 그러면 끌어당김의 법칙이 그 고마운 생각을 받아들여 그와 비슷한 것들을 당신에게 보내준다. 고마움을 수신 주파수로 맞춰놓으면 모든 좋은 일이 당신 것이 된다.

론다 번에 따르면 이 모든 것은 '끌어당김의 법칙'의 결과라 했다. 그래서 "늘 긍정적인 마음으로 기분 좋은 상태를 유지하라"고 했다. 좋은 기분은 좋은 일을 더 많이 끌어당기기 때문이다. 이 법칙은 그냥 지어낸 말이 아니라 학자들에 의해 이미 밝혀진 이론이다. 우리도 느끼지 않는가. 만약 국어 선생님을 좋아하게 되면 그 과목 공부를 열심히 하게 되고, 그 결과 성적이 좋아질 것이다. 그렇지만 국어 선생님을 생각만 해도 거부감이 든다면 당연히 그 과목 공부를 등한시할 것이고, 결국 성적은 바닥으로 내려앉을 것이다. 그러므로 대상에 대해 긍정적이라면 긍정적인 결과가 따라오게 마련이다.

나 역시 매사를 긍정적으로 생각하는 편이고 스스로 운이 좋다고 여긴다. 스스로 그렇게 여기다 보니 정말 그런 일들만 생긴다는 생각도 많이 든다. 심지어는 내가 임용시험을 치던 해에 출제되었던 시詩가 바로 중2때 짝사랑했던 국어 선생님께 배운 작품이었다. 대학교 때는 문학 교과서에 실려 있던 작품 위주로 공부를 하다 보니 그 작품을 놓치고 있었는데 막상 그 시를 보니 예전에 배웠던 기억이 새록새록 떠올랐다. 그래서 그 자리에서 술술 정답을 적어나갈 수 있었다. 이러니 어찌 운이 좋지 않다고 하겠는가. 늘 운이 좋다고 생각하면서 살다 보니 "어떤 면이 그러한가"라고 누군가가 물어온다면 하루 종일이라도 대답할 수 있을 정도로 늘 행운이 따라온 듯싶다.

내 곁에도 늘 긍정적인 지인이 있다. 언제나 긍정적인 그녀를 만나면 기분이 좋아진다. 그녀는 작은 일에도 감사하면서 자신의 삶을 긍정적으로 받아들이며 산다. 솔직히 그녀라고 삶이 힘들지 않겠는가. 그렇지만 받아들이는 태도에 따라 삶의 질적 차이는 엄청나게 크다. 그녀는 인생에서 성공할 것만 같은 사람이다. 나에게도 이렇게 좋은 영향을 주는데 그녀가 성공을 하지 않는다면 누가 성공을 하겠는가. '될성부른 나무는 떡잎부터 알아본다'고 하는데 내가 보기엔 그녀가 '떡잎'이다.

그녀는 내가 힘들 때 진심 어린 조언이나 위로를 자주 해준다. 또한 '좌절'이나 '포기'라는 단어가 가슴속 깊이 꽂히지 않도록 '긍정', '가능성'이라는 단어들을 늘 주입시켜 준다. 그래서 지쳐 힘이 생기지 않는 상황에서도 그녀와 대화를 하다 보면 조금씩 나아지고 있는 스스로를 발견하게 된다. 그리고 그녀를 매력적이라 생각하는 가장 큰 이유는 자신의 꿈을 위해 하루를 그냥 흘려보내는 것이 아니라 치열하게 살아가기 때문이다.

마라토너 이봉주는 인간의 한계를 극복한다는 점에서 마라톤은 매력적인 스포츠라 했다. 그리고 그대들도 자신의 한계를 넘어 큰사람, 용기 있는 사람이 되라고 했다. 힘들다고 처음 세운 꿈을 포기하지 말고 마라토너처럼 쉬지 말고 달리라는 것이다. 그녀를 보면 자신의 인생을 놓고 마라톤을 하고 있는 듯한 느낌을 받는다. 이제 곧 결승점이 그녀의 눈앞에 펼쳐지리라 믿어 의심치 않는다. 그래서 나는 그녀와의 인연이 평생 지속되길 꿈꾼다. 그녀 곁에서 그녀의 성공을 응원해주면서 나의 성공도 함께 축하받고 싶기 때문이다.

특히 10대에 어떤 꿈을 꾸고 목표를 달성해가느냐에 따라 인생이 크게 달라진다는 것에 이의를 제기할 사람은 없으리라. 그래서 나는 그대가 성공할 것만 같은 친구와 가까이 어울렸으면 하는 바람이다. 우선 그네들은 늘 긍정적이며 잘 웃고 다닌다. 그리고 자신의 꿈에 대한 목표가 분명해서 성실하게 살며 좋은 습관을 가지고 있는 경우가 많다.

그렇지만 뭐든 일이 잘 풀리지 않는 사람들은 매사가 부정적이다. 부정적인 기운이 온몸에 퍼져 있다 보니 언제나 불평불만인 것이다. 자신의 잘못을 인지하지 못한 채 뭐든 남 탓으로 돌리기 일쑤다. 선생님이 잘 가르치지 못해서 그렇고, 집안형편이 나빠 과외를 못 받아서 성적이 나쁘다고 변명을 하는 것이다. 그러다 보니 아무런 발전이 없고 시간이 지날수록 더욱더 상황은 악화되는 것이다. 이렇게 문제의 원인을 내부에서 찾지 않고 외부 탓으로 돌리기 급급하면 현재 처한 상황은 결코 나아지지 않는다. 업무 성과가 부진한 직장인들도 마찬가지다. 모든 것을 회사 탓, 자신의 능력을 알아주지 못하는 무능한 상사 탓으로 돌린다. 결국 성과는 늘 바닥을 헤매고 있을 것이다.

중학교 2학년 때 일이다. 1학년 때 친하게 지낸 친구와 반이 떨어지면서 새로운 친구를 만나야 했는데, 그때 내 짝이 된 친구가 있었다. 짝이다 보니 자연스레 친해졌는데 그 친구는 공부하는 것을 즐겼다. 또 다른 친구들에게 모르는 것을 가르쳐주는 것을 즐기고 있었다. 원래 나는 공부하는 것을 그다지 좋아하지 않은 편이었지만, 그 친구를 따라 나도 자연스럽게 공부를 하게 되었다.

어떤 친구를 만나느냐에 따라 행복한 인생과 불행한 인생으로 갈린다. 친구의 중요성은 아무리 강조해도 지나치지 않다. 특히나 10대 시절에는 거의 매일 만나는 사람이 바로 친구이기에 그에게 영향을 받거나 영향을 미치는 파급 효과가 매우 크다. 그러므로 좋은 친구를 만나기 위해서는 용기를 가져야 한다. 먼저 다가가 말을 걸 용기도 있어야 하고 친구의 말을 끝까지 들어줄 수 있는 경청 능력도 필요하다.

가수 안재욱의 〈친구〉라는 노래 가사처럼 시간이 흐르고 모든 게 변해도 그대로 있어주는 그런 친구를 만나길 바란다. 아플 때 많이 아프냐고 문자 메시지를 보내주거나 진심으로 걱정을 해주는 친구, 아침밥을 굶고 왔을 때 배고프겠다며 간식거리를 자리에 두고 가는 친구, 쪽지로 나를 위로해주는 친구, 내 비밀을 끝까지 지켜주는 친구, 그런 매너 있는 친구들과 가까이하라. 그리고 그대도 누군가에게 그런 친구가 되길 바란다. 그런 최고의 친구를 만나서 최고의 삶을 누려라.

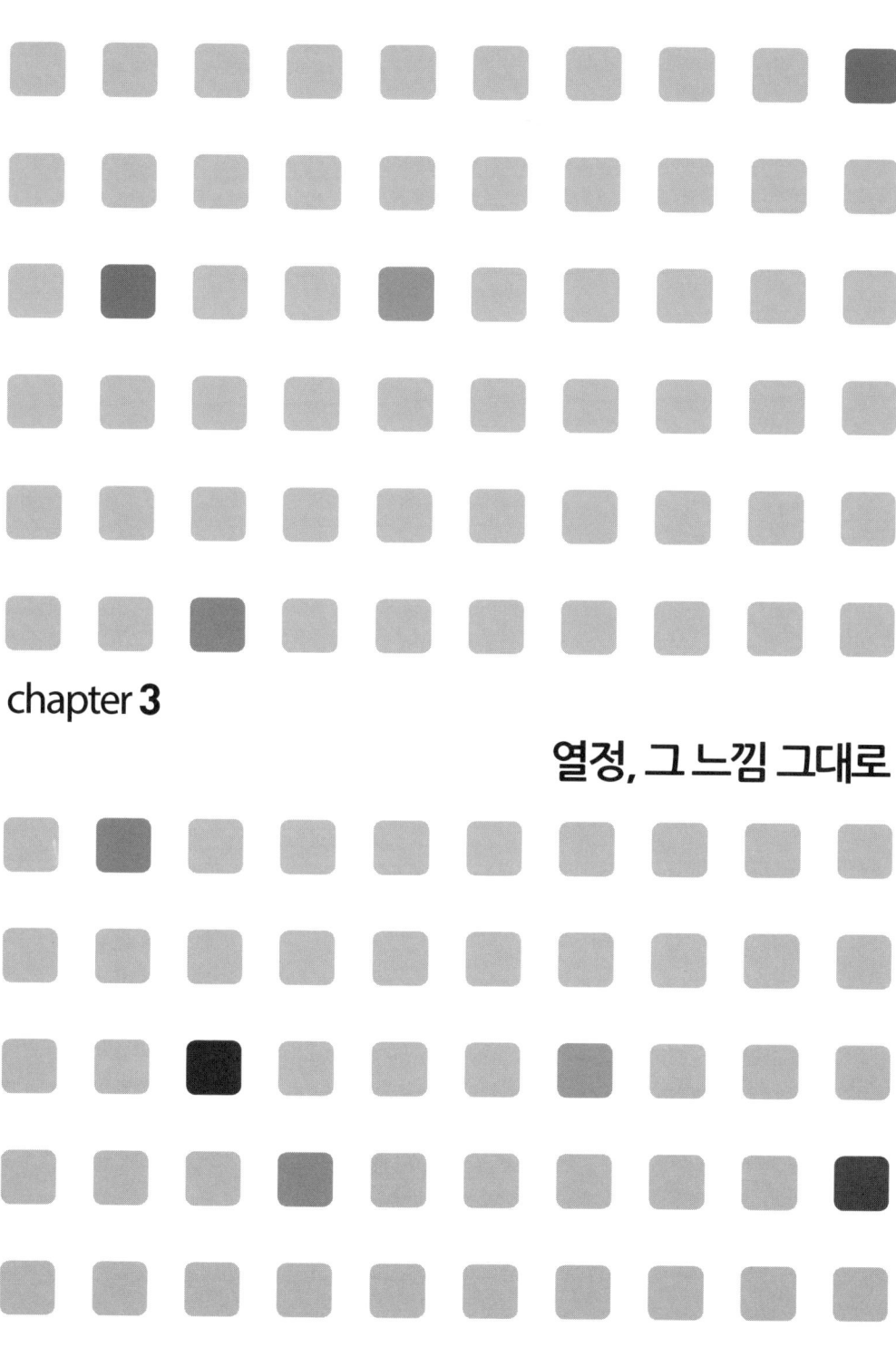

chapter **3**

열정, 그 느낌 그대로

그동안 그대는 자신의 삶에 최선을 다했다고 자부할 수 있는가? 지금까지 산 인생을 돌아보라. 후
회 없이 살았던가. 아니라면 지금부터라도, 오늘 이 순간부터라도 내 삶에 최선을 다해보자.
나만의 스텝으로 천천히 걸어가라. 다른 이가 뛰어간다고 걱정만 하면서 뒤따를 필요도 없다. 작은
보폭으로 걸어도 꿈만 확고하다면 언젠가는 도착한다. 시간이 걸리더라도 꿈을 이루고자 하는 의
지만 놓지 않으면 된다.

우아하게
아침밥을 먹자

아침을 지배하는 자가 하루를 지배하고 하루를 지배하는 자가 인생을 지배한다는 말은 귀에 딱지가 앉도록 들어보았을 것이다. 그대도 아침에 일찍 일어나고 싶으나 힘이 드는가? 생각은 있는데 몸이 마음대로 되지 않는가?

《방황해도 괜찮아》의 법륜 스님은 즉문즉설 강연에서 이런 말씀을 하셨다. "사람들은 아침에 일어나기가 쉽지 않다. 몸이 말을 안 듣는다고 말을 하지만, 만약에 누군가가 총을 든 채 '땅~' 하고 쏜다면 벌떡 일어나지 않겠냐"고 말이다. 사실은 몸이 말을 안 듣는 것이 아니라 일어나고 싶은 마음이 없는 것이라는 뜻이다. 법륜 스님은 정말 일어나고 싶지 않다면 그냥 푹 자라고 말씀하셨다. 괜히 일어나야 한다는 강박관념에 빠져서 잠도 못 자고 일어나지도 못 하는 어정쩡한 상태를 지속하지 말라는 것이다.

개인적으로 맞는 말씀이라는 생각이 든다. 특별히 밤에 일을 해야 하는 직업을 가진 이들이 아니라면 아침에 일어나는 것 하나만 봐도 그 사람의 하루 생활을 알 수 있다. 아침에 일찍 일어나면 상쾌한 느낌이 든다. 하지만 나도 처음에는 아침에 일찍 일어나는 것이 쉽지 않았다. 알람이 울리면 왜 이렇게 빨리 알람이 울리는지, 10분만 더 자고 일어나야지, 하는 생각도 했다.

아직도 늘 나의 알람은 5시부터 울린다. 간혹 알람이 울리기 전에 깰 때도 있지만 대개는 알람이 울려야 잠에서 깬다. 그래도 예전에는 알람을 끄고는 다시 잠에 빠져들었는데, 이제는 알람이 울리면 '일어나야겠구나'라는 생각을 저절로 한다. 아침에 일찍 일어난 이후부터 삶이 달라졌기 때문이다. 겨우 한 시간 정도 일찍 일어나는 것인데도 아침이 상당히 여유로워졌다.

예전에는 화장을 할 시간조차 없어서 대충 씻고서 머리만 질끈 묶고 출근을 했지만 이제는 촉촉한 수분 크림이 피부 속에 천천히 스며들 때까지 기다리기도 하고, 가끔씩 운동을 하기도 한다. 물론 아침식사도 간단히 하고 온다. 일찍 일어나니 기분도 좋고 시간적으로도 매우 여유로워져 엘리베이터를 타러 달리지 않고 천천히 걸어간다.

이렇게 아침에 여유를 갖게 되면 하루가 여유롭다. 일을 할 때도 여유가 있다 보니 침착하게 오늘 스스로가 해야 할 일을 알고 찾아서 하게 된다. 또한 '잠에 이끌리는 나'가 아니라 '주도적으로 삶을 이끌어가는 나'를 발견하게 되면서 자신감도 충만해졌다. 생활 전반에 변화가 생긴 것이다. 삶에서 성공했다고 하는 사람도 대부분 아침형 인간이라고 하지 않은가. 더불어 오랫동안 장수하는 사람들도 아침형 인간이라고 하니 건강하게 오래 살 것 같은 기분 좋은 느낌도 든다. 특히 긍정적인 사고를 하면서 잘 먹고 잘 자고 일주일에 서너 번 정도 운동을 하면 더욱 건강하게 살 것 같다.

《아침형 인간》에서 사이쇼 히로시는 취침시간과 기상시간의 중요성에 대해 말했다. 의사인 그의 말에 의하면 밤 11시~오전 5시가 가장 적당한 수면시간이라 한다. 그 시간에 체온이 내려가기 때문이다. 따라서 밤 11시~오전 1시는 잠이 깊이 들 수 있는 조건이 되고, 체온이 올라가는 오전 5시~6시는 수면이 얕아지는 조건이 된다고 했다. 특히 그는 체온이 상승곡선에 접어드는 오전 5시에 일어나는 것이 가장 효율적인 수면시간이라고 했다. 더불어 아침의 한 시간은 오후의 세 시간과 맞먹기 때문에 이 시간의 집중력과 판단력은 하루 동안 가장 뛰어나다고 한다.

그렇다면 과연 어떻게 하면 아침에 일찍 일어날 수 있을까? 누구나 아침에 일찍 일어나서 하루를 시작하고 싶은 마음은 굴뚝같지만 사실

잘되지 않는다. 이에 대해 사이쇼 히로시는 이렇게 말했다.

> 세상 모든 일이 그렇듯이, '쉬운 방법'은 없으며 '효과적인 방법'이 있을 뿐이다. 아침에 일찍 일어나려면 100일만 참고 하면 된다. 그 후에는 저절로 된다. 어떤 습관이건 사람의 몸과 의식 속에 완전히 배려면 100일이 필요하기 때문이다. 일찍 자고 일찍 일어나는 생활, 일찍 일어나서 아침을 온전히 나의 시간으로 효율적으로 활용하는 생활도 100일이면 된다. 5시에 일어나기로 결심했다면 잠자리에 들기 전에 똑바로 앉아 눈을 감고 주문을 열 번만 외워보라.

하코다 타다아키는 《행복을 불러들이는 아침 5시부터 습관》에서 아침시간을 활용하는 네 가지 방법을 알려주었다.

첫째는 발상의 전환이다. 사람들은 흔히 일찍 자고 일찍 일어나야 한다고 말한다. 당장 내일부터 일찍 일어나야겠다는 생각에 불을 끄고 잠자리에 들었지만 눈만 말똥말똥 뜬 상태로 쉽사리 잠을 들지 못한 적이 누구에게나 있을 것이다. 그러니 일찍 자고 일찍 일어나자는 생각을 바꿔서, 일찍 일어나고 일찍 자라는 것이다. 하루를 무리해서라도 아침에 일찍 일어나면 밤에 저절로 졸음이 오게 될 것이다. 이런 패턴을 몸에 익히면 서서히 아침시간을 확보할 수 있다고 했다.

다음으로는 아침에 일어나서 학교 갈 때까지의 스케줄을 시간 순서대로 적는 '타임 스터디'를 작성하라고 했다. 대부분 아침에 일어나 학교 갈 준비를 하다가 시간에 쫓겨서 정신없이 집을 나설 것이다. 엄마가 해주는 밥도 한 숟갈 뜨는 둥 마는 둥 하면서 입에 음식을 넣은 채 버스를 놓치지 않기 위해 달려 나가는 일은 비일비재하다. 하코다 타다아키는 아침에 일어나서 씻거나 양치질, 옷 입기 등 고정적으로 하는 것 이외에 자유롭게 쓸 수 있는 시간을 활용한다면 인생이 크게 달라질 것이라고 했다.

즉, 아침시간에 집중력을 높여 '자신이 바라는 나'를 만들어가라고 했다. 장기간 한 가지 일에 집중하기는 상당히 힘들지만 아침의 자투리 시간만큼은 누구나 마음만 먹으면 집중할 수 있을 것이다. 하루에 15분이나 20분 정도의 시간적 여유를 만들어 그 시간에 영어 단어를 세 개 정도 외우든지 혹은 수학 문제를 두 문제씩 풀든지 자기 나름의 철칙을 세우는 것이다. 15~20분은 분명 짧은 시간이지만 집중한 그 시간은 무의미하게 보낸 한 시간보다 훨씬 가치가 있을 수 있다. 만약 매일 아침 15분을 1년 동안 활용하면 약 91시간이 된다고 하니, 온 신경을 집중한 91시간은 결코 짧은 시간이 아니다.

마지막으로 학교까지 버스를 타고 가거나 걸어가야 할 경우에는 그 시간을 활용하는 것이다. 음악을 들으면서 그 시간을 그냥 흘려만 보내지 말고 MP3로 영어를 듣거나 필요한 과목의 내용을 녹음해서 들으면서 오는 방법도 있다. 버스나 지하철을 탄다면 간단히 메모한 내용들을 보면서 외우거나 읽거나 해도 좋다. 돈을 잃고 나면 다시 벌 수 있지만 한번 지나간 시간은 결코 돌이킬 수가 없다. 그러니 아침시간을 자신만의 의미 있는 시간으로 바꿔서 사용하라.

만약 아침 15~20분을 충분히 잘 사용하는 경지에 이르렀다면 '아침 한 시간'을 집중하여 사용하기로 마음을 먹어도 좋다. 《아침 1시간 노트》의 야마모토 노리아키는 빡빡한 직장생활과 세무사 시험공부를 병행하면서도 세무사 시험에 합격했고, 일본 내에서 어렵기로 유명한 기상예보사와 중소기업진단사에까지 합격했다. 그가 말하는 성공비결은 바로 '아침 한 시간'이다.

아침 한 시간이라는 것은 누구에게나 주어지지만 아무나 가지지 못한다. 이 시간으로 인해 사람들 간의 삶의 질은 엄청나게 달라진다. 특히 그는 아침 한 시간이라는 제한을 두고 사용을 하면 집중력을 발휘할 수 있다고 했다. 사실 밤에 잠드는 시간은 스스로 결정하기에, 밤 시간은 구속력이나 강제력이 약한 편이다. 자려고 누웠다가 인터넷서핑을 잠시만 하다 보면 한두 시간이 훌쩍 지나가 버린다. 이렇게 밤 시간에 의지력을 가지고 무언가를 하기에는 쉽지가 않다. 그래서 학교를 가야 하는 아침에 한 시간이라는 데드라인을 정해두면 집중력 있게 무언가를 하기 좋다.

집에서 아침 한 시간을 보내기가 어렵다면 아예 일찍 학교에 와서 무언가를 하는 것도 좋은 방법이다. 학교 교실은 집의 거실과 달라 학습의 효과가 꽤 크다. 텔레비전을 켜거나 컴퓨터를 개인적으로 사용할 수 없기에 다른 친구들이 오기 전까지 최대한 집중을 하면서 자신의 공부를 할 수 있다. 그러니 그대들도 지금 일어나는 시간보다 한 시간만 더 일찍 일어나 상쾌한 아침을 맞이하고, 우아하게 아침밥을 먹은 후 학교로 가길 바란다.

그대만의 황홀한
순간을 위하여

내 인생은 '순간瞬間'이라는 돌로 쌓은 성벽이다. 어느 돌은 매끈하고 어느 돌은 편편하다. 굴러 내린 돌, 금이 간 돌, 자갈이 되고 만 돌도 있다. 아래쪽의 넓적하고 큰 돌은 오래된 것들이고 그것들이 없었다면 위쪽의 벽돌들 모양이 우스꽝스러웠을 것이다. 어느 순간은 노다지처럼 귀하고 어느 벽돌은 없는 것으로 하고 싶고 잊어버리고도 싶지만, 엄연히 내 인생의 한 순간이다. 나는 안다. 내 성벽의 무수한 돌 중에 몇 개는 황홀하게 빛나는 것임을. 또 안다. 모든 순간이 번쩍거릴 수는 없다는 것을. 알겠다. 인생의 황홀한 어느 한 순간은 인생을 여는 열쇠구멍 같은 것이지만 인생 그 자체는 아님을.

성석제의 《번쩍하는 황홀한 순간》에 나오는 구절이다. 이 구절을 읽고 많은 생각에 잠기게 되었다. 그동안 너무나 어리석게도 인생의 모든 순간마다 황홀함을 느끼기 위해 애를 썼던가. 성석제의 말처럼 인생의 어느 순간은 노다지처럼 귀하지만 어느 순간은 너무나도 힘들고 고통스러워 잊어버리고 싶다. 그렇지만 그 모든 것이 내 인생이다. 황홀한 순간만 내 인생이 될 수는 없다. 황홀한 순간이 더욱 빛나는 이유는 내 삶에 잊어버리고 싶을 정도의 고통의 시간이 존재했기 때문일 것이다.

　삶에 같은 순간이란 존재하지 않는다. 지금 강가에 흐르는 물은 어제 흘렀던 물이 아니고, 1초 전에 흘렀던 그 물도 지금 흐르고 있는 물이 아니듯이 말이다. 좋았던 과거가 또 다른 모습으로, 힘들었던 과거도 지나고 나면 황홀한 순간이 되어서 다가올지도 모른다.

　인생을 살다 보면 황홀한 순간을 맞이하게 되는 때가 있으리라. 그대가 아직 황홀한 순간을 맛보지 못했다면 곧 다가올 것이다. 그 순간을 위해 지금 처지가 잊고 싶을 정도로 고통스러울지라도 기다려봐라. 피할 수 없으면 즐기라는 말도 있지 않느냐. 어차피 피한다고 피해지는 것도 아니라면 오히려 즐기면서 이 시간을 만끽하라. 물론 어렵겠지만 마음이라도 긍정적으로 먹어보란 말이다. 눈물이 나면 실컷 울어도 좋으니 그 시간을 낭비가 아닌 그대만의 소중한 시간으로 사용하라.

　뜨거운 열정으로 살아가더라도 어느 날 문득 그 열정이 식었음이 느껴지는 순간이 올 것이다. 그래, 사람인데 그런 순간이 어찌 오지 않으랴.

이 나이 먹도록 나조차도 그런 순간들이 비일비재한데 어린 그대가 어찌 그렇지 않으랴. 그대에게 폼 나게 조언해줄 것 같은 선생이지만 솔직히, 가끔 방황을 한다. 나 역시 삶이 버겁다고 느껴질 때 울고 또 울어도 눈물이 마르지 않고 계속 흐르는 그런 순간이 있다. 억울해서 정말 미쳐버릴지도 모르겠다는 생각이 드는 날도 많다. 그래도 한편으로는 이런 방황도 지금해서 다행이라는 생각도 한다. 이 모든 것들도 좀 더 시간이 지나면 나를 위한 단단한 초석이 될 것이기 때문이다.

내 인생에 비바람이 너무나도 세차게 몰아칠 때는 가끔씩 지인들과 수다를 떨기도 하고 훌쩍 여행을 떠날 때도 있다. 선생으로 있으면서 아이들이나 학부모님들에게 상처를 받을 때도 많다. 아이들이 생각 없이 툭 던지는 말 한마디, 행동 하나에 너무나도 깊은 상처를 받기도 하고, 정말 말도 안 되는 항의로 인해 모든 것을 다 놓아버리고 싶을 때도 많다.

요즘에는 특히 자녀가 한 명 혹은 두 명밖에 없어서 정말 애지중지 키우는 경우가 많다. 물론 좋은 부모님이 대부분이지만 가끔씩 본인의 자녀가 잘못한 것에 대해 따끔한 충고를 잘하지 못하시는 부모님들도 계신다. 아이들을 야단치면 기가 죽을까 봐 자신감을 키워준다는 명분하에게 그러시는 분들이다. 그래서 선생님에게 야단을 맞았다고 하면 무조건 달려오서서 항의부터 하시는 분들이 갈수록 늘어만 나는 것만 같아 안타깝기 그지없다. 물론 여차여차해서 야단을 친 이유를 말하고 전후 사정을 설명하면 비로소 고개를 끄덕이시고 사과를 하시는 경우가 대부분이다. 그런 모습을 보여서 미안하다고 손편지를 받은 적도 여러 번 있다. 물론 이런 분들 덕분에 또다시 힘을 내서 교직에 남고자 하지만 사실 내가 받는 상처는 정말 크다.

누구는 선생이 잘하면 이런 일이 아예 생기지 않는다고 비난을 할지도 모르겠다. 그렇지만 나는 아직 연륜이 덜 쌓여서 그런지 몰라도 한 번씩 아이들이나 부모님들께 상처를 받곤 한다. 물론 세월이 지나 웃으면서 이야기를 하는 경우가 대부분이다. 그렇지 않고서 어찌 계속 선생 노릇을 하겠는가. 상처보다는 보람이 훨씬 크고, 아픔보다는 아이들이 주는 기쁨이 더 많다.

상처는 시간에 단단해진다는 법도 자연스레 터득하게 해주었다. 10대라서 방황하는 거라고, 방황하는 10대가 있어서 교사인 내가 필요한 거라는 것도 알게 되었다. 그래서 아이들이 상처 주는 말을 하거나 혹은 얼떨결에 욕설을 내뱉더라도 놀란 토끼눈을 뜨고 바라보면서 "금방 나한테 말한 거 아니지?"라며 순진(?)하게 물으면 순간 아이들도 생각지도 못 한 말이 튀어나왔다며 대부분 사과를 한다.

배울 것이 있기에 10대인 것이고, 가르쳐줄 수 있어서 선생인 것이다. 그래서 나는 여전히 그대들을 향한 무한 사랑이 막 샘솟는다. 아마 부모의 마음이 이러할 듯싶다. 나이가 좀 더 드니 자식을 위해 물불 안 가리던 부모님의 심정도 이해가 되었다. 팔은 안으로 굽는다고, 옆 반 담임선생님에게 우리 반 아이가 야단을 듣고 있으면 나조차 기분이 영 언짢아지기 때문이다. 물론 우리 반 친구가 천번 만번 잘못을 했다는 것은 알지만 일단 내 새끼가 야단을 듣고 있으면 마음이 참 아프다. 그러다 보니 당황스러웠던 몇몇 부모님들이 이해가 되는 순간도 왔다. 그래서 요즘은 웬만한 일에는 상처를 거의 받지 않고 넘어가게 되는, 달인의 경지에 가까워진 것이 아닌가 하는 착각이 들기도 한다. 이제는 웃으면서 "과거에 이런 황당했던 기억도 있다"며 후배 교사들에게 이야기해주기도 한다.

요즘은 아이들이 하는 행동 하나하나가 너무나도 예뻐 보인다. 과거에 아픔이 없었더라면 이런 아이들의 작은 행동에 이토록 내가 고마워했을까 싶다. 칠판을 깨끗이 닦는 모습도 너무나 사랑스럽고, 어김없이 출석부를 챙기는 아이도 사랑스럽고, 교탁 자리표에 하트를 그려둔 아이도 사랑스럽고, 쓰레기통 버릴 사람, 하고 물을 때 손을 번쩍번쩍 드는 아이도 이루 말할 수 없이 사랑스럽다. 분필통을 예쁘게 만들어놓은 센스 있는 반장은 말할 것도 없고, 교실 뒤 게시판을 꾸밀 때 말없이 도와주는 아이도, 자기 청소구역을 단 하루도 빠지지 않고 하는 성실한 아이도, 남들이 하기 싫어하는 화장실 청소도 자진해서 하겠다는 아이도 있는 그런 복 받은 반의 담임이 지금의 나다. 비가 올까 봐 창문을 닫자고 하면 다들 일어서서 말없이 창문을 닫지 않나, 문단속은 누가 하고 갈 거냐고 물으면 꼭 번갈아가면서 손을 들기도 한다. 지각을 한 아이들이 스스로 벌금을 내더니, 하루는 그 벌금을 형편이 어려운 친구에게 기부를 해도 괜찮겠냐고 나에게 묻는다. '아, 이런 아이들이 세상에 또 있을까' 싶을 정도다. 그래서 나는 요즘 우리 반 아이들이 하는 모든 행동이 다 좋다. 그냥 너무 좋다. 그리고 고마울 따름이다. 솔직히 첫날 첫 시간부터 감동이었다.

내가 이렇게 아이들의 사소한 행동에 감동을 받는 것도 그동안 많은 상처와 아픔을 다 겪었기 때문이리라. 그러니 그대도 힘든 일 없이 좋은 일만 생기길 바라지 마라. 그것이 좋은 일임을, 너무나도 감사할 일임을 느끼는 것은 힘들고 고통스러운 시간이 지나가고 난 후에 느끼는 것이다.

그러니 지금 그대의 삶에 충실하라고 말해주고 싶다. 지금 이 순간이 '그대만의 황홀한 순간을 위한' 시간이기 때문이다. 아니, 어쩌면 황홀한 그 순간일지도 모른다. 두 번 다시 오지 않을 이 시간을 그냥 흘려보내지 말고 열심히 살라.

스스로에게 감동하는
사람이 되어라

　일본이 낳은 세계적 CEO 이나모리 가즈오는 《소호카의 꿈》에서 "무언가를 끝까지 다 했다고 느꼈을 때 포기하라"고 했다.

　사실 우리는 너무 쉽게 포기를 잘한다. 한두어 번 해보고 내 뜻대로 되지 않으면 내 길이 아니라고 생각하며 그냥 포기해버리는 것이다. 그러나 어려움이 닥칠 때마다 더욱더 힘을 내고 달려야 한다. 운동을 할 때도 죽을 것 같은 사점死點이 지나고 나서야 결승점에 골인할 수 있다. 스스로의 모든 에너지를 다 쓰고 난 후에 포기해도 늦지 않는다. 그래야 '조금 더 노력했으면 잘됐을지도 몰라' 하는 듯한 아쉬움이나 후회가 남지 않는다.

교사가 되기 위해 임용시험만 10년 넘게 준비한 지인이 있다. 정말 죽을 만큼 노력해서 공부했다고 했다. 처음 몇 년간은 시험을 한번 쳐보자 하는 마음으로 했는데, 너무나도 아쉬워서 그 후 몇 년은 정말 미친 듯이 공부했다고 한다. 그런데 결과는 불합격이었다. 그렇지만 스스로가 최선을 다했기 때문에 후회는 없다고 했다. 그리고 이 길이 자신의 길이 아닌 것을 이제야 알았다며 지금은 다른 직종에 도전 중이다.

그녀처럼 그대도 10년이란 긴 시간을 무언가에 투자한 적이 있는가? 아니, 그중 몇 년 동안만이라도 죽을 만큼 최선을 다해보았는가? 죽을 만큼 해봐야 후회가 덜 남는다. 가보지 못한 길에 대해서는 아쉬움이 생긴다. 그러니 조금 덜 후회하기 위해 지금 미친 듯이 하라.

자기의 꿈을 위한 길을 걷다가 힘들면 쉬어도 된다. 잠깐 한눈팔더라도 내가 가야 할 길만 똑바로 보고 간다면 괜찮다. 그동안 내가 달려온 시간을 돌이켜보면서 숨을 고르고 있어도 된다. 그래도 다시 한 번 더 마지막이라는 마음으로 끝까지 가라.

《아웃라이어》의 말콤 글래드웰은 1만 시간의 법칙에 대해 이야기했다. 그 어떤 분야에서도 "혹독한 1만 시간을 견뎌내면 그 분야의 최고가 된다"는 법칙이다. 1만 시간을 채우려면 하루에 세 시간, 10년을 투자하면 된다. 피겨스케이팅의 김연아도, 축구의 박지성도, 리듬체조의 손연재도, 첼로의 장한나도 그 시간을 견뎌냈고 결국 자신의 분야에서 최고가 되었다. 국민강사라 불리는 김미경은 "자기 분야에서 7년 이내의 투자는 취미"라고 했다. 취미와 최고 경지의 차이는 무려 3년이나 난다.

그대는 1만 시간을 채워본 적이 있는가? 1만 시간을 정말 치열하게 살았던 적이 있는가? 1만 시간이 너무나도 멀게만 느껴진다면 올해만이라도, 1년만이라도 미친 듯이 치열하게, 더 이상 뜨거울 수 없을 정도로 열정적으로 살아보자. 그렇게 지내다 보면 스스로에게 감동하고 대견해 하는 날이 올 것이다.

이 세상에서 나를 가장 잘 아는 이는 어머니도 아버지도 아니고 자신이다. 다른 사람은 몰라도 스스로를 속일 수는 없다. 자신의 부족한 점이 무엇인지, 장점이 무엇인지도 다 알고 있다. 그러니 스스로 감동할 때까지 달려보라. 멈추지 말고 죽기 살기로 해보라.

개인적으로 좋아하는 방송인 안선영은 매해마다 해야 할 일을 정한다고 한다. 취미부터 배울 것들을 리스트로 만드는데, 작년에는 중국어 공부와 기타로 노래 한 곡을 마스터하는 것을 목표로 세웠단다. 올해 나이 서른아홉인 그녀도 계획을 세워서 시도하는데 그녀보다 훨씬 어린 그대가 못 할 것이 뭐 있는가.

우리도 안선영처럼 자기관리를 철저히 해보자. 그녀는 연애에 관한 특강을 하면서 "괜찮은 남자를 만나고 싶다면 자신이 먼저 괜찮은 여자가 되라"고 했다. "1층에 사는 내가 25층에 사는 남자를 만나고 싶다면 1층에서 남자를 아무리 기다려봐야 소용없다"고 했다. 그는 엘리베이터에서 내리자마자 갈 길 가버리니 내가 25층 근처로 가는 것밖에는 방법이 없다는 것이다.

이 말을 인생에 적용해보자. 멘토를 만나고 싶다면 스스로가 먼저 멘토를 만날 수 있는 위치에 서라고 말해주고 싶다. 그러기 위해서는 우선 스스로 먼저 괜찮은 사람이 되어야 할 것이다. 유명인을 멘토로 삼아서 자극을 받고 싶다면 이메일로 수십 번이든 수천 번이든 연락해서 만나봐라. 자신이 먼저 멘토를 만나고자 하는 열정을 보여야 하는 것이다.

예전에 우리 반 학생 중 한 명은 모 연예인의 극성팬이었다. 당시는 담임으로서 그 에너지를 다른 곳으로 쏟았으면 하는 마음도 있었지만 뭔가에 열의를 가지는 것 자체가 보기에 좋았다. 학업에는 관심을 보이지 않았지만 매사 불타오르는 그녀의 열정을 숨길 수는 없었다. 체육대회와 같은 학교 활동에도 매우 적극적으로 임했다. 그 친구는 열혈팬답게 그 연예인과 문자를 주고받는 사이였다. 심지어는 본인의 헤어스타일을 바꿀 때도 연예인에게 물어볼 정도였다. 어떻게 그 연예인과 친하게 되었냐고 물었더니 팬카페에 가입해서 활동하는 것은 기본이고, 콘서트도 가고 적극적으로 활동을 하다 보면 만날 기회가 생긴다고 했다. 직접 연예인을 만나게 되었을 때를 대비해서 묻고 싶은 질문도 준비해 두는 등 철저한 계획(?) 끝에 생긴 친분이라고 했다. 어쨌든 그 친구도 자기가 좋아하는 연예인을 만나기 위해서 최선을 다했기 때문에 이런 결과가 생긴 것이다.

세상에서 가장 바쁘다는 인기 연예인과도 친분을 쌓는 마당에 그대가 생각하는 존경할 만한 사람을 못 만나겠는가. 사람과의 관계는 다 인연이기에 만나고자 하면 언젠가는 만나게 되어 있다. 다만 그 전에 자신이 그만큼 노력을 하고 괜찮은 사람이 되어 있어야 그들도 그대를 만나줄 것이다. 누구나 뜨거운 가슴을 가진 이에게는 쉽게 마음의 문을 열기 때문이다.

그렇다면 과연 어떤 사람이 괜찮은 사람일까? 바로 그대가 이 순간 꾸고 있는 꿈을 이룬다면 괜찮은 사람이 되지 않을까?

민사고 출신으로 조지타운대학교에 입학한 김수지는 "할 수 없다고 생각하는 것은 하기 싫다고 다짐하는 것이나 마찬가지"라고 했다. 그녀는 주변 친구들이 타고난 천재라면 스스로의 힘으로 천재가 되어보겠다고 결심했다고 한다. 지금 이 순간도 다른 아이들의 책장은 넘어가고 있다는 독한 마음으로 노력해서 결국 자신이 원하던 대학에 입학했다. 또한 그녀는 "스스로를 믿으면 결코 배신당하는 법이 없다"고 말했다. 스스로에게 "죽도록 원하는가?"라는 질문을 던져보고 "그렇다"라는 답을 얻게 되자 무조건 이루어지도록 노력을 했다고 한다. 오래 앉아 있으면 책을 한 자라도 더 보게 되기 때문에 좀이 쑤시고 허리가 아파도 스트레칭을 하며 몸을 풀고 의자에서 거의 일어나지 않았다고 한다. 다른 친구들이 여섯 시간 정도를 자면 서너 시간 정도만 자면서 버텼다고 한다. 가끔씩 친구들과 수다를 떨게 되면 그만큼 수면 시간을 줄이고 해야 할 공부는 반드시 하고 잤다고 한다.

아, 오해하지 마라. 김수지처럼 그대들에게 하루에 서너 시간만 자라는 말이 아니다. 스스로가 만족할 수 있도록 미친 듯이 최선을 다하라는 말이다. 한 번쯤은 그런 독종이 되어보라고 말하고 싶은 것이다.

고승덕 변호사와 얽힌 비빔밥 이야기는 유명하다. 그는 학창 시절 공부할 분량은 감당할 수 없을 만큼 많고 시간은 절대적으로 부족했기에 불필요한 활동을 줄여 공부시간을 늘렸다고 한다. 그랬더니 잠자는 시간과 밥 먹는 시간이 남았단다. 잠은 더 이상 줄일 수 없어 식사시간을 줄이기로 마음먹었는데, 젓가락질을 하면 책을 읽을 수 없기 때문에 젓가락질을 하지 않아도 먹을 수 있는 방법을 궁리를 하게 되었고 그래서 생각해낸 것이 바로 비빔밥이었다. 그는 공부할 시간이 모자라 식탁으로 갈 시간이라도 줄이자는 마음에 책상에 앉아 비빔밥을 먹으면서 공부를 했다. 반찬도 잘게 썰고 고기도 갈아달라고 어머니께 부탁했다고 한다. 음식 씹는 시간이 아까웠다는 것이다. 그는 몇 년을 그렇게 먹었다고 한다. 덕분에 사법고시 최연소 합격, 외무고시 차석, 행정고시 수석의 영광을 누린다.

이런 고승덕의 일화에 감명을 받은 한 지인은 고등학교 3학년 아들에게 "공부할 시간을 아끼며 비빔밥을 먹어라"고 한 후 방에서 나오지 말라고 했다고 한다. 그랬더니 한 달 만에 아들이 비장한 표정으로 "하루를 살더라도 인간답게 살고 싶다"며 "더 이상 비빔밥을 주면 집을 나가겠다"고 선언했다고 한다.

고승덕의 비빔밥에서 중요한 것은 비빔밥 그 자체가 아니다. 고승덕이 본인의 의지로, 스스로의 열정으로 비빔밥을 먹으며 공부를 하기 위해서 시간을 아꼈던 것, 바로 그것이다. 하지만 지인의 아들은 스스로 원해서 먹은 것이 아니라 아버지의 권유에 의해 어찌할 수 없이 억지로 먹었을 뿐이다. 무엇이든 스스로의 열정으로 해야 한다. 만약 지인의 아들이 본인의 열정으로 공부시간을 늘리기 위해 비빔밥을 먹었다면 한 달 만에 그만뒀겠는가.

그러니 그대도 스스로에게 열정의 씨앗을 뿌리고 열매를 맺을 때까지 지켜볼 수 있는 독종이 되어라. 너무 벅찬 감동이 올라와 눈물이 흐르는 그날을 맞이해보자.

느린 걸음이라도
괜찮아

　나 역시 공부를 열심히 한다고 생각하는데 남들은 나보다 더 치열하게 살고 있는 모습에서 답답함을 느끼기도 하고, 공부할 양은 아직 한참이나 남았는데 시험날짜는 늘 빨리 다가와 조급함이 들 때도 있다. 그렇게 시험은 내 가슴을 조여온다. 세상은 경쟁자를 물리치고 1인자가 되라고 소리치기에 누군가를 앞서 나가야 한다는 강박증도 생긴다. 무엇이든 빨리, 쉽게 원하는 결과가 나오면 기분이 참 좋을 것이다. 그렇지만 세상이 어디 뜻대로 되는가.

　느린 걸음이라도 그 꿈을 향해서 천천히 나아가면 된다. 중학교 때 어느 선생님이 해주신 말씀이 생각난다. 그분은 중학교 때 방황을 하고 공고에 진학을 하셨다. 고등학교 때 친구들과 어울려 놀다가 어느 날 문득 내가 왜 이렇게 살고 있나 하는 생각이 들었다고 하셨다. 그때부터 자신의 꿈에 대해서 한참을 고민하기 시작했다고 하셨다. 그 순간 교사가 되고 싶다는 생각을 하고, 교사가 되기 위해 치열하게 노력을 했다고 하셨다. 대개 교사가 되기 위해서 사범대를 가면 임용시험을 치기까지 4년의 시간이 걸린다. 하지만 그분은 10년의 시간 동안 먼 길을 돌고 돌아왔다고 고백하셨다. 남들보다 좀 더 시간이 걸렸지만 그래도 결국 그분은 자신의 꿈을 이루고 교단에서 학생들을 가르치신다.

느려도 괜찮다. 천천히 가도 괜찮다. 자신의 꿈을 위한 길이라면 한 발짝씩 걸어가도 되는 것이다.

KFC켄터키프라이드치킨의 창시자 커넬 할랜드 샌더스도 마찬가지였다. KFC 출입문 앞에서 하얀색 옷을 입고 푸근한 웃음을 짓고 있는 할아버지가 바로 그다. 초등학교도 제대로 졸업하지 못한 그는 여러 가지 직업을 전전하면서 닥치는 대로 일을 했다. 서른아홉 살 때 켄터키 주의 코빈이라는 작은 마을의 주유소에서 일을 하고 있었는데, 하루는 손님이 "이 마을에는 마음에 드는 식당이 하나도 없다"고 불평하는 소리를 들었다. 이 소리를 듣자마자 어릴 적부터 요리에 자신이 있었던 커넬은 여행자들을 위한 식당을 차렸다. 독특한 양념으로 맛을 낸 닭튀김이 맛있다는 입소문이 나면서 가게는 번창했다. 하지만 근처에 새 고속도로가 뚫리면서 카페의 손님이 하나둘 줄게 되고 결국 식당마저도 경매로 넘어가 버렸다. 그 후 커넬은 연금을 받으면서 살기를 거부하고 수중의 단돈 105달러를 들고 재기를 꿈꿨다. 자신만의 비법을 담은 양념을 싣고 수십 곳의 식당을 찾아 치킨 맛을 보여주면서 식당 주인들에게 홍보를 했다. 여관비를 아끼기 위해 차에서 잠을 자고 화장실에서 면도를 하면서도 자신의 치킨 맛을 알아줄 식당 찾기를 포기하지 않았다. 천아홉 번의 거절 끝에 그는 피터 허먼과 첫 계약을 했다. 지금은 전 세계 110개국에 2만여 개의 KFC 매장이 있다.

그는 "훌륭한 생각을 하는 사람은 많지만 행동으로 옮기는 사람은 드물다. 나는 남들이 포기할 만한 일에도 포기하지 않고 희망을 놓지 않았다. 여러 번의 실패에도 불구하고 닭튀김 조리법을 개발하여 예순다섯 살의 나이에도 포기하지 않았다"고 했다. 그러니 그대도 꿈을 향해 한 발 내딛기만 하면 된다. 힘이 들고 지치면 숨 고르기를 하면서 조금 천천히 걸어도 된다. 뜨거운 열정이 솟아오르는 날에 다시 달리면 되기 때문이다.

그동안 그대는 자신의 삶에 최선을 다했다고 자부할 수 있는가? 지금까지 산 인생을 돌아보라. 후회 없이 살았던가. 아니라면 지금부터라도, 오늘 이 순간부터라도 내 삶에 최선을 다해보자.

나만의 스텝으로 천천히 걸어가라. 다른 이가 뛰어간다고 걱정만 하면서 뒤따를 필요도 없다. 작은 보폭으로 걸어도 꿈만 확고하다면 언젠가는 도착한다. 시간이 걸리더라도 꿈을 이루고자 하는 의지만 놓지 않으면 된다.

'총각네 야채가게'로 유명한, 전국 40여 개의 지점에 연매출 600억 원을 올리는 이영석을 아는가? 내가 즐겨 보는 한 프로그램에 출연하여 "쉽게 얻는 성공은 없다"며 자신의 이야기를 들려주었다. 그는 채소 행상을 시작하면서 채소 파는 사람도 전문직이 될 수 있다는 것을 보여주고 싶었다고 했다.

그는 강남에서 유복하게 태어났다. 그러나 아홉 살 때 아버지의 사업 실패로 야반도주를 경험하고 비닐하우스에 머물게 된다. 실패를 이겨내지 못하신 아버지의 죽음으로 큰 충격을 받은 후 부모 잘 만나 걱정 없이 사는 친구들을 보면서 점차 삐뚤어져만 갔다. 그러다 허리가 아파 병원에 가니 선천성 척추분리증이라는 진단을 받고 군 입대를 면제받게 되었다. 고등학교 졸업만 하면 방황을 끝내고 직업군인이 되고 싶었던 그에게 이렇게 또다시 시련이 찾아온 것이었다. 그렇게 의욕 없이 살던 어느 날 담임선생님이 찾아오시더니 "영석아, 세상이 널 받아들이지 않는다. 네가 세상을 받아들여라"라는 말씀을 해주셨다고 한다. 그 순간 그는 망치로 뒤통수를 맞은 기분이었다고 했다. 그날 이후 이영석은 자신이 가진 에너지를 어떻게 사용할지는 자신이 결정한다고 믿게 되었다. 그래서 대학을 가려고 공부를 다시 시작했고 레크레이션과에 입학했다.

졸업 후 이벤트 회사에 취업을 했다. 하지만 학연, 지연, 혈연에 얽힌 회사가 너무나도 싫어서 퇴사했다. 그러던 어느 날 이영석은 우연히 한 강시민공원에 갔다. 거기서 트럭을 세워둔 채 가만히 앉아서 손님만 기다리고 있던 아저씨를 발견하고 가슴에서 꿈틀거리는 뭔가를 느꼈다. 그렇게 시작한 것이 그만의 전략과 전술을 도입한 '오징어 팔기'였다. 짧은 시간에 오징어들이 다 팔렸다. 이영석은 거기에서 자신의 길을 발견하고, 오징어 장사를 따라 일을 배우기 시작했다. 경험을 얻으려면 대가를 치러야 한다는 생각에 스승보다 일찍 출근하고 더 열심히 일했고, 그 후 독립을 하고 채소행상을 본격적으로 시작했다.

자신의 목표를 정해두고 그것을 이루고자 하는 간절함으로 하루 서너 시간을 자고 일을 했다. 그의 표현대로 '짐승 같은 성실함'으로 지금의 자리에 오르게 된 것이다. 오늘도 그는 '팁 받는 야채장사꾼'이 되기 위해서 치열하게 노력하고 있다.

김난도 교수도 말하지 않았던가. 각 시기마다 피는 꽃이 다르다고. 봄에 벚꽃처럼 피어나지 않는다고 가을 국화가 한탄하지는 않는다. 사람마다 인생에서 꽃피우는 시기는 다 다르다. 그대의 꽃을 피울 시기도 반드시 온다. 떨어지는 물방울도 결국은 돌에 구멍을 낸다는 말도 있지 않는가. 이제 막 새싹이 돋아나는 이 시점에서 포기하지 마라. 《노인과 바다》로 퓰리처상을 받은 어니스트 헤밍웨이도 "이상을 가지고 산다는 것은 성공적인 삶이다. 사람을 강하게 만드는 것은 사람이 하는 일이 아니라 하고자 노력하는 것"이라고 했다.

한번은 영국의 수상인 윈스턴 처칠이 모교에서 연설을 한 적이 있다. 연단에 올라선 처칠은 학생들을 바라보며 강한 어조로 말했다.

"절대로 포기하지 마라. 절대로, 절대로. 아무리 큰일이거나 아무리 작은 일이라도, 아무리 중요하거나 아무리 하찮은 일이라도 명예와 현명한 판단에서가 아니면 절대로 포기하지 마라. 상대의 힘에 눌려 포기하지 마라. 상대가 아무리 압도적으로 우세한 힘을 가졌더라도 절대로 포기하지 마라"고 말한 후 내려왔다. 이만큼 심금을 울리는 연설이 또 어디 있겠는가. 그러니 그대도 절대, 절대, 절대 포기하지 마라.

이렇게 처칠은 어떠한 절망의 늪이라도 '포기하지 않으면 반드시 성공할 수 있다'는 강한 집념으로 인생의 주인공이 되었던 것이다. 그대도 천천히, 느리게라도 그대의 걸음으로 가다 보면 인생의 주인공으로 살 수 있을 것이다.

꺼지지 않는
불길이 되어라

한 네티즌이 발레리나 '강수진의 발'이라며 사진과 글을 올려 인터넷을 뜨겁게 달군 적이 있다. 아직 보지 못했다면 인터넷에서 사진을 찾아보았으면 한다. 감동적인 글이어서 함께 나누고자 게재한다.

희귀병을 앓고 있는 사람의 발이 아닙니다. 사람의 발을 닮은 나무 뿌리도 아니고 사람들을 놀래켜 주자고 조작한 엽기사진 따위도 아닙니다. 예수의 고행을 쫓아 나선 순례자의 발도 이렇지는 않을 것 같습니다. 명실공히 세계 발레계의 탑이라는 데 누구도 이견을 제시하지 않을, 발레리나 강수진의 발입니다. 그 세련되고 아름다운 미소를 가진, 세계 각국의 내로라하는 발레리노들이 파트너가 되기를 열망하는 강수진의 발입니다. 예수가 어느 창녀의 발에 입 맞추었듯, 저도 그녀의 발등에 입 맞추고 싶다는 생각마저 들었습니다. 마치 신을 마주한 듯 경이로운 감격에 휩싸였던 것입니다. 그녀의 발은 그녀의 성공이 결코 하루아침에 이뤄진 신데렐라의 유리구두가 아님을 보여줍니다. 하루 열아홉 시간씩, 1년에 천여 켤레의 토슈즈가 닳아 떨어지도록, 말짱하던 발이 저 지경이 되도록, 그야말로 노력한 만큼 얻어낸 마땅한 결과일 뿐입니다. 그녀의 발을 한참 들여다보고 저를 들여다봅니다.

너무나도 기형적이고 못생긴 발이 세계적인 발레리나의 발이라는 사실에 다들 놀라워했다. 더불어 그렇게 발이 망가질 정도로 노력한 그녀의 열정에 탄복을 금치 못했다. 지독한 연습 벌레인 그녀는 한 시즌당 250켤레의 토슈즈를 신는다고 한다. 남들은 2~3주 신는 토슈즈를 하루에 네 번이나 갈아 신을 정도로 지독하게 연습을 했던 것이다. 강수진은 한 인터뷰에서 이렇게 말한 적이 있다.

"수십 년 동안 발레를 했지만 지금도 공연이 끝나면 제대로 걸을 수 없을 정도로 발에 통증이 와요. 그런데 발레는 참 희한한 마술이에요. 토슈즈를 신고 무대에 서면 통증을 못 느끼는데 끝나면 발이 아파요. 연습할 때도 통증을 느껴요. 공연할 때는 몰입이 되기 때문에 아픈 것도 잊어버리지요."

현재 독일 슈투트가르트 발레단 소속으로 발레계의 노벨상이라 하는 '브누아 드 라 당스'를 수상한 최초의 동양인이자 최고령의 발레리나인 그녀는 마흔 살을 넘기고도 여전히 발레를 하고 있다. 발레리나에게 마흔이라는 나이는, 일반인에 비하자면 환갑이나 다름이 없다. 그러나 그녀는 여전히 지독하게 연습한다. 《나는 내일을 기다리지 않는다》에서 알 수 있듯이 그녀는 새벽 6시에 일어나 두 시간 동안 스트레칭을 한다. 30년이 넘게 그녀는 늘 이렇게 하루를 시작했다. 오늘 하루 똑같은 일과를 되풀이하면서도 조금 발전했다고 느끼면 만족한다며, 그녀의 유일한 경쟁자는 '어제의 강수진뿐'이라고 했다.

　한 특강 쇼에서 강수진은 "오늘 움직이고 연습했다는 것이 가장 중요하다"며 "은퇴하는 날이 되기 전까지 즐기면서 공연할 수 있도록 매일 노력할 것"이라고 의지를 다졌다. 이토록 그녀는 꽉 채운 하루를 오늘도 살아간다. 그렇다. 우리에게도 가능성은 늘 열려 있다. 지금 시점에서 멈추지 말라. 그대만의 열정으로 뜨겁게 불타오르면 된다.

　'내가 해봤자 어차피 안 될 거야'라는 부정적인 생각은 자신의 마음에서 시작된다. 재빠르게 성공하지 못할까 봐, 실수나 실패를 할까봐 그런 생각들을 하는 것이다. 그렇지만 꿈을 위한 실패는 당연한 것이다. 포기가 아니라면 실패해도 괜찮다. 꿈을 이룬 수많은 이들이 실패를 겪었지만 결국 꿈을 이루어냈고, 그토록 수많은 실패들은 꿈을 위한 도전이 되었다. 할 수 있다는 마음가짐으로 노력하라. 그러면 반드시 그대의 꿈은 이루어질 것이다.

　그대도 그대만의 인생 꽃을 활짝 피우고 싶지 않는가? 100도가 아니면 결코 물이 끓지 않듯이, 지금의 노력과 연습이 힘들고 버겁게만 느껴진다면 이 모든 것이 물이 끓기 위한 과정이라 생각해야 한다.

　라면을 삶을 때 물이 빨리 끓었으면 하는 마음으로 냄비를 뚫어지게 쳐다본 경험이 한 번쯤은 있을 것이다. 두 눈으로 냄비가 구멍이 날 정도로 쳐다봐도 물은 빨리 끓지 않는다. 오히려 바라보고 있을수록 더 늦게 끓는다는 생각만 들 뿐이다. 인스턴트 라면을 끓이는 데도 조급증을 내는 우리이기에 상대적으로 시간이 천천히 흘러간다는 생각이 드는 것이다.

　그대의 꿈이 쉽게 이루어지지 않아서 짜증이 나고 화가 치밀어 오르더라도 시간은 결코 빨리 흐르지 않는다. 그럴 시간에 마음을 편히 먹고 꿈을 이룬 후의 자신의 모습을 상상해보는 기쁨을 누려보는 것이 나을 것이다.

　그대들은 충분히 흔들려도 괜찮고, 충분히 아파해도 된다. 이 모든 것이 그대의 꿈으로 가는 과정이니까 말이다. 혜민 스님은 《멈추면 비로소 보이는 것들》에서 "당신은 세상에서 가장 소중한 사람이기에 남 눈치 너무 보지 말고 나만의 빛깔을 찾으라"고 했다. 그대는 그대만의 빛깔을 찾아가고 있는가? 아니면 주변 친구나 엄마, 선생님 등의 눈치를 보면서 하루를 살아가는가? 만약 그대가 꿈을 위해, 자신만의 빛깔을 내기 위해 그렇게 흔들리는 것이라면 얼마든지 흔들려도 좋다. 이 모든 것이 꿈을 위한 투자의 시간이라 여겨라.

그런데 우리는 뭐든 거저 받고 싶은 마음이 굴뚝같다. 공부를 안 해도 성적은 잘 나왔으면 좋겠고, 마음껏 먹어도 살은 안 쪘으면 좋겠다는 헛된 망상을 하고 산다.

나도 한때는 신세한탄을 하면서 공짜를 바랐던 시절이 있었다. 임용시험 불합격 소식을 듣고 난 후 실의에 빠져 있을 무렵이었다. 내가 너무나도 평범한 집안의 딸이어서, 아니 좀 더 솔직하게 고백하건대 사립학교 재단이사장의 딸이 아니라는 사실에 화가 났었던 철없던 시절이었다. 사립학교 재단이사장의 딸이라도 다 교사가 되는 것도 아닌데 말이다. 하지만 그때는 철없던 시절이라 그 흔한 빽이나 연줄 하나 없는 부모님이 원망스러웠다. 스스로 공부가 부족했음을 알고 있었지만 그래도 합격이 되었으면 하는 마음이 가득했기 때문이다. 그런데 재수를 하면서 실력도 갖추지 않은 채 합격하기만을 바랐다는 사실을 깨달았다. 공부를 할수록 작년 실력으로 합격을 했으면 큰일 날 뻔했다는 생각이 들 정도였다. 이런 실력으로 시험을 봤다는 사실 자체가 부끄러울 지경이었다.

첫 학교 부임을 받았을 때 선배 선생님이 나에게 하신 말씀이 생각이 난다. 어느 날 갑자기 나에게 말을 걸더니, "선생님, 재수해서 들어왔지요?"라는 것이었다. 순간 당황했었다. 재수한 것이 무슨 큰 잘못이라도 되나 싶어서 기어가는 목소리로 "네"라고 대답하니, 그분이 활짝 웃으시면서 말씀하셨다. "그럴 줄 알았어요. 요즘 젊은 사람답지 않게 인사를 잘하고 다녀서 재수를 했을 거라 추측했어요. 단번에 붙은 친구들은 스스로가 너무 자랑스러워 그런지 인사를 잘하지 않는 경향이 있어서요"라고 말이다.

힘들었던 과거가 자랑스러운 재수 시절로 탈바꿈을 하는 순간이었다. 물론 한 번에 임용시험에 합격한 친구들 중에서도 인사를 꼬박꼬박 잘하는 친구들이 많다. 인사와 관련해서는 그 선배 선생님이 겪은 몇몇 신규교사들과의 지극히 제한적인 경험담일 것이다. 다만 그분은 기본적인 예절인 인사에서 나의 성숙미를 발견해주셨던 것이다. 스스로 재수라는 고통의 시간을 견디다 보니 그 모든 것들이 시나브로 드러났을 것이라고 여긴다.

학교에서 공부를 거의 하지 않고 매일 노는 것처럼 보이는 친구도 그만의 필살기가 있다. 암기력이나 기억력이 매우 뛰어난 천재적인 친구이거나 혹은 남들이 보지 않는 시간에 정말 미친 듯이 노력을 하는 친구일 것이다. 그렇지 않고서는 스스로가 흡족한 성적을 얻기란 현실적으로 어렵다.

망상을 현실로 만들고 싶다면, 내 꿈이 눈앞에 펼쳐지기를 원한다면 부단히 노력하라. 칼로리 소모를 하지 않고서 계속 축적만 해둔다면 결코 살이 빠지지 않듯 탄력 있는 몸매를 갖기 원한다면 땀 흘리며 운동을

해야 한다. 실컷 먹어도 살이 찌지 않았으면 좋겠다는 생각은 망상일 뿐
이다. 이것은 진리다.

'선택'과
'집중'

포드슈퍼모델대회에서 1등을 한 후 세계를 무대로 삼고 있는 슈퍼모델 강승현은 물려받은 큰 키로 인해 자연스레 모델을 꿈꿨다고 한다. 다이어트를 위해 한여름임에도 패딩을 입고 달렸고, 워킹 연습도 피나도록 했다. 그런 그녀였기에 동양인임에도 불구하고 세계 포드모델대회에서 당당히 1등을 한 것이다. 한때 슬럼프에 빠져서 서구 미인형 모델들을 부러워했지만, 단점이 아닌 장점으로 승부를 보겠다는 생각으로 동양인 모델만의 매력으로 승부수를 던진 것이다. 세계적인 무대에서 그녀의 당당한 워킹을 보고 있으면 정말 매력이 느껴진다.

강승현은 자신만의 희망을 발견하면서 "단점을 극복하려고 애쓰지 말고, 자신의 장점을 부각시켜라"고 했다. 그녀도 단점이 아니라 장점을 '선택'한 후 그 삶에 '집중'한 것이다. 그대도 희망을 가지면 그대만의 장점이 보일 것이다. 세상에 장점이 없는 사람은 없다. 혼자만 아는 콤플렉스 때문에 끙끙 앓지 말고 남과 다른 자신만의 매력을 찾아라. 세상을 긍정적으로 바라보다 보면 그대만의 장점이 눈에 띌지도 모른다. 스스로가 너무나도 매력적인 존재라서 놀랄지도 모를 일이다.

그러니 그대만의 장점을 집중해서 찾아라. 주변 친구에게 물어도 좋고, 부모님이나 선생님에게 여쭤봐도 좋다. 스스로에게 자신감이 들 때까지 찾아라. 그대가 선택한 그 장점은 그대의 꿈을 이루어주는 소중한 길잡이가 될 것이다.

나는 대학 시절 학비에 조금이라도 보탬이 되고자 아르바이트를 매학기마다 쉬지 않고 했었다. 식당 설거지, 학원 강사, 과외, 레스토랑 서빙, 횟집 서빙 등 닥치는 대로 했다. 그러면서도 장학금을 놓치고 싶지 않아서 아르바이트가 끝난 후 다시 도서관에 가서 전공 공부를 했다. 비록 큰 액수는 아니었지만 한 학기를 제외하고 대학 시절 내내 장학금을 받으며 학교를 다녔다.

사실 아르바이트를 한 후 도서관에 가서 공부를 하는 것은 힘이 들었다. 그래서 내 삶은 왜 이렇게 시궁창인가, 하면서 부모님 원망도 많이 했었다. 그런데 하루는 언니가 "네가 선택한 삶이잖아"라고 하는 것이 아닌가. 그 말에 나는 너무나도 화가 나서 언니에게 "한 번도 내가 이런 삶을 원한 적이 없다"고 말하니 언니는 "네가 공부를 안 해서 그 대학을 간 것이니 네가 받아들이고 책임져야 한다"고 했다. 당시는 그 말이 너무나도 냉정하게 들렸다. 그래서 펑펑 눈물을 쏟았다. 그런데 다시 생각해보니 맞는 말이었다.

그때 처음 느꼈다. 공부를 하지 않은 대가가 이토록 혹독할 줄 몰랐다. 지방대를 다닌다는 사실에 부모님께서는 등록금과 생활비 10만 원 이외에는 그 어떠한 지원도 해주지 않으셨다. 그냥 준 거 아니고 4년간 빌려주는 거라고 하셨다. 취직 후 대출 받아서 등록금을 다 갚았음은 말할 것도 없다. 물론 땡전 한 푼 지원을 못 받고 학교를 다니는 친구보다는 처지가 나은 편이었지만 현실적으로 한 달에 10만 원을 가지고 버티기는 힘이 들었다. 자취방 월세가 딱 10만 원이었기 때문이다. 고등학교 3학년 겨울방학 때 분식집 설거지 아르바이트를 두 달 동안 해서 모은 돈 60만 원을 가지고 한 학기를 버텼다. 그래서 나에게 장학금은 선택이 아니라 필수가 되었던 것이다.

대학에 다니니 돈 들어가는 곳이 많았다. 전공 교재도 사야 하고 학과 회비도 내야 하고 점심도 매일 사 먹어야 했다. 버스를 타기 위해서는 교통비도 필요했고 최소한의 생활비도 있어야 했다. 전기세도 물세도 내야 했으니 말이다. 그때는 휴대전화를 끊고 하루 종일 밥을 굶고 살 수가 없었다. 고속도로를 타야 집에 갈 수 있으니 한 달에 고정으로 들어가는 돈이 10만 원을 훨씬 웃돌았다. 솔직히 첫 학기 책값만 해도

10만 원은 넘게 들었던 것 같다. 전공 책은 필요하다는 생각에 샀고 학과 회비는 당연히 내야 하는 것이니 냈다. 점심은 무조건 학교 급식소에서 해결했다. 집에 가지 않는 이상 버스를 탄 적도 거의 없었고 휴대전화 요금도 최저 요금제로 바꿨다. 목욕탕 가는 돈도 아까워서 한동안은 샤워만 하고 지낸 적도 있다.

집에서 다닐 수 있는 교대를 선택한 언니는 대학생으로서 경험 삼아 하는 아르바이트를 딱 한 번 한 적이 있을 뿐이었다. 게다가 명문대를 다니는 동생에게는 엄청난 지원이 뒤따랐다. 이것이 바로 우리 집의 룰이었다. 부모님께서는 공부를 하고자 하는 자에게만 지원을 해주겠다고 입버릇처럼 말씀하셨는데, 나는 '설마 그렇게까지 하실까?' 하는 안일한 생각을 했었던 것이다. 부모님은 정말 지원을 딱 끊으셨다. 그래서 나는 죽자고 공부를 해서 장학금을 탔고, 아르바이트를 해서 생활비를 충당했다. 물론 4학년이 되자 부모님께서는 이런 내가 정신을 차렸다고 생각하셨던지 조금은 편하게 공부를 하라면서 보증금 500만 원에 월세 30만 원짜리 원룸으로 이사를 시켜주셨다. 그때 혼자서는 처음으로 싱크대가 있는 집에서 살게 된 것이다. 공용화장실을 사용하지 않아도 되어 너무나도 기뻐했었던 기억이 있다.

이런 일이 있고부터 나는 크게 깨달았다. 삶은 선택과 집중이라는 사실을 말이다. 알고 보면 그 대학을, 그 과를 내가 선택한 것이었다. 성적 때문에, 엄마가 억지로 등 떠밀며 가라고 했기 때문이라며 항변을 했어도 실은 내가 선택한 것이었다. 그러니 그 선택에 대한 책임은 오롯이 나에게 있는 것이었다. 나는 대학생, 즉 성인이었기 때문이다. 성인은 자신의 삶을 책임져야 하는 존재다. 더 이상 내가 어리광을 부리는 고등학생 신분이 아니라는 사실을 뼈저리게 느끼게 된 것이다.

그러자 마음을 달리 먹게 되었다. 힘이 든다고 불평만 하던 내가 '그래도 아르바이트 자리가 있는 게 어디냐' 하면서 내 삶을 긍정적으로 바라보기 시작했다. 아르바이트를 하면서 장학금을 놓치지 않으려고 애쓰는 스스로가 대견해서 토닥여주기도 했다. 그렇게 나는 다시 한 번 더 스스로 '선택'할 기회를 갖기 위해 내 삶에 '집중'하는 노력을 기울였다.

스티브 예반의 말처럼 "우리 삶 속에 어떤 사람이 머무르게 될 것인지는 우리의 태도와 행동이 결정"한다. '지금의 내'가 아닌 '더 나은 내'가 되기 위해서는 나의 태도가 바뀌어야 하는 것이다. 바뀐 모습으로 노력하여 살다 보면 내가 꿈꾸는 대로 되어 있음을 발견할 것이다. 물론 머릿속에 맴도는 상상이 현실이 되려면 행동으로 옮겨야 한다.

가끔씩 이런 결심이 흔들릴 때마다 나는 대학 시절을 떠올린다. 훗날 누군가가 어떻게 이런 삶을 살 수 있냐고 묻는다면 지금의 나의 모습은 삶에 대한 태도를 바꾼 후 노력한 산물이라고 당당하게 말할 것이다.

꿈을 단순히 직업으로 생각하지 말고 인생의 가치라는 사실을 기억하자. 그리고 자신의 꿈을 위해서는 마음속의 괴물인 열등감을 떨쳐버리고 희망을 찾자. 즉, 자신에 대한 생각을 바꾸라는 것이다. 자기 자신을 진정 사랑하지 않고서 꿈을 이룬 사람은 없다.

존 맥스웰은 "사람들이 꿈을 이루지 못한 한 가지 이유는 그들이 생각을 바꾸지 않으면서 결과를 바꾸고 싶어 하기 때문이다"라고 했다. 그대도 그대의 생각을 바꿔라. 절망에서 희망으로, 스스로를 사랑하고 아끼는 사람으로 말이다.

그대의 삶에 어떤 일이 펼쳐지더라도 하나의 경험으로 받아들여라. 돌부리에 걸려 넘어지더라도 다시 일어서면 그만이다. 상처가 생기더라도 실패가 아니라 경험으로 받아들이면 된다. 생각을 바꾸고 태도를 바꾸면 세상이 달라 보인다. 세상이 마치 나를 위해 존재하는 듯할 것이다. 그러니 그대도 삶을 스스로 '선택'할 수 있도록 지금 현재에 '집중'하라.

'중독의 블랙홀'
탈출 대작전

프로골프 선수인 최경주는 2002년 미국 PGA 투어 컴팩클래식에서 우승한 후 타이거 우즈와 자신의 차이를 비교해달라는 질문을 받았다. 그때 그는 "타이거 우즈와 저의 차이는 나이도 인종도 국적도 아니고 멘탈mental의 차이입니다"라고 했다.

그렇다. 그의 말대로 뭐든 이루기 위해서는 멘탈이 강해야 한다. 현실적으로 안 될 이유가 수백, 수천 가지가 되더라도 강인한 멘탈로 극복하고 결국 되도록 만들어야 한다. 과연 내가 할 수 있을까, 하는 생각은 과감히 무시하고 시작하라. 나만의 차별화된 관점으로 무조건 된다고 생각하고 세상을 바라보자.

이 글을 읽고 있는 그대가 학생일 가능성이 크기에 공부를 한다고 가정해보자. 그대는 한 권의 문제집을 다 뗀 경험이 있는가? 그 문제집이 두꺼운 것이든 얇은 것이든 상관없다. 중요한 것은 한 권을 다 풀어봤냐는 것이다. 문제집도 한 권을 다 풀고 나면 정말 뿌듯하다. 뭔가를 이룬 듯한 성취감이 저절로 든다. 스스로 하루 동안 계획한 일을 다 해도 기분이 정말 좋은데 힘들게 한 권을 다 풀었다면 그 마음은 말로 표현하기가 어렵다.

누군가는 공부가 등산과 유사하다고 했다. 그대가 동네 뒷동산에 숨을 헉헉거리면서도 끝까지 올랐다면 홀가분한 기분이 들 것이다. 마찬가지로 오늘 해야 할 공부를 다 했다면 딱 그런 느낌일 것이다. 자신이 이룬 오늘의 작은 성취에 뿌듯함이 묻어나는 이런 기분을 느끼고 싶지 않는가?

그렇다면 혹시 아는가, 그대 등 뒤에는 보이지 않는 날개가 있다는 사실을? 어떤 이는 평생토록 한 번도 펼쳐보지 못한 채 인생을 마감하기도 한다. 또 어떤 이는 멋진 날개로 저 넓은 하늘을 날아다니기도 한다. 그대는 어떤 삶을 살기를 원하는가? 나 같으면 수십 번의 시도를 하더라도 나의 커다란 날개를 펼치고 눈부시도록 푸른 바다 위를 날아보고 끝없는 창공도 날아볼 것이다. 영국의 낭만주의 시인 윌리엄 블레이크도 "자신의 날갯짓만큼 더 높이 나는 새는 없다"고 했다.

그런데 세상은 그대가 편안하게 날갯짓을 하도록 내버려두지 않는다. 주변에는 치명적인 유혹들이 넘쳐나고 있다. 아무 생각 없이 켜지만 결코 쉽게 끌 수 없는 텔레비전, 한번 접속하면 빠져나오기 힘든 인터넷, 내가 노력만 하면 열심히 충전이 되어 게임의 의지를 다지게 하는 게임머니 등에 우리는 중독되어 살아가고 있다.

네이버의 지식in 오픈 국어사전은 유리 멘탈이 '유리처럼 깨지기 쉬운 멘탈을 뜻한다'라고 정의하고 있다. 바로 내가 유리 멘탈이다. 나는 유혹들을 쉽게 끊을 수 없어서 아예 텔레비전을 없애버렸다. 텔레비전을 한번 켜면 몸이 피곤해 죽을 지경이거나 머리가 띵해지는 순간이 아니면 끌 수가 없었다. 그다지 재미없는 프로가 방영되고 있더라도 다른 채널에는 재미있는 거 하지 않을까 싶어서 수십 개의 채널을 돌려보기 일쑤다. 재방송이라도 재미있었다면 멍 때리면서 또다시 본다. 토요일 저녁에 텔레비전을 켰는데 어느새 일요일 새벽이 되어버리곤 한다. 새벽에 잠이 드니 자연스레 일요일은 점심쯤에야 일어나게 된다. 아침 겸 점심을 먹고 나면 월요일에 대한 걱정이 몰려든다. 특히나 〈개그콘서트〉가 끝나는 11시쯤은 정말 가슴이 아프다. 〈개그콘서트〉가 끝날 때 흘러나오는 음악이 세상에서 가장 슬픈 음악이라는 우스갯소리에 격하게 공감하기도 했다. 황금 같은 주말이 그렇게 흘러가 버리고 월요일에 정상적으로 출근하기 위해 오지 않는 잠을 억지로 청해야 하는 일상이 반복되었다.

이런 삶을 반복해서 살다 보니 도저히 안 되겠다는 생각이 들어서 과감히 텔레비전을 없앴다. 텔레비전이 없으니 처음에는 조금 불편했다. 초반에는 침대에서 뒹굴면서 휴대전화로 드라마를 보고 있는 나 자신을 발견했기 때문이다. 그래도 텔레비전을 종일 틀어놓고 보는 것보다는 훨씬 나은 삶이었다. 가끔씩 와이파이가 잘 터지지 않아 안타까움으로 휴대전화를 닫아두기도 했다. 그래도 이제는 텔레비전 없어도 잘 산다.

물론 아직도 부모님 댁에 가면 나도 모르게 또다시 텔레비전 속으로 빨려들지만 적어도 평상시에는 텔레비전과는 거리가 먼 삶을 살아가고 있다. 귀차니즘의 달인인지라 드라마 보자고 노트북을 잘 켜지는 않기 때문이다. 역시 눈에 보이지 않으니 텔레비전 생각도 잘 들지 않는다.

그대도 나처럼 유리 멘탈을 가진 이라면 끊을 것은 과감히 끊고 자신의 날개를 펼치기 위해 노력해야 할 것이다. 개인적으로 공부는 배워두면 인생에 도움이 되는 날갯짓이라 생각한다. 물론 학교에서 수많은 지식을 알려주지만, 그중에서도 가장 중요한 공부의 즐거움은 배우지 못한 채 그대들은 살아가는 듯싶다. 재미없지만 어쩔 수 없이 해야 하는 것을 '공부'라고 생각하고 '공부 외'의 것은 재밌지만 공부를 위해 어쩔 수 없이 포기해야만 하는 것이라 여긴다. 공부의 즐거움을 맛보기 전에 공부의 지긋지긋함을 먼저 맛보았기 때문에 그러하리라. 특히나 엄마가 하지 말라고 하니 게임이나 컴퓨터는 더 하고 싶어지는 것이다. 이것이 바로 '로미오와 줄리엣 효과'인 것이다. 만나지 못하도록 하니 더욱 사랑이 굳어진 로미오와 줄리엣처럼, 하지 말라니까 더 하고 싶어지는 심리인 것이다. 그래서 그대들에게 공부를 절대 하지 못하도록 말려야겠다는 엉뚱한 생각도 해보았다.

더 이상 게임, 채팅, 인터넷, 텔레비전 등의 폐인이 되어 인생의 황금기를 낭비해서는 안 된다. 중독되지 않을 자신이 없다면 나처럼 아예 끊어버려라. 그 정도의 독한 마음이 있어야 한다. 우선은 내가 중독임을 쿨하게 인정하자. 그것이 게임이든 텔레비전이든 말이다. '그것'으로 정상적인 생활에 피해가 있다면 분명 중독이다. 스스로가 중독이라는 것을 인정해야 그것에서 벗어날 수 있다. '그것'의 달인이 되기 위해 쏟아부은 시간과 돈이 아깝게 느껴질 수도 있고 자존심 때문에 인정하고 싶지 않을 수도 있다. 그래도 그대는 멋진 사람일 테니 중독임을 인정하자.

그리고 주변 사람들에게 중독임을 밝히고 '그것'을 끊을 수 있게 도와달라고 요청하라. 순간 창피하더라도 중독에서 빠져나올 수 있도록 여기저기 말하고 다녀라. 친구들끼리 게임을 하거나 텔레비전을 보면 벌금을 매기는 것도 좋은 방법일 듯싶다. 더불어 부모님께도 요청해서 중독에서 벗어날 수 있도록 환경을 바꾸도록 하자. 나처럼 텔레비전을 아예 갖다 버리기가 어렵다면 부모님께 그대가 보는 앞에서는 텔레비전 시청을 하지 말아달라고 정중하게 요청해보자. 컴퓨터를 방에서 거실로 위치를 바꾸는 것도 하나의 방법일 것이다. 그대가 중독된 그것에서 빠져나오고자 노력하는 의지를 보인다면 부모님은 당연히 도와주실 것이다.

이렇게 했는데도 중독을 도무지 끊기가 힘들다면 전문기관에 가서 도움을 받아도 좋다. 전문가의 도움을 받는 것은 결코 부끄러운 일이 아니다. 벗어나야지 하면서 머릿속으로만 생각하고 영원히 그 세계에 머물러 있는 것이 더 부끄러운 일이다. 어쩌면 그대도 한때는 강한 멘탈의 소유자였을지도 모른다. '그것'에 중독되기 전까지는 말이다. 그렇지만 지금은 아니다. 다시 한 번 더 그대의 멋진 멘탈을 증명하기 위해 전문가에게 손을 내밀어보자. 분명 그대의 손을 잡아주는 이가 있을 것이다. 구원의 손을 잡고서 중독의 바다에서 빠져나가자.

물론 무조건 게임을 하는 것이 나쁘다고 말하는 것은 아니다. 자신이 계획한 일을 한 후에 스트레스를 풀기 위해 할 수도 있다. 문제는 수많은 인생의 가능성을 닫아두고 세상과 단절한 채 게임의 바다에 빠져서 허우적거리고 있다면 얼른 나오라는 것이다.

게임은 블랙홀과 같아서 점차 더 깊이 빠질 뿐이다. 그러다 보면 인생이 불행해질 가능성이 크다. 언제든 빠져나올 수 있다고 자만하지 마라. 별일 아니라고 방심하지도 마라. 건물이 무너지는 것도 시작은 미세한 균열이다. 심각성이 느껴졌을 때는 이미 돌이킬 수 없다. 그러니 더 늦기 전에 빠져나와라. 지금 당장 "스톱Stop"이라고 외치고 털고 나와라.

힘들더라도 그대의 날갯짓을 시도하라. 지금은 한 치 앞이 보이지 않는 암흑 속이라고 할지라도 내 앞에 주어진 일에 최선을 다하고 살 책임이 있다. 한 번밖에 없는 그대 인생이기 때문이다. 그러니 오늘 최선을 다해 살아야 하는 것은 청춘의 의무다.

인생의 only one을
찾아라

누구에게나 인생은 한 번뿐이다. 두 번 다시 흘러간 시간은 되돌아오지 않으며 미래가 어떻게 펼쳐질지는 아무도 모른다. 그래서 지금 우리에게 주어진 현재에 최선을 다해 살아야 한다. '현재present'라는 단어는 '선물'이라는 의미도 동시에 가지고 있다. 그렇다. 지금 이 순간 그대는 '현재'라는 '선물'을 받고 있다. 선물꾸러미를 받아 든 그대가 어떤 방식으로 즐길 것인지는 스스로의 몫이다.

과연 나는 현재 어떤 선물을 받고 있는지 생각해보자. 없다고? 아니다. 아직 그대가 선물꾸러미를 풀어보지 못했을 뿐이다. 그대에게도 분명 현재의 선물이 주어져 있다. 누구에게나 자신만이 잘하는 것이 있다. 내가 무엇을 잘하는지를 사람들에게 물어본 적이 있었다. 사람들은 내가 말을 재미있게 잘한다고 했다. 나는 말을 할 때 누군가가 웃어주고 맞장구를 쳐주면 참 기분이 좋다. 그렇게 나도 잘하는 것이 있다는 것을 알았다.

올해 발견한 나의 장점은 글을 쓸 줄 안다는 것이다. 누군가가 그렇게 말해줬다. 용기를 북돋아주려고 했던 말이겠지만, 내게 "글이 참 좋다"는 말을 해줬다. 그 말 한마디에 자신감을 얻었고, 이렇게 글을 쓰게 되었다. '아, 나도 할 수 있구나' 하고 말이다. 한번은 지인이 내 글을 보고 "쉽고 재미있다"고 말해줬다. 그래서 그때부터 나는 쉽고 재밌게 글을 쓰는 작가로 변신해버린 것이다. 남들이 뭐라고 해도 평생 그렇게 믿고 살면서 글을 쓸 것이다.

하루는 지인에게 물은 적이 있었다. "너만의 only one이 무엇이라고 생각하냐?"고 말이다. 그랬더니 자신은 무모할 정도의 도전이라고 했다. 남들 눈에는 제대로 하는 것이 없이 찔러만 보는 것이라 보일지라도 자신은 그렇게 생각하지 않는다고 했다. 이렇게 도전을 했기에 그것을 발판으로 삼았고 지금의 자신이 있을 수 있는 것이라고 했다.

그렇다. 누구에게나 only one이 있다. 그대도 그대만의 only one이 있다. 그것이 아직 무엇인지 모르겠다면 그 이유는 단 한 번도 찾을 생각을 하지 않았거나 아직 찾지 못했을 뿐이다. 그러니 지금 이 순간부터 그대의 only one을 찾아보라. 과연 내가 무엇을 가장 잘하는지, 남들과 다른 한 가지를 꼽으라면 무엇을 꼽을 수 있을는지 찾아보라.

스스로를 생각하면 떠오를 수 있는 색깔이나 이미지를 생각해보자. 그대는 어떤 빛깔을 가진 사람인가? 맑고 투명한 색을 가졌을 수도 있고, 화려한 붉은색을 가졌을 수도 있다. 어떤 빛깔로 살아가든 그것은 오직 그대만의 빛깔이다.

사람은 누구나 자신만의 색깔, 스타일이 있기 마련이다. 세상에는 단 한 사람도 같은 이가 없고, 심지어 쌍둥이도 성격과 취미가 다르다. 각자의 취향으로 본인만의 색깔을 만들어가면 된다. 그런데 많은 사람들이 자신만의 색깔을 발견하지 못하고 살아간다. 그대도 여유를 갖고 자신만의 색깔 찾기에 몰두한다면 자연스럽게 드러날 것이다. 자신만의 스타일은 오랜 시간을 투자해서 그렇게 완성되는 것이다. 또 무엇을 잘하냐는 질문에 조금씩 다 할 줄 안다고 대답한다면 오히려 진짜 잘하는 것이 없을 수도 있다는 사실을 알아야 한다. 남과 다른 자신만의 '그 무엇'을 짠 하고 드러내는 순간 나만의 스타일, 색깔 있는 사람으로 기억될 것이다. 너무 성급하게 자신의 색깔을 찾으려고 하지 마라. 급하게 눈앞에 보이는 것만 따라 하면 명품이 아니라 짝퉁이 될 뿐이다. 짝퉁 인생을 살고 싶은가? 나 같으면 천천히 느리게 가더라도 나만의 색깔로 그렇게 명품으로 사는 삶을 택할 것이다.

성공한 사람들도 언제나 자신만의 색깔이나 스타일을 찾는 데 아낌없이 투자한다. 또 유명할수록, 성공한 사람일수록 자신만의 색깔이 뚜

렷하다. 그래서 다른 경쟁자들에 비해 절대적인 우위를 차지하고 살아가는 것이다. 우연히 김정숙의 〈성공하는 사람들의 위대한 비밀〉이라는 칼럼을 보았다. 거기에 유재석의 성공 이야기가 있었다.

한 번만 기회를 주신다면,

정말 단 한 번만 개그맨으로서 기회를 주시면

소원이 나중에 이루어졌을 때 지금 마음과 달라지고 초심을 잃고,

만약에 이 모든 것을 나 혼자 얻은 것이라 단 한 번이라도 생각한다면

이 세상에 어느 누구보다 큰 아픔을 주셔도

단 한마디도 "왜 이렇게 가혹하게 하시나요"라고 말하지 않겠습니다.

이 말은 이 시대 최고의 국민 MC인 유재석이 무명 시절 8년 동안 했던 기도라고 한다. 김정숙에 의하면 유재석은 8년의 무명 시간을 견디면서도 자신의 꿈을 포기하지 않았다고 했다. 칼럼에는 다음과 같은 내용이 실려 있었다.

예능이라는 것이 방송의 재미를 위해서 본의 아니게 서로의 약점을 들춰야 하는 상황도 있고 상대방을 깎아내려야 하는 상황도 있기 마련인데 유재석과 방송을 함께한 사람들은 하나같이 말을 하길 그의 배려하는 마음이 느껴져서 행복한 경험을 했다고 한다.

매사에 욕심 많고 버럭대던 박명수에겐 악마라는 캐릭터를 씌어줌으로써 사람들이 악마 명수에 열광하게 만들었고 그 캐릭터는 지금까지도 박명수의 버럭 이미지와 맞아떨어져 이후에 박명수는 몇 개의 프로그램을 연거푸 맡기도 했다. 정준하는 동네 바보 형으로, 하하는 똘망똘망하고 재치 있는 이미지로 막내 같은 친근함을 만들어주었고 정형돈은 웃기지 않는 개그맨, 그 상황을 그대로 살려 어색한 형돈으로, 노홍철 또한 돌+아이 캐릭터를 만들어줌으로써 무한도전 이후 일약 스타가 되었다.

유재석과 한 번이라도 방송을 해본 사람들은 하나같이 그의 성공이 성실함 때문이라고 말한다. 지금 유재석은 대한민국에서 가장 바쁜 남자 중 한 명이 분명하다. 방송 3사에서는 그를 모셔 가기 위해 안달이고 지금 그가 하는 프로그램 중 굵직한 것만 나열해도 〈무한도전〉, 〈런닝맨〉 등 어마어마하다. 그럼에도 불구하고 깜짝 놀라게 되는 부분이 있는데 이는 출연하는 게스트들에 대한 철저한 사전조사 때문이다. 물론 대본에 어느 정도 담겨 있을 순 있겠지만 단순 대본숙지 이상의 개인적인 조사가 있지 않고서는 있을 수 없는 순발력과 재치가 나오는 경우가 꽤 있는 것을 볼 수가 있다. 유재석은 아무리 신인이 출연한다 해도 그들의 최근 출연작을 잘 알고 있고 노래를 곧잘 따라 부르기도 하는데, 그의 바쁜 스케줄을 고려해봤을 때 이는 그가 안 보이는 곳에서 얼마나 노력하는 연예인인지 충분히 짐작할 수 있는 대목이다.

많은 사람들이 유재석의 장점을 뽑을 때 '말을 잘한다'라고 하는데, 사실 고등학교 때 유재석의 담임선생님은 그를 "개그맨으로서 전혀 소질이 없는 아이"라고 평한 바 있고, 그가 방송 초기에 방송인으로선 치명적인 카메라 울렁증을 고백한 것을 보더라도 유재석은 달변가가 아니라 사전에 자신이 할 말을 철저히 준비하고 열심히 노력하기 때문에 어떤 상황이 닥쳐도 어색함 없이 프로그램을 이끌어 나갈 수 있는 것이다.

이렇게 그녀는 유재석만의 매력을 이야기하면서 성공할 수밖에 없는 이유를 설명했다. 꿈을 끝까지 포기하지 않는 사람, 자신보다 남을 빛나게 하는 사람, 성실한 사람의 캐릭터로 유재석을 꼽았던 것이다. 이렇게 남들에게는 없는 유재석만의 색깔, only one이 있는 것이다.

그대도 그대만의 색깔, only one을 찾아보라. 뭐든 찾다 보면 보이게 마련이다. 나만의 독특한 스타일로, 개성으로 당당히 그대를 사람들에게 보여줘라. 내 인생의 only one을 찾아야 이 험한 세상을 버텨나갈 수도 있고, 이겨나갈 수도 있다. 그리고 성공할 수도 있으리라. 세상에 하나밖에 없는 그대, 또 다른 이의 짝퉁이 되지 마라. 제2의 누군가가 아니라 only one이 되어라. 나와 함께 그 길을 떠나보지 않겠는가? 상상만 해도 가슴이 설레지 않는가? 내가 아니면 안 되는 것, 오직 나이기에 가능한 것, 그것을 찾아보자.

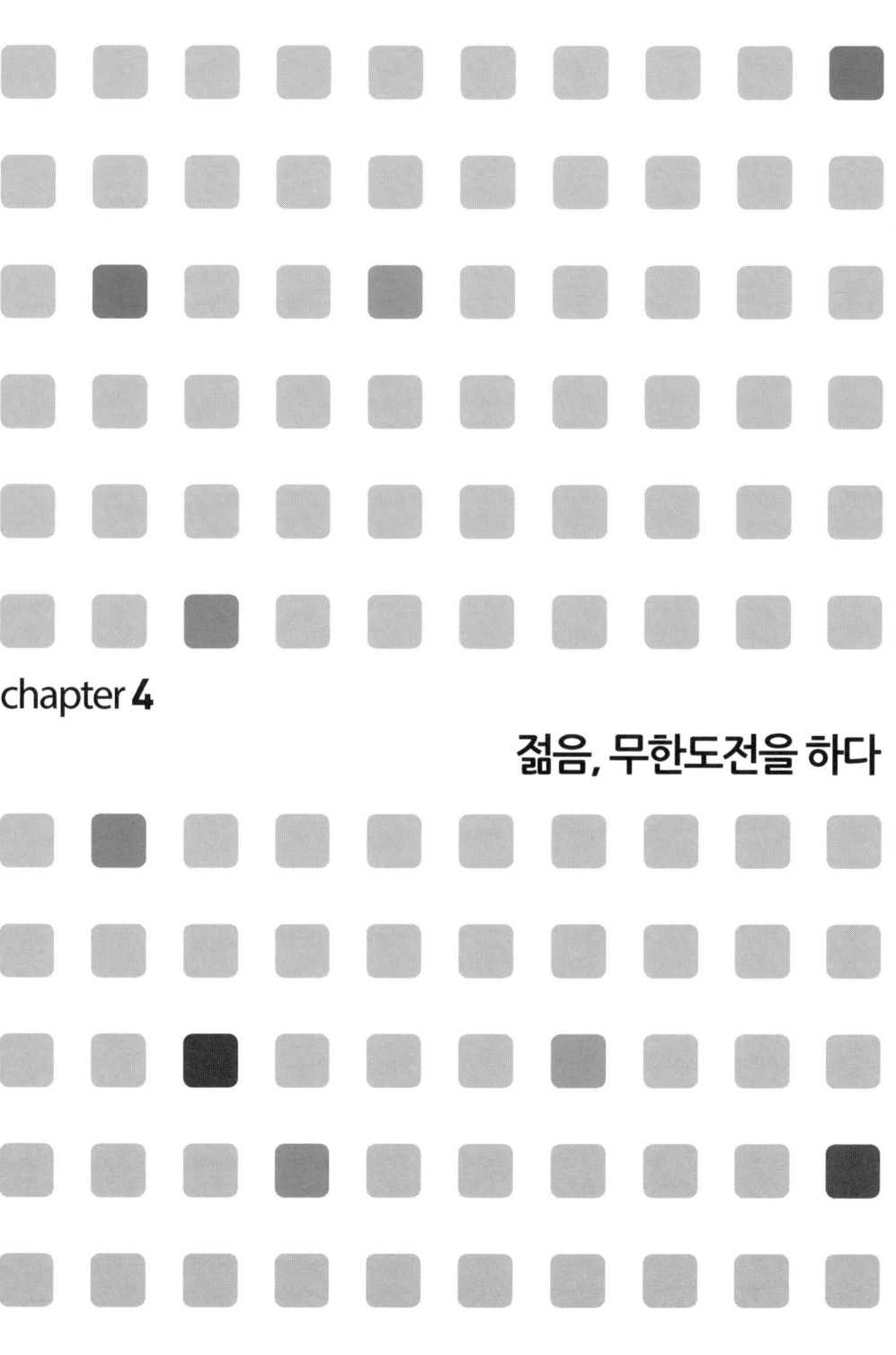

chapter **4**

젊음, 무한도전을 하다

그대가 정말 괜찮은 가장 큰 이유는 바로 이 글을 읽고 있는 이 순간이 그대 인생에서 가장 젊은, 가장 빛나는 시기이기 때문이다. 오늘, 인생에서 가장 젊은 날을 살아가는 그대이기에 충분히 괜찮다고 말하는 것이다. 그래도 뭔가 2퍼센트 부족함이 든다면 질투나 시기만 하지 말고 그대도 변화겠다고 마음먹어라. 일단 그대부터 변해야 다른 이에게 변화라고 소리칠 수 있는 자격이 있지 않을까? 누군가도 그대를 보고 그렇게 부러워할 수 있도록 말이다.

쿨하게 인정할 건
인정하자

잘할 줄 아는 것이 없다고? 남들은 어떻게 그토록 잘하는지 궁금하다고? 마냥 부럽고, 질투 나고, 자괴감에 빠질 때도 있다고?

그래, 선생인 나도 아직 그렇게 산다. 때때로 예쁘고 똑똑하고 싹싹하기까지 한, 너무 완벽해서 재수가 살짝 없는, 일명 김태희급 인간들에게 질투가 난다. 그런 인간들은 인간미가 없으며 성격이 이상할 거라는 근거 없는 헛소문에 은근히 고개를 끄덕이면서 의미심장한 미소를 날리기도 한다. 간혹 완벽한 김태희급 인간들의 단점을 찾아냈을 때의 기쁨을 지인들과 나누며 찌질한 인생을 살아가고 있다. 그래, 그런 엘리트급 연예인 김태희나 신의 몸매를 가진 전지현을 부러워하며 살아가는 평범한 선생이 바로 나다. 아마 부모님도, 그대가 존경하는 멘토도 이렇게 살아갈 것이다. 왜? 다들 평범한 인간이니까.

나보다 잘나고 똑똑한 사람 앞에서 기죽지 않고 끓어오르는 질투가 안 나는 사람이 과연 몇이나 될까? 물론 자신과 상대방을 비교조차 할 처지가 못 된다고 지레 포기하는 경우를 제외하고 말이다. 그래, 인정하자. 인정해야 한다. 자신의 현재 위치를 말이다. 성공한 이들이 말한다. 자신도 힘들고 어려웠지만 자신처럼 하면 성공할 수 있다고, 견디고 이겨내라고 말한다.

물론 이런 말에 반항심이 들 때도 있다. 그렇게 살면 다 성공하는가? 그런데 왜 아직까지 성공한 사람보다 그렇지 못한 이들이 훨씬 더 많은가? 솔직히 세상에는 나보다 잘난 사람들이 너무 많다. 20대에 수억의 연봉을 받는 사람도 있고, 태어날 때부터 부잣집에 태어나 옆집 가듯 외국을 오간 덕분에 자연스레 5개 국어를 하는 경우도 있다. 명문대를 다니면서 고시까지 합격해서 취직 걱정이 없는 천재 같은 이들도 있다. 집안도 좋고 성격도 좋고 인물도 좋은, 무엇 하나 빠지는 것이 없는, 이른바 엄친아들이 주변에 널렸다. 아버지는 교수에 어머니는 문화계 인사에 언니, 오빠가 줄줄이 의사인 집안도 봤다. 뭐, 드라마도 아니고, 왜 이렇게 가난한 우리 집과 비교가 되는지 모르겠다.

그래도 뭐 어쩌겠냐? 지금 당장 환경을 바꾸고 싶을지도 모르겠지만 그런 요술지팡이는 없다. 그러니 일단은 내가 처한 현실을 인정하자.

남들보다 특별히 뛰어난 재능이 없음을 인정하자. 사장님의 따님 혹은 도련님이 아니라 평범한 우리 아버지의 아들, 딸이라는 사실을 인정하자. 엄친아처럼 내가 반에서 1등이 아닌 것도 인정하자. 얼굴이 송혜교가 아니라는 것도, 조인성의 눈빛을 갖지 못했음도 인정하자.

이제 알겠는가? 그대의 현실적 위치를 잘 파악하였는가? 그래도 이제껏 잘 살아오지 않았던가? 그동안 소소한 일상에서 즐거움을 찾았었던 적도 있었고, 평범한 부모이지만 때론 나에게 큰 어깨를 빌려주셨던 적이 있었기에 지금의 그대가 있지 않겠는가.

그대가 정말 괜찮은 가장 큰 이유는 바로 이 글을 읽고 있는 이 순간이 그대 인생에 가장 젊은, 가장 빛나는 시기이기 때문이다. 오늘, 인생에서 가장 젊은 날을 살아가는 그대이기에 충분히 괜찮다고 말하는 것이다. 그래도 뭔가 2퍼센트 부족함이 든다면 질투나 시기만 하지 말고 그대도 변화겠다고 마음먹어라. 일단 그대부터 변해야 다른 이에게 변화라고 소리칠 수 있는 자격이 있지 않을까? 누군가도 그대를 보고 그렇게 부러워할 수 있도록 말이다.

그러기 위해서는 꿈이 있어야 한다. 알고 보면 아버지가 부자라서 미래를 대비하지 않아, 부모 시절에 누리던 부를 누리지 못하는 이들도 많고, 반대로 명문대를 들어가기 위해 고등학생 시절부터 미친 듯이 공부한 친구들도 많다. 천재라서 그다지 노력을 하지 않아도 쉽게 문제를 풀 수 있는 극소수의 친구도 있지만 대개는 미친 듯이 노력을 해서 명문대를 간다. 남들이 인터넷 기사를 보고 낄낄거리고 있을 때 한 문제 더 풀고 개념 정리 한 번 더 한 덕분에 그 좋은 대학의 일원으로 살아가는 것이다. 남들처럼 잠이 온다고 그냥 일단 자고 보자는 심정으로 잠을 잔 것이 아니라, 허벅지를 꼬집어가면서 수십 번 세수를 하고 잠을 깨워가면서 자신이 해야 할 분량은 하고 잠들었기에 지금의 그가 있는 것이다.

최고의 기타 연주자 세고비아는 말했다. "하루 연습을 안 하면 자신이 알고, 이틀을 안 하면 친구가 알고, 사흘 연습을 안 하면 관객이 안다"고 말이다. 그 역시 매사에 피나는 노력을 했던 것이다.

운도 노력의 대가다. 노력을 하면서 최선을 다해 살다 보면 좋은 기회가 오기 마련이다. 만약 스스로 노력을 하지 않았다면 기회를 알아보지도 못 한 채 지나쳐 버리는 불상사가 발생할지도 모른다. 나에게 운이 없다고만 여기지 말고 내가 그동안 얼마나 노력 없이 살아왔는지를 반성해야 한다.

사르트르는 말했다.

인생은 B(Birth)와 D(Death) 사이의 C(Choice)다.

우리는 늘 선택 속에서 살아간다. 아침 알람의 벨이 울리는 순간부터 선택이 시작된다. 지금 당장 일어날 것인가, 아니면 5분 더 잘 것인가라는 선택 속에서 하루가 시작된다. 물론 그 선택의 모든 책임은 온전히

나 자신에게 있다. 어떤 선택을 하느냐에 따라 포기해야만 하는 것도 궁극적으로는 선택한 것에 대해 감수해야 할 부분이다. 선택에 따라 내가 책임져야 하고 선택의 결과로 오는 보상도 오롯이 나의 것이기 때문이다. 한비야도 말했다. "인생이라는 것은 좋은 것만 골라 먹을 수 있는 뷔페가 아니며 좋아하는 것을 먹기 위해 좋아하지 않는 디저트가 따라오는 것도 감수해야 한다"고 말이다. 맞는 말이다. 내 꿈을 위해서는 지금 당장 내 앞에 놓인 공부를 해야 한다. 꿈을 이루기 위한 전제가 바로 공부이니까 말이다.

국어 선생인 나도 꿈이 많다. 그중 하나는 바로 영어를 원어민처럼 유창하게 잘하는 것이다. 물론 지금은 원어민과 대화조차 나누지 못하는 서툰 상태다. 그래도 노력하다 보면 외국인에게 "하이hi" 하면서 당황하지 않고 자연스럽게 웃어줄 수 있지 않을까? 어쩌면 한두 마디 정도는 더듬더듬할 수 있을지도 모를 일이다.

솔직히 지금은 외국인만 봐도 울렁증이 생긴다. 외국인이 나를 보고 웃기만 해도 당황스럽다. '뭐 어쩌라는 거야? 나는 대한민국 국어 선생이라고! 니네가 한국어를 배우라고' 하면서 혼자말로 중얼거리고 있을 뿐이다. 그래도 국적기가 아닌 비행기를 탔을 때 우아하게 영어로 물어보고 싶고 입국 심사대를 지나갈 때 유창한 영어실력을 뽐내고 싶기도 하다.

내가 이런 생각을 한 결정적인 이유는 바로 엄마와의 여행 때문이었다. 나처럼 영어를 못하는 엄마와 비행기를 탔을 때 일이다. 엄마는 갑자기 춥다며 담요를 좀 얻어달라고 하셨다. 순간 멈칫했다. 담요라는 단어가 영어로 생각나지 않았기 때문이다. 그리고 좀 원망스러웠다. 국적기를 탈 때는 아무 말씀도 안 하시다가 타국에서 다른 곳으로 이동하는 비행기를 탔을 때 담요를 가지고 오라시니, 난감할 수밖에 없었다. 그런데 엄마는 추우니까 빨리 승무원에게 가서 담요를 얻어달라고 하셨다. 엄마는 내가 선생이니까 그 정도는 유창하게 잘하는 줄 알았으리라. 어쩔 수 없이 나는 어색함을 무릅쓰고 추워 죽겠다는 표정으로 "아이 엠 콜드I am cold"라고 승무원에 말했다. 얼마나 부끄러웠는지 모른다. 눈치 빠른 승무원은 얼른 나에게 담요를 주었다. 담요를 가지고 온 나를 보고 엄마는 흡족해 했지만, 등에서 흘러내리는 땀을 어찌할 수 없었다.

또한 비행기에서 기내식을 줄 때 무얼 선택할 건지 물어보는데, 늘 나는 작은 목소리로 "디스This"라고만 한다. 이런 간단한 영어가 아닌, 길게 한마디 하고 싶은데 참 안 된다.

그렇다. 솔직히 지금 나의 현실이 이렇다. 그렇지만 유창하게 영어를 잘하고 싶다. 그런데 유창하게 영어를 잘하기 위해서는 영어 공부를 해야 한다. 콩글리시가 얼떨결에 튀어나오는 상황도 감수해야 하고, 외국인이 내 영어를 못 알아들어서 "익스큐즈 미Excuse me?"라며 되묻더라도 그 당황스러움을 이겨내야 한다. 지금은 외국인만 봐도 떨리고 울렁증이 있는 나이지만, 유창한 회화 실력을 가지고 싶은 나이기에 외국인과 대화하는 꿈을 위해 노력할 것이다. 남들을 부러워만 말고 나도 영어로 말 좀 해보려고 말이다. 이렇게 글로까지 적어뒀는데 영어 공부를 안 하면 내가 학생들에게 부끄러울 테니 이렇게라도 스스로에게 자극을 줘서 영어 공부를 시작하고자 한다.

그러니 나보다 훨씬 더 젊고 똑똑한 그대들도 쿨하게 자신의 부족함을 인정하고 스스로가 만족스러울 때까지 노력하라. 나와 함께 그 길을 가보자.

죽을 거 같다고?
사람은 쉽게 죽지 않는다

　세상을 살다 보면 아무리 노력해도 안 되는 경우가 있다. 눈물을 한 트럭만큼 흘리고 참고 참아도 내 것으로 만들 수 없는 것도 허다하다. 그래서 가끔씩 너무 힘들어 죽을 것만 같을 때도 있다. 슬럼프는 계속되고 도저히 앞이 안 보일 때도 있다. 그때는 누구와 대화를 나누는 것조차 귀찮고 몸도 피곤하고 걱정만 쌓이는 기분이 든다. 그래서 죽어서 이 모든 것을 끝내버리고 싶은 그런 나약한 마음도 생긴다. 누구나 그럴 때가 있다.

　그렇지만 사람은 그렇게 죽기 쉬운 존재가 아니다. 죽는다고 해결될 문제도 아니고 죽음이 능사가 아니기 때문이다. 죽은 이후 슬퍼할 부모님이나 친구를 생각해보라. 그렇게 쉽게 죽음을 선택할 수 있을까.

지나간다. 다 견디면 지나간다. 정말 미칠 것 같은 순간도, 절대 지나가지 않을 것만 같은 그런 시간도 정말 지나간다. 내 말을 한번 믿고 기다려봐라. 너무 지치고 힘들면, 도저히 안 될 거 같다면 그게 뭐든 포기를 하면 되는 거지, 목숨과 바꿀 만한 것은 세상에 그 어느 것도 없다. 그러니 쉽게 죽음을 선택해서는 절대 안 될 일이다. 내가 너무 힘들어하는 오늘, 살고 싶지 않은 오늘이 그 누군가에게는 너무나도 살고 싶었던 내일일 수도 있다. 내가 너무 힘들어서 죽을 만큼 아프고, 죽을 만큼 고통스럽더라도 그 시간은 다 지나간다. 지금은 이런 소리가 귀에 들리지 않을지 몰라도 조금만 시간이 지나면 내 말이 무슨 뜻인지 알 것이다.

정말, 정말로 다 지나간다. 그러니 그깟 성적 때문에 혹은 친구와의 갈등으로, 아니면 그 어떤 이유에서라도 죽겠다는 생각은 마라. 다시 한번 더 말하지만 자신의 목숨보다 소중한 것은 세상에 없다. 일단 내가 살고 볼 일이다. 살다 보면 지금의 이 시간도 지나간다. "힘들어 죽을 것 같아요, 어떻게 하면 좋을까요?"라고 묻는 그대에게 "이 또한 지나가리라"라고 말한다면 너무 성의 없는 답변이라 여길지 모르겠다. 지금 고통의 정점을 찍고 있는 그대가 "당신이 한번 견뎌보라"고 나에게 소리치고 싶을지도 모른다. 너무 힘들어 내 말이 잘 들리지 않을지라도 말해주고 싶다. "다 지나간다"고 말이다.

나름 공부를 열심히 했다고 생각했는데 성적은 나오지 않고, 노는 것처럼 보이는 친구는 술술 문제를 잘 풀고 있고, 막상 답을 매겨보니 혹시나 하는 마음으로 마킹한 문제조차 맞지 않을 때는 정말 절망스럽다. 내가 공부를 안 했으면 모르겠으나 이렇게 노력을 해도 안 나온다는 생각에 화가 나서 미칠 지경이다. 어쩔 땐 공부를 안 하고 친 과목이 공부를 한 과목보다 더 잘 나올 때도 있다. 그래서 차라리 공부를 하지 말자는 결론에 이르기도 한다.

그렇지만 다시 생각해보자. 한 번쯤은 공부를 하지 않았더라도 시험을 잘 볼 수 있다. 그런데 그런 경우가 지속될 수 있을까? 공부는 꾸준히 하지 않으면 성적이 잘 나오지 않는다. 순수한 노력의 대가가 바로 공부이기 때문이다. 이참에 가슴에 손을 얹고 스스로에게 물어보자. 정말 스스로가 미쳐가는 것 같다는 느낌이 들 정도로 열심히 한 적이 있는가? 어떤 점수가 나오더라도 스스로가 인정할 수 있을 정도로 최선을 다했는가? 단 한순간도 허튼 생각 없이 오직 공부에만 집중을 하였는가? 조금 부족하긴 한 건 아닌지, 후회가 남는 건 아닌지 생각해보라.

진정으로 열심히 했다고? 좋다. 그렇다면 그렇게 공부를 열심히 했음에도 성적이 안 나오는 이유가 뭔지 알아보자. 그대는 분명 그동안 공부를 안 하다가 문득 공부를 해야겠다는 생각이 들어 공부를 했을 것이다. 물론 평소보다는 몇 배 더 열심히 했을 것이다. 그 사실은 분명하다. 그렇지만 곰곰이 자신을 되돌아보자. 몇 주간만 그렇게 한 건 아니었는지,

진심으로 몇 개월 동안, 아니 1년이 넘도록 꾸준히, 쉬지 않고 공부를 하였는지. 이 말에 "그렇다"라고 자신 있게 말할 수 있는 친구는 과연 몇이나 될까?

스스로를 기준으로 삼아서는 안 된다. 대개 학교 시험은 절대평가가 아니고 상대평가이며, 매 수업시간마다 열심히 듣지 않으면 점수가 잘 나오지 않는 구조로 되어 있다. 그런데 고작 몇 주 공부하고, 혹은 기본도 잡혀 있지 않은 상태에서 겨우 몇 달 공부하고 성적이 안 나온다고 투덜댄다면 분명 그건 본인의 탓이다.

이럴 때는 스스로에게 냉정하게 물어봐야 한다. 목숨을 걸고 공부했다고 자부할 수 있는지를 말이다. 그렇다면 아직 바닥은 아닌 것이다. 내가 공부를 안 해서 점수가 안 나온 것이지 머리가 그리 나쁜 것은 아니기 때문이다. 사실 머리가 나빠도 상관없다. 아이큐가 높다고 1등을 하는 것은 아니기 때문이다. 내가 남들보다 머리가 나쁘다고 생각한다면 남들보다 두 배 세 배 하면 그만일 것이다. 그러면 승부는 나에게 유리하게 결정 난다.

하늘을 우러러 부끄러움이 없을 정도로 열심히 했는데 점수가 안 나온다면 그것은 지금과는 다른 방법으로 새롭게 시작해야 함을 의미한다. 슬프겠지만 시험 출제자인 선생님과 그대의 공부 스타일이 맞지 않는다는 것이다. 시험 출제자가 그대를 따라갈 수는 없는 노릇이니 내키지 않더라도 스스로가 출제자 스타일로 공부 방법을 바꿔야 한다.

자신만의 공부 스타일에 문제가 있음을 냉정히 인식하고 혼자만의 알을 깨고 나와야 한다. 공부를 잘하는 친구들에게 과목별로 공부 방법을 물어보라. 그리고 그들이 어떤 식으로 공부를 하는지 스토커처럼 패턴을 관찰하라. 다음으로는 각 교과 선생님들을 찾아가 공부 방법에 대해 여쭤보라. 묻고 또 묻다 보면 어느 정도 윤곽이 드러나기 마련이다.

물론 공부를 한다는 것 자체가 쉽지 않다. 솔직히 나도 선생이지만 공부가 힘들다. 하면 할수록 모르는 것이 더 많이 생기고 수없이 외우고 외워도 기억이 나지 않는 경우가 허다하다. 그래서 나는 매일 공부를 한다. 아는 작품일지라도 혹은 내가 수업시간에 수십 번 가르쳤던 작품일지라도 반드시 수업 전에 그 작품을 다시 보고 들어간다. 그래도 한 번씩은 버벅댈 때가 있고 스스로의 수업이 맘에 안 들 때도 많다.

학생 때는 선생님이라는 존재가 참 쉬워 보였다. 자신이 알고 있는 거 대충 이야기해주고 나면 될 거라고 여겼었다. 이토록 치열하게 교재 연구를 하고 수업 준비를 해야 하는지 상상도 못 했다. 내가 공부를 하지 않으면 스스로가 알고, 조금 후에는 학생들이 바로 알아차린다. 스스로에게 부끄럽지 않기 위해서, 학생들에게 부끄럽지 않기 위해서 어제 봤던 작품도 오늘 또 본다. 그래도 솔직히 모자랄 때도 많다. 개인적으로 내가 잘 알고 있으면 설명을 쉽게 할 수 있다고 생각하는 사람으로서, 학생들이 쉽게 이해할 수 있도록 하기 위해 공부를 하는 것이다. 무엇이든 내가 학생들보다 먼저 알아야 가르치지 않겠는가. 모르는데 아는 척 가르치고 있으면 조만간 다 들통 난다. 요즘 아이들이 정말 똑똑하기 때문이다. 본능적으로 실력 있는 교사와 그렇지 못한 교사를 잘 가려낸다.

교사인 나도 이렇게 공부를 하는데 학생인 그대는 얼마나 해야 할 것인가? 내 말을 알겠는가? 자신이 선생님이 되어 학생을 가르친다고 생각하고 작품을 분석해보라. 칠판에 서서 설명을 한다고 상상하면서 외워보라. 친구들 앞에서 버벅대지 않고 자신감 있게, 책을 보지 않고 설명하려면 얼마나 공부를 해야 하는지 알겠는가? 최소한 그 정도는 하고 공부했다고 자부하자.

모든 일에 한 번 더 기회는 분명히 있다. 1차 고사를 망쳤어도 2차 고사가 남아 있고, 1학기 시험이 엉망이어도 2학기가 남아 있다. 그리고 내년도 있다. 이미 쳐놓은 시험을 후회하고 원망을 해도 아무 소용이 없다. 이미 지나간 버스는 되돌아오지 않는다. 다음에 올 버스에 대비하는 것이 낫다.

실패의 존재를 믿지 않는 오프라 윈프리는 자신에 대한 확신으로 힘을 내서 한다면 스스로 선택한 일은 무엇이든 할 수 있다고 했다. 그리고 자신을 여왕처럼 생각하라고 했다. 여왕은 실패를 두려워하지 않기 때문이다. 너무나도 가난했던 흑인의 그녀, 10대에 원치 않은 임신도 했고, 사촌오빠에게 성폭행도 당했지만 그녀는 실패를 두려워하지 않고 스스로에 대한 무한한 믿음으로 오늘의 오프라 윈프리가 되었다. 그녀가 이겨내고 견뎌내서 자신의 삶을 찾은 것처럼 그대도 할 수 있다. 지금 그대가 처한 상황이 오프라 윈프리만큼 절박한 상황인가? 설사 그렇다 하더라도 괜찮다. 그녀처럼 그대도 언젠가 우뚝 설 수 있으니까.

속는 셈치고 믿어보자. 겁 없이 죽음과 그대 자신을 맞바꾸지 말고 말이다. 견디고 견뎌도 힘이 들 때 친구에게 기대라. 그럴 친구가 없다면 나에게 기대도 좋다. 나는 그대에게 어깨를 빌려줄 용의가 충분히 있다. 그러니 다시 일어날 때까지 오늘 하루만 더 견뎌보자.

변명은
이제 그만

오늘도 그대는 무엇을 해야 할지, 자신의 꿈이 무엇인지 찾지 못해서 갈팡질팡하고 있을 것이다. 늘 뭔가에 체한 듯한 답답함으로 소화불량과 만성두통에 시달리고 있을지도 모를 일이다. '남들은 알아서 잘하는데 나만 못난이처럼 왜 이러는지' 하면서 우울해 할지도 모른다. 갈수록 떨어져만 가는 내 성적과 반대로 수직 상승곡선을 그리고 있는 친구의 성적을 보면서 그대가 설 자리를 잃어버렸는지도 모를 일이다.

분명 이런 모습은 그대가 꿈꾸는 현실이 아닐 것이다. 이대로 살아서는 안 되겠다고 머릿속으로 생각은 하지만 현실은 늘 그대로인 그대여, 복잡한 생각은 잠시 멈추고 뭐든 일단 시작해보라.

175

학생들을 가르치다 보면 이제 겨우 열여덟, 열아홉 살인데 '나는 너무 늦었다'고 생각하는 경우가 태반이다. 고등학교 3학년들은 상담을 할 때마다 이런 말을 자주 한다. "선생님, 저는 1, 2학년 때 너무 공부를 너무 안 했어요. 지금 성적으로는 ○○대학을 못 가겠죠?", "저는 수학에 손을 놓았어요. 지금 하려고 해도 너무 늦은 거 같아 포기할까 해요"라고 말이다.

아직 채 스무 살도 되지 않은 녀석들이 도대체 뭐가 그리 늦었다는 말인가. 어른들은 그들보다 몇 년 더 살아본 덕에 알고 있다. 재수나 삼수를 할 때는 1~2년의 차이가 너무나도 크게 느껴지지만 막상 사회에 나와보면 그런 것은 아무것도 아니라는 것을 말이다. 10년 터울이면서도 친구로 지내는 경우도 많다. 먼 훗날 70~80대 노인이 되었을 때를 생각해보자. 일흔 살과 일흔한 살이 뭐가 그리 큰 차이가 나겠는가.

1년 혹은 2년이 늦춰진다고 인생이 끝나는 것도 아닌데 우리 아이들은 정말 조급해 하며 불안해 한다. 남들 대학 갈 때 자신은 못 갈까 봐 말이다. 이런 말을 들을 때마다 나는 안타까움에 가슴을 치면서 절대 늦지 않았다고, 왜 늦지 않았는가에 대해 수백 번이고 수천 번이고 이야기해준다.

한번은 이런 적이 있었다. 교사가 꿈인 친구와 상담을 했다. 그런데 그 친구는 성적이 생각보다 잘 나오질 않았다. 3학년이 되어서 정신을 차리고 공부를 했지만 1, 2학년 때 성적표를 보면서 늘 한숨을 쉬곤 했다. 그러더니 나에게 와서 결국 안 되겠다고, 사대는커녕 사대 근처에도 못 가겠다고, 너무 힘들다고 울음을 터뜨렸다. 그때 나는 그 친구의 손을 잡고서 다독이면서 이렇게 물었다. 정말 교사가 하고 싶냐고 말이다. 그러니 울면서 그녀는 고개를 끄덕였다. 그래서 나는 다시 말했다. 그렇게 하고 싶은 교사를 모의고사 점수 따위에 이렇게 쉽게 포기하냐고, 정말 하고 싶은 거 맞냐고 다시 물었다. 그러니 그녀는 교사가 되고 싶지만 성적이 안 되면 사대에 갈 수 없으니 포기해야 하지 않냐고 되물었다. 그때 나는 이렇게 말했다. 아무리 해도 안 되면 가끔씩은 포기해야 할 때도 있지만 아직 수능도 쳐보지 않았고 모의고사도 몇 번 더 남았는데 지금 포기하면 억울하지 않겠냐고. 그리고 사대를 못 가더라도 교사가 되는 법은 많다고 알려주었다. 대학교에 가서 교직 이수를 해도 되고, 그것도 여의치 않다면 차후에 교육대학원에 가서 교원자격증을 받아 임용시험을 칠 수도 있다고. 더불어 정말 교사가 하고 싶다면 교사가 될 수 있을 거라고, 그러니 할 수 있는 최선을 다해보지 않고 섣불리 포기하지 말라고 했다.

그리고 하나 덧붙였다. 아무리 1, 2학년 때 성적을 바꾸고 싶어도 바꿀 수 없다는 것을 안다면 과거의 성적에 목매지 말라고. 오히려 지금 공부해서 1점이라도 더 높이는 게 낫지 않겠냐고 했다. 그러니 그 친구는 눈물을 거두고 고개를 끄덕이면서 도전해보겠다고 했다. 현재 그 친구는 지금 대학교에서 교직 이수 중이다. 아마 몇 년 후에는 교사가 되어 있으리라.

모 자동차 광고에 할머니가 등장해서 이슈가 된 적이 있다. 바로 차사순 할머니다. 손자를 태우고 드라이브를 가고자 하는 자신의 꿈을 위해 운전면허증 취득에 나선 차사순 할머니는 필기시험에서 959번이나 떨어졌지만 960번의 도전 끝에 결국 해냈다. 이후 차사순 할머니는 '의지의 한국인'이란 이름으로 〈뉴욕타임스〉 등 해외언론에 소개되었을 뿐만 아니라 미국 중서부 지역신문 〈시카고 트리뷴〉은 차 할머니를 '집념과 끈기의 귀감'으로 여기면서 부모들이 자녀들에게 기억시켜야 할 분이라 소개하기도 했었다. 또한 모 자동차 회사 광고 모델을 맡으면서 '올해의 광고 모델상'을 수상했고, 승용차도 선물로 받았다. 그대에게 왜 늦지 않았다고 말하는지 그 이유를 이제 알겠는가. 일흔 살이 넘는 그녀도 꿈을 위해 도전을 하는데 젊디젊은 그대가 못 할 것이 무언가. 이 책을 읽고 있는 그대는 그녀보다는 젊을 테니까 최소 50년 인생을 번 셈 아니겠는가. 그러니 일단 시작하고 도전하라. 지금 현실에서 불만만 터뜨리고 무작정 화만 내지 말고 말이다. 그게 공부든 운동이든 자신의 꿈이라면 일단 시작하란 말이다.

대한민국뿐 아니라 전 세계를 붉게 물들였던 2002년 월드컵 시즌에 유행했던 '꿈은 이루어진다'라는 슬로건을 아는가. 그래, 꿈은 이뤄진다. 자신이 이루어질 거라 생각하면 반드시 이루어진다. 모 광고에서 배우 장동건이 '생각대로~'라는 멘트를 흥얼거리도 했었다. 그렇지만 문제는 생각만 하고 멍 때리며 가만히 앉아 있어서는 안 된다는 것이다. 행동해야 한다. 행동의 대가, 노력의 대가가 그대가 이룰 꿈이 될 것이기 때문이다. 머릿속으로 상상만 하지 말고 현실로 나타날 수 있도록 시작하자.

시작하기로 결심했는가? 그럼 꿈을 이루기 위한 가장 좋은 방법을 찾아보자. 분명 다양한 선택 앞에서 고민하게 될 것이다. 또다시 고민의 시간을 보내며 망설이게 될지 모를 그대를 위해 조언을 하겠다. 그 선택이 뭐든 일단 시작하자. 국어 공부든 영어 공부든 뭐든 시작하다 보면 또 다른 돌파구가 생기기 마련이다.

나는 사람이란 존재는 생각보다 강해서 뭔가에 부딪치면 스스로 더 강해지는 법을 자연스레 터득하게 된다고 믿는 사람이다. 그러니 중요한 것은 지금 뭔가를 해야겠다는 결심이 섰다면, 아니 의지가 생기지 않았더라도 당장 시작해야 한다. 더 시간이 지나기 전에 말이다.

시속 161킬로미터의 강속구를 던지던 대한민국 첫 번째 메이저리거 박찬호 역시 《끝이 있어야 시작도 있다》에서 "어느 길이든 자신이 가는 길이 정답일 수밖에 없다"고 했다. 지금 자신이 하고 있는 일을, 자신이 걸어가고 있는 그 길을 그저 하나씩 해가면 된다고 했다. 그는 자신을 마이너리그로 여기며 항상 메이저리그를 꿈꾼다고 했다. 더불어 인생에서 마이너리그로 살아간다는 것은 자신의 부족함을 안다는 의미로서 이는 자신에게 언제나 자극을 주고, 항상 노력하게 하는 원동력이 된다고 고백했다.

그러니 지금 그대도 마이너리그로 살고 있다는 생각이 든다면 박찬호처럼 메이저리그를 꿈꾸면서 공부하고, 어제보다 나아진 자신을 발견하길 바란다. 그리고 끝까지 최선을 다하라. 윤성식의 《사막을 건너야 서른이 온다》에 이런 구절이 나온다.

> 행동은 마음에 영향을 미친다. 그러니 일단 하자. 마음이 바뀌어야 행동이 바뀌지만, 행동을 바꿈으로써 마음이 바뀌기도 한다. 마음이 훌륭해서 훌륭한 일을 하는 것이 아니라 훌륭한 일을 하기 때문에 마음이 훌륭해질 수도 있다. 마찬가지로 적극적으로 행동하면 적극적인 성향으로 바뀐다. 도저히 공부할 마음이 나지 않는 학생이 억지로라도 공부를 하면 나중에 공부할 마음이 생겨 열심히 할 수도 있다. 때로는 공부할 마음이 생길 때까지 기다리지 말고 우선 공부해보자. 그러면 놀랍게도 마음 역시 달라진다. 행동과 마음은 언제나 서로 영향을 주고받는다는 사실을 잊지 말자.

그렇다. 무엇을 어떻게, 얼마나 할지를 고민하는 것보다 더 중요한 것은 시작하는 것, 지금 당장 행동하는 것이다. 머릿속으로 고민만 가득하고 막상 실천력은 떨어지는 그대들에게 할 수 있는 따끔한 충고다.

그대가 지금 우리 반 학생이라면 나는 이렇게 말하겠다. 공부부터 시작해보라고 말이다. 그대의 꿈이 뭐든 수능을 위한 국·영·수가 아니더라도 공부가 기본이다. 성공을 하려면 그 어떤 영역이라도 공부를 해야 한다. 그리고 반복학습이 필요함을 잊지 말라고 말해주고 싶다.

화장을 잘하기 위해서도 수천 번 자기 얼굴에다 연습을 해야 한다. 판다 같은 눈이 아니라 멋진 눈매를 연출하기 위해서라면 아이라이너로 수천 번 그려봐야 하고, 옷 잘 입는 패셔니스타가 되고 싶다면 당연히 수백 권의 잡지를 보고 최신의 유행을 찾아서 자신만의 스타일을 만들어가야 한다. 이 모든 것이 공부다. 옷 잘 입는 것, 화장을 예쁘게 잘하는 것에도 다 노력과 시간 투자가 필요하다. 연예인들이 쌩얼 메이크업을 연출하기 위해서 얼마나 공을 들이는지 잘 알지 않는가. 그렇듯 그대도 꿈을 위해서 시간과 노력을 투자해야 한다. 더 이상 갈팡질팡하지 말고 시작하라.

마지막
1도를 위해

　한번은 사법연수생 이종훈의 강연을 들은 적이 있다. 비가 오고 눈이
내려도 아침부터 집 앞 운동장에 나가던 이종훈은 야구를 너무나도 좋
아하던 소년이었다. 초등학생 때부터 야구만 하고 지내온 그가 고등학
생 시절에 두각을 드러내지 못하게 되자 고민 끝에 야구를 관두게 되었
다. 그때 그의 석차는 52명 중 51등, 전교생 755명 중에서 750등이었다
고 한다. 그동안 야구를 하다 보니 수업을 거의 듣지 못했기 때문이었
다. 수업을 도무지 알아들을 수 없어서 고등학교 2학년이었지만 중학교
1학년 영어, 수학 교과서를 사서 공부를 다시 시작했다. 그렇지만 막상
영어시험은 풀 수가 없었다고 한다. 지문은 통째로 외운 덕분에 내용은

기억하고 있었지만 질문이 영어였기 때문이었다. 그나마 다행인 것은 야구로 체력을 다져놓은 덕분에 오랜 시간 공부해도 체력 하나는 자신 있었다는 것이었다. 하루에 네 시간을 자면서 눈 뜨고 있는 동안에는 공부만 한 결과 2개월 만에 반 석차가 27등으로 올랐다. 이에 공부는 노력을 배신하지 않는다는 사실을 알고 용기를 가지게 되었다. 결국 그는 인하대 법학과에 입학하게 되고, 여러 번의 도전 끝에 사법고시에 합격했다.

의지가 약한 편이었는데 야구를 하면서 의지력과 체력을 키웠어요. 훈련 도중 장거리 러닝을 하면서 매번 한계를 넘어서야 했거든요. 심장이 터질 것처럼 힘든 순간에 더 힘차게 발을 차올려야 해요. 그러면 다음에 더 많이 뛸 수 있어요. 마지막 땀 한 방울까지 쥐어짜면서 자신과의 싸움에서 이길 수 있어요. 그토록 좋아하던 야구 덕분에 끈기와 오기를 배웠고 포기하고 싶을 때 다시 일어설 수 있었지요.

야구로 인해 남보다 일찍 실패를 겪은 경험은 그의 삶에 밑바탕이 되었다. 야구가 없었다면 지금의 그도 없었으리라. 그러니 과거의 자신을 패배자, 실패자라 여기지 말자. 실패는 성공으로 가기 위한 과정이 될 수 있기 때문이다.

학교에서 학생들을 가르치다 보면 10대이지만 교사인 나조차 본받고 싶은 아이들이 있다. 유독 기억이 나는 한 친구가 있다. 그 친구는 서울의 모 대학교에 진학하는 것이 목표였다. 하지만 자신이 갈 수 있는 대학교와 본인의 목표 대학교와의 차이가 컸다. 때문에 그 친구는 정말 열심히 노력을 했다. 잠이 오면 허벅지를 꼬집거나 볼펜으로 자신의 살을 눌러가면서 수업을 들었다. 설마 그렇게까지 할까 싶었는데, 주변 친구들이 수업시간에 단 한 번도 잠을 자지 않은 것이 신기해서 물어봤더니 볼펜으로 허벅지를 찌르며 졸음을 참는다고 말을 해줬다는 것이다.

그대에게 볼펜으로 허벅지를 찔러가며 공부를 하라는 것이 아니다. 그 정도로 그 친구는 자신의 목표를 위해 열정을 보였다는 것을 말하고 싶은 것이다. 어쨌든 담임으로서 나는 단 한 번도 그녀가 수업시간이나 야간자율학습시간에 조는 모습을 보지 못했다. 정말 독하게 공부를 하던 친구였다.

문제는 그렇게 열심히 하는데 점수가 거짓말처럼 오르지 않았던 것이다. 성적이 떨어지지도 않았지만 결코 오르지도 않았다. 그래서 담임인 나에게 와서 상담을 자주 했다. 불안한 마음에 자신이 잘하고 있는지 늘 물었다. 너무나도 성실히 하고 있는데 성적에 변화가 없어 담임인 내가 다 미안해질 지경이었다. 공부 방법에 문제가 있나 싶어 공부하는 스타일을 체크해봐도 크게 문제가 될 것은 없었다. 그래서 늘 의아해 하면서 그 친구를 안타깝게 바라만 보았다. 그저 "너는 대기만성형"이라고, "수능 때 너 같은 애가 꼭 대박 친다", "넌 분명 성공한다", "담임을 믿고 이대로 열심히만 하라"는 격려밖에 해줄 것이 없었다. 그런데 기적처럼 수능 때 딱 한 번 점수를 잘 받았다. 역시 노력은 그녀를 배신하지 않았던 것이다. 그녀는 원하던 대학교에 합격했고, 나에게 고맙다며 장문의 문자 메시지를 보내주었다. 그 순간 얼마나 뿌듯했었는지 모른다.

대개 점수라는 게 올랐다가 떨어지기도 하고, 혹은 하락곡선을 타다 열심히 하면 상승곡선을 타게 마련이다. 이 친구처럼 그토록 치열하게 노력하는데도 1년이란 시간 동안 같은 자리에만 머무는 경우는 거의 없다. 그렇지만 그 친구는 포기하지 않고 그 힘든 시간을 잘 이겨냈고, 결국 해피엔딩으로 학창 시절을 마무리했다. 물론 대학이 인생의 전부는 아니지만 그 대학은 그 친구가 초등학생 때부터 가고 싶어 했던 학교라 더욱 의미가 있었다.

첫 번째 성공을 맛본 그 친구는 그때의 열정과 의지로 살아간다면 무엇을 하든 무조건 잘될 거라 믿는다. 끝까지 하다 보면 결국 길이 열리기 마련이다.

영국의 극작가 조지 버나드 쇼처럼 "우물쭈물하다가 내 이럴 줄 알았다"라는 묘비명을 새길 텐가? 누구에게나 하루라는 빛나는 선물이 우리에게 배달된다. 그 하루를 어떻게 보내느냐에 따라 눈부신 별을 볼 수도 있고 끝없는 암흑을 맞이할 수도 있을 것이다. 나의 작은 행동이 내 마음을 충분히 흔들 수도 있기 때문이다.

혹시 '질레트 면도기'를 아는가? 면도를 해야 하는 성인 남자가 있는 집이라면 대부분 알고 있을 것이다. 질레트사의 설립자 킹 캠프 질레트는 '질레트 면도기'를 창업하기 전까지 평범한 샐러리맨이었다. 그러던 어느 날 면도를 하다가 살을 베게 된다. 보통 사람이면 그 순간 짜증을 내며 면도기를 집어 던졌을지도 모른다. 하지만 그는 '어떻게 하면 베이지 않는 면도기를 만들 수 있을까' 고민을 했다. 깊은 고민을 하던 중 우연히 이발사가 면도하는 모습에서 아이디어를 얻게 된다. 이발사가 면도를 할 때 손님이 베이지 않도록 빗을 들고 면도를 하는 것을 본 것이다. 그래서 칼날에 빗을 붙인 모양의 면도기를 출시했고, 큰 성공을 거둔다. 여전히 면도기 사업의 부동의 1위 자리를 차지하고 있는 '질레트 면도기' 회사를 창업할 당시 그는 마흔여덟 살이었다.

그대가 좋아하는 햄버거 가게 맥도날드의 창업자 레이 크록도 마찬가지다. 사실 맥도날드는 1995년 캘리포니아의 이름 없는 한 햄버거 가게였다. 그런 맥도날드를 세계적인 기업으로 키운 사람이 바로 레이 크록이다. 믹서 판매업자이던 레이 크록은 어느 날 믹서 여덟 대를 사용하는 레스토랑이 있다고 해서 찾아가 본다. 햄버거와 감자튀김, 청량음료만 판매하던 레스토랑이었는데 그는 너무나도 빠른 제조법에 놀라게 된다. 그곳이 바로 맥도날드의 원조인 딕과 맥 형제의 레스토랑이었다. 레이 크록은 이 사업이 전망이 있음을 눈치 채고 통째로 레스토랑을 사들였다. 그때 그의 나이 쉰셋이었다.

이렇듯 세상에서 너무 늦은 것은 없다. 늦었다고 생각하는 그대만이 존재할 뿐이다. 늦어서 혹은 시간이 없어서라는 말은 인생에 대한 변명과 핑계일 뿐이다. 느린 걸음으로 가도 좋다. 포기하지 않고 끝까지 갈 길을 가면 그만이다. 힘들면 앉아서 쉬어도 좋고 좀 울어도 된다. 울고 나면 속이 시원해지지 않는가. 그대가 숨쉬기조차 지친다고 느껴질 때 또 다른 공간에서 그대를 이해하는 누군가는 반드시 있기 마련이다. 그러니 마지막 1도를 높여서 그대 삶에 열정을 더하라. 그 누구도 그대의 열정을 뒤따를 수 없을 정도로 말이다.

05
상처 후엔
새살이 솔솔

얼굴과 몸통은 있지만 팔다리가 없는 닉 부이치치는 희망전도사라 불린다. 늘 싱글벙글한 그에게도 끝없이 절망했던 시절이 있었다. 외모 때문에 주변 아이들로부터 '괴물'이나 '외계인' 같다는 놀림을 받고 과거에 세 번의 자살을 시도했다. 그 시절 그는 빛이 보이지 않는 삶을 살았던 것이다. 너무나 어두워 어떻게 빠져나올지를 몰랐으리라.

나 역시 어린 시절에 시력이 매우 나빠서 큰 돋보기안경을 쓰고 다녔다. 네 살 때부터 안경을 쓰고 다녔기에 당연히 주변 아이들의 놀림 대상이었다. 그때 내 별명은 '왕눈이', '눈알'이었고, 그 때문에 얼마나 속상했는지 모른다. 꼬맹이가 알이 큰 안경을 쓰고 다니니 길을 지나가던 어른들조차도 나를 힐끔거리며 쳐다보았다. "시력이 얼마나 안 좋으면 그런 안경을 끼고 다니냐?"고 묻는 사람들도 많았다. 그 누구도 나를 보고 그냥 지나가는 이가 없었으니 말이다. 안경에 대한 스트레스도 그만큼 컸다.

당시 내 안경은 매우 고가였다. 부모님은 농담 삼아 "네 눈 밑으로 집이 두 채 정도 들어갔다"고 하신다. 네 살 때 서울대학교병원에 가서 큰 수술도 받았고, 중학생이 되기 전까지 매번 서울에 가서 진료를 받았다. 그 당시 지방에서는 나의 눈을 진료해줄 병원 찾기가 힘들었기 때문이다. 안경 없이는 단 하루도 생활을 할 수 없는 데다가 매번 서울까지 올라가서 검사를 받아야 했기 때문에 어린 나이에 체력적으로도 부담이 많았다. 부모님이 바쁠 때는 언니와 손을 잡고 단 둘이만 버스를 탄 적도 있었다. 버스정류장에서 엄마가 버스를 태워주면 서울 정류장에 이모가 마중을 나오는 식이었다. 언제나 엄마가 좌석표를 두 장씩 끊어주었음에도 나는 자리에 앉아서 가질 못 하는 경우가 많았다. 모르는 아저씨가 자신의 자리에는 커다란 짐을 두고, 내 자리를 차지한 후 나를 안고 가는 경우도 많았으나 뭐라 말을 못 했다. 불편함을 감수하고 갈 수밖에 없었다. 그때 나와 언니는 너무 어렸기 때문이다.

그러다 보니 눈에 예민할 수밖에 없었다. 놀다가도 공에 맞을까 두려웠고, 아이들이 내 눈을 보고 놀릴 때는 말할 것도 없고 장난스럽게 한 번 껴보자며 안경을 강제로 벗겨 갈 때도 스트레스를 많이 받았다. 그래서 어린 시절 놀림 받는 것이 얼마나 큰 상처인지 나 역시 조금은 알고 있다. 닉 부이치치도 어린 시절을 회상하면서 "땅을 치며 슬퍼했고 끝없이 우울했다. 늘 마음이 아팠고 항상 부정적인 생각에 짓눌렸다. 어디를 봐도 출구를 찾을 수 없었다"고 했다. 어쩌면 지금 그대가 이와 같을지도 모른다. 출구가 보이지 않아 갈 곳을 잃어버린 느낌이 들고 시간이 없다는 조급함마저 들지도 모른다. 그렇지만 닉 부이치치도 나도 마침내 행복의 출구를 찾았다. 자신을 사랑해주는 가족이 있다는 사실을 느꼈기 때문이다.

날마다 새롭게 도전하는 그가 한 강연에서 이렇게 말했다.

"다시 일어설 수 있다면 넘어져도 좋다."

이 말을 듣는 순간 나는 온몸에 전율이 일어나는 듯한 착각에 빠졌다. 그리고 실컷 울었던 기억이 있다. 정말 다시 일어설 수만 있다면 넘어져도 괜찮다. 그대도 닉 부이치치보다 더 빨리, 더 쉽게 일어날 것이다. 태어나면서부터 팔다리를 갖고 있어서 그 모든 것들이 당연하게 느껴지는 그대는 길을 걷다가 넘어진다면 손으로 바닥을 딛고, 다리에 힘을 주고 일어나면 된다.

살다 보면 어쩔 수 없이, 원하든 원치 않든 간에 상처가 생기기 마련이다. 그러나 그것을 상처로 받아들이지 말고 성공을 위한 과정으로 받아들여라. 그 아픔과 고통이 잠시 내 곁에 머물다 곧 지나갈 것이라 여겨라. 시간이 지나면 상처의 자리에 반드시 새살이 돋게 마련이다. 닉 부이치치도 아내라는, 아기라는 새살을 맞이하였듯이 그대도 곧 새살이 솔솔 돋아남을 느낄 것이다.

나 역시 지금은 안경을 쓰지 않는다. 라식이나 라섹 수술을 한 것도 아니다. 꾸준히 관리하고 검사를 받다 보니 자연스럽게 시력이 돌아왔고, 안경을 쓰고 다닌 지 16년 만에 벗을 수 있었다. 그대가 만약 눈이 나쁘지 않다면 안경을 벗고 길을 걷는다는 것이 얼마나 행복한지 상상도 못 하리라. 나는 안경을 벗어도 앞이 보인다는 사실이 놀라울 뿐이었다.

대학생이 된 후에는 안경이 너무 싫어서 한 번씩 안경을 쓰지 않고 다니다가 이모에게 들킨 적이 있었다. 방학 때 이모네 놀러갔다가 들켜버렸던 것이다. 이모는 반드시 병원에 가야 한다며 나를 억지로 끌고 갔다. 그런데 의사선생님이 검사 후 시력이 좋아져서 안경을 쓰지 않아도 된다는 말을 하는 것이 아닌가. 정말 좋아서 죽을 뻔했다고 할까. 날아갈 듯한 기분이 바로 이런 것이구나, 하는 느낌이 드는 순간이었다.

골든벨 소녀로 김수영의 말을 인용하자면 그녀는 중학교도 중퇴한 소위 '문제아'였다. 아버지의 사업 실패로 힘겨운 삶을 살다가 가출도 여러 번 했다고 한다. 아버지로부터 "난 널 포기했다"라는 말을 들을 정도였다. 그녀는 검정고시로 1년 늦게 실업계인 여수정보과학고에 입학한 후 우연히 팔레스타인과 관련된 기사를 읽고, 그때부터 기자의 꿈을 꾸게 되었다. 그녀가 대학 진학을 준비하자 사람들은 "네 분수를 알아라" 하면서 아무도 그녀의 꿈을 응원해주지 않았다고 한다. 하지만 그녀는 1999년에 당당히 골든벨을 울리고 그 장학금으로 연세대에 입학했다. 자신의 꿈을 이루기 위한 첫 도전에 성공한 것이었다. 대학 졸업 후 세계 최고의 투자은행인 골드만삭스에 입사도 했다. 하지만 그 기쁨도 잠시 예상치도 못 하게 몸에서 암 세포가 발견되었다. 충격을 받았지만 곧 그녀는 죽기 전에 해보고 싶은 것을 다 적은 후 자신의 꿈을 담은 리스트를 완성하고 꿈 찾기 프로젝트를 하기로 마음먹었다. 그리하여 수십 개국을 돌아다니면서 주변 사람들에게 꿈을 찾을 수 있도록 도와주고 그들과 꿈 나누기를 했다.

그녀도 한때는 술, 담배는 물론이거니와 오토바이를 타고 다니던 폭주족이었다. 하지만 그녀만의 상처를 이겨냈고 지금은 새살이 돋아남을 느끼고 있다. 이 모든 것은 꿈이 있어서 가능했으리라. 그녀는 아무리 불가능해 보이는 꿈이라 할지라도 세상 어딘가에는 자신의 꿈을 기쁜 마음으로 이루어줄 사람이 분명히 있을 테니 용기 내어 꿈을 말하는 것이 중요하다고 했다. 그대도 그대의 꿈을 용기 내어 말해보라. 그리고 도전하라. 프랑스의 소설가 플로베르도 "네 생애 가장 빛나는 날은 성공한 날이 아니라 비탄과 절망 속에서 생과 한번 부딪쳐 보겠다는 느낌이 솟아오른 때다"라고 했다.

어릴 적 자전거를 타다가 넘어진 경우가 있지 않은가. 나는 수십 번도 더 넘어져서 무릎에 상처가 가실 날이 없었다. 그렇지만 지금은 그때의 상처를 찾을 수도 없다. 약을 바르면 잘 낫게 마련이다. 흉터가 생겨도 괜찮다. 그것을 지울 수 없는 흉터로만 받아들이지 않으면 새살은 돋아나게 마련이다.

저학년 때 공부를 하지 않아서 성적이 나오지 않았다고 가정해보자. 고등학교 3학년이 되어서 아무리 과거 성적으로 후회하고 자책을 해봤자 나아지는 것은 없다. 그런데 많은 학생들은 과거의 바꿀 수 없는 성적을 가지고 땅을 치며 후회한다. 성적은 바꿀 수 없다. 성적 조작을 하지 않은 이상. 하지만 성적 조작을 해줄 선생님도 존재하지 않는다. 그러니 바꿀 수 없는 성적으로 인해 후회하고 자책하느라 시간을 낭비할 필요가 없다. 바꿀 수 없는 것에 대해 후회하고 지낼 것인가, 인정하고 받아들일 것인가? 선택은 그대의 몫이다.

아픈 만큼 성숙한다는 말도 있다. 상처를 경험으로 받아들이면 그대의 삶은 풍요롭게 빛날 것이다. 모든 것을 경험으로 받아들이고 그대의 멋진 삶을 살아라. 단 한 번도 상처받지 않고 산 것처럼 말이다. 스티브 잡스도 성공하거나 실패해보지 않고는 더 나아질 수가 없다고 했다. 자신의 실패로부터 배우고, 실수로부터 더 강해진다는 그의 말을 기억하라. 서른아홉에 두 번의 도산을 겪은 헨리 포드도 "실패는 새롭게 출발할 기회를, 좀 더 영리하게 출발할 기회를 준다"고 했다. 이제 그대는 그 기회를 받아들일 차례다.

그대에게 던지는
돌직구 한 마디

명문대 출신도 아니고 뛰어난 외모를 가지지도 않았지만 억대 연봉의 토익 강사인 유수연은, 세상은 열정과 가능성만 내세우는 객기를 받아주지 않는다고, 언제까지 고민만 할 거냐고 하면서 "머리만 굴리지 말고 몸으로 도전하라"고 말한 적이 있다.

우리는 살면서 늘 말한다. 곧 영어 공부도 할 거고, 운동도 열심히 해서 살을 뺄 거고, 돈도 많이 벌 거고, 부모님께도 잘해드릴 거라고 말이다. 언젠가는, 언젠가는 말이다.

'다음' 시험을 위해서 공부를 '미리' 하겠다고 다짐을 한다. 그러나 막상 시험을 치고 나면 '오늘까지만 놀고 해야지' 하면서 하루를 보내고,

그 다음 날은 친구의 고민을 들어주느라 공부를 못 하고, 그 다음 날은 시험 후 첫 주말이라서 공부를 안 한다. 그리고 다음 날은 갑자기 몸이 아파서 못 하고, 그 다음 날은 정말 하려고 했는데 피치 못할 사정으로 못 하고, 그렇게 시간은 자꾸 흘러간다. 시간이 흐를수록 미리 공부를 해야겠다는 생각은 무뎌지고, 또다시 '다음' 시험이다. 이런 상황은 반복된다.

'언젠가 하겠다'의 그 '언젠가'라는 순간은 결코 오지 않는다. '언젠가 하겠다'는 말은 '하지 않겠다'는 말의 동의어다. 무엇이든 지금 당장 시작하지 않는 이상 결코 이루어질 수 없다. 행동하지 않고 머릿속으로 꿈만 꾼다고 해서 이루어질 거라는 착각은 하지 마라. 그대가 진정으로 원하는 꿈을 이루기 위해서는 노력과 행동은 필수다. 선택사항이 아니다. 자신이 처한 현실에 불만 가득한 얼굴로 모든 것을 남 탓, 시대 탓으로 돌리며 살지 마라. 사람들이 살아가는 세상은 늘 불평등했다. 스티브 잡스도 세상이 평등할 거라고 기대하지 말라고 했다. 더 이상 금수저를 물고 태어나지 않았다고 해서 칭얼대지 마라. 그대가 노력해서 금수저를 세트로 사서 밥을 먹으면 되지 않느냐. 세상에 태어난 이상 자신의 삶에 대해서 책임지고 살아야 한다. 자신의 삶에 책임지지 않는 나약한 인간으로 살아가지는 마라. 모든 것은 본인의 선택이다. 아무것도 선택할 수 없는 상황일지라도 그 상황을 받아들이는 선택의 몫은 자신이 할 수 있다.

대개 사람들은 고민에 대한 답을 스스로 가지고 있다. 뭘 해야 할지, 더 이상 어떻게 해야 할지 막막해서 밤잠을 설치더라도 진짜 답은 그대의 가슴속에 있다. 스스로가 알고 있지만 막상 정답대로 행동하기가 두려워서 핑계거리를 찾는 것이다. 부모님이 못나서, 친구를 잘못 만나서, 운이 나빠서 등등 수백 가지의 이유를 갖다 댄다. 이유 없는 무덤은 없다고 하지만 그럴수록 그대는 찌질한 루저가 될 뿐이다.

공부가 인생의 전부는 아니라고? 인생의 전부인지 아닌지는, 인생을 걸고 미친 듯이 공부를 해보고 난 후에나 알 수 있는 것이다. 어느 모델이 말하지 않았던가. 미친 듯이 돈을 벌어 쓰고 싶은 만큼 다 써보고 나니, 돈이 인생의 전부가 아닌 것을 깨달았다고 말이다. 그렇다. 해볼 만큼 해본 사람만이 그런 말을 하는 것이다. 두려움에 시도조차 하지 않은 채, 다른 이들이 뜨거운 가슴으로 느끼고 난 후에 한 말을 너무나도 쉽게 함부로 가져다 쓰지 마라.

어른들은 공부가 인생의 전부는 아니라는 것을 안다. 그러나 공부가 인생의 큰 부분을 차지한다는 것도 안다. 스펙이 다가 아니다. 그렇지만 그대가 원하는 학교는 그 많은 스펙을 요구하지 않는가. 그렇다면 불평할 그 시간에, 진짜 스펙이 중요할까 고민할 그 시간에 공부를 하든지 스펙을 쌓든지 하는 게 훨씬 더 현명하지 않을까. 무엇을 하든 실력이 있어야 한다. 실력을 갖추려면 공부를 해야 한다. 그게 꼭 교과서 공부가 아니더라도 공부를 해야 한다.

그대의 철없는 객기를 열정이라고 주장하지 마라. 객기와 열정은 엄연히 다르다. 그러니 아무리 작은 것이라도 먼저 시도하고 성공을 맛보라. 작은 성공이 더 큰 성공을 이끌어줄 것이다. 세상이 자신을 알아주지 않는다고 투덜대지 마라. 실력을 증명하면 세상은 반드시 알아봐 준다. 곳곳에 기회는 열려 있다. 다만 그 기회를 보지 못하고 잡지 못할 뿐이다. 기회를 놓치고서는 이솝 우화의 여우처럼 높이 있는 포도가 '신 포도'일 거라 생각하면서 애써 위로받지 마라. 신 포도가 아니라 '세상에서 가장 달콤한 거봉'일지도 모른다. 그대도 달콤한 성공을 맛보라. 이제까지 인생에서 단 한 차례도 성공이라는 단어를 사용하지 못했더라도 괜찮다. 지금부터 시작하면 된다. 누구나 시작은 미비하기 마련이다. 실패와 실수로 눈물 자국이 생기는 날도 오겠지만 그래도 끝까지 한다면 성공을 맛볼 수 있다. 무슨 일이든 처음이 힘들어서 그렇지 두 번, 세 번 하다 보면 요령도 생기고 훨씬 쉬워진다.

인기 가수 아이유도 연습생 시절에 선배 가수 앞에서 노래를 불렀더니 "구려"라는 말을 들었다고 한다. 그렇지만 그런 상처를 견디고 끝까지 노래 연습을 했었기에 지금의 아이유가 우리 앞에 있는 것이다. 가수 존박도 〈슈퍼스타K 2〉에 출연할 때 당시 심사위원이었던 이승철의 독설에 자극을 받아 오디션을 더욱 잘 보게 되었다고 방송에서 고백한 적이 있다.

하루를 별 생각 없이 살다가 빚을 지게 되어 아내와 야반도주를 한 적이 있는 이종룡이 한 프로그램에 나온 적이 있다. 야반도주한 바닷가에서 '이건 아니다'라는 생각에 집에 와보니 빚쟁이들이 집의 온갖 집기를 부수고 있었다고 한다. 드라마 같은 현실이 벌어진 것이다. 그래서 그때 자신의 생어금니를 두 개나 뽑으며 굳은 결심을 한다. 지금부터 다른 삶을 살겠다고. 그날 이후 그는 하루에 아르바이트를 열 개씩 했다. 신문 배달부터 떡 배달, 도시락 배달, 학원차 운전 등 종목을 가리지 않고 했다. 비록 아르바이트지만 정식 직원이라는 마음으로, 아르바이트를 할 수 있는 자신의 현실에 감사하며 치열하게 살았다. 그런데 방송에 나간 후 어느 날 택시 기사 분이 그를 만난 후 다짜고짜 돈을 주더란다. 받지 않겠다고 하니 무조건 받으라고 했다고 한다. 3년 동안 백수생활을 했는데 그를 보고 택시 기사를 하게 되었다고 고백하면서. 그렇게 그는 누군가의 희망이 된 것이다.

이종룡처럼 그대도 자신의 삶을 정면 돌파하면서 살아라. 더 이상 그 누구의 탓도 하지 마라. 그것은 무능력한 이의 신세한탄에 지나지 않을 뿐이다. 독기를 뿜고 치열하게 살아봐라. 결심만 천만 번 하지 말고 진짜 그렇게 살아라. 그 누구에게도 부끄럽지 않도록 말이다. 그리고 나름의 노력, 그 어설픈 노력으로 남들에게 위로 받을 생각을 마라.

'국내 최초 억대 연봉자 쇼호스트'인 유난희도 아나운서 시험에서 스물두 번이나 낙방했지만 결국 TV홈쇼핑 업계 일인자로 성공한 삶을 살아가고 있다. 스스로 아름다운 독종이라고 말하는 유난희를 괴물이라 부르는 주변 사람들도 있다고 한다. 그만큼 치열하고 열심히 살기 때문이리라. 그러나 위기를 겪을 때마다 그녀만의 악바리 근성이나 독종 기질을 발휘하지 않았다면 지금의 그녀가 있었을까? 그녀는 자신과의 싸움에서 이긴 것이다. 그녀처럼 그대도 자신을 넘어 더 큰 그대가 되어보라. 단 하루를 살더라도 이보다 더 치열하게 살 수 없을 정도로 그렇게 살아보라.

생각하고 살지 않으면
사는대로 생각한다

서울에 친구를 만나러 가던 때의 일이다. 고속버스터미널에서 내려 지하철 노선표를 보면서 어리바리하게 가야 할 방향을 찾고 있었다. 갑자기 어떤 분이 말을 걸어오셨다. 자신은 부산대학교 국어국문학과 교수인데 차에서 내리고 보니 지갑이 없다고 하셨다. 지금 양평 쪽으로 세미나를 가야 하는데 휴대전화도 배터리가 다 돼서 꺼지고 현금도 없어서 너무나도 난감하다고 하셨다. 순간 내 머리를 스치는 것은 '아, 이 교수님 어쩌나' 하는 것이었다. 당시 대학원을 다니고 있어서 더욱 그런 생각이 들었는지 모르겠다.

그 교수님은 미안한 표정을 지으시면서 양평까지 가는 차비를 좀 빌

릴 수 있는지 정중하게 물으셨다. 양평에 가서 배터리를 충전하면 계좌이체를 시켜주겠다는 말도 잊지 않으셨다. 그때 현금이 3만 원밖에 없어서 '몇 만원 더 뽑아올걸' 하는 생각을 하며 "우선 이 돈이라도 쓰시라"면서 건네드렸다. 지방에서 같은 버스를 타고 온 교수님이 갑자기 지갑을 잃어버렸으니 얼마나 당황스러울 것인가, 그래도 나를 만나 천만다행이겠다, 라는 생각을 하면서. 그분은 매우 고마워하시면서 이 은혜 잊지 않겠다며 나의 연락처를 종이에 적으셨고, 본인의 휴대전화 번호도 알려주셨다. 인자한 미소를 남긴 채 그분은 그렇게 떠나가셨다.

5분 후 친구에게 전화가 걸려왔다. 잘 도착했냐는 친구의 말에 금방 있었던 이야기를 들려주니 친구는 바로 "야, 너 당한 거야"라고 하는 것이 아닌가. 그 순간 제정신이 돌아왔다. 눈 뜨고 코 베인다는 서울이었다. 정말 어이없게 사기를 당한 것이었다. 알려준 번호로 전화를 해보니 '없는 번호'라는 메아리만 들릴 뿐이었다. 전화번호를 받을 때 내가 전화를 한 후 번호를 저장하려고 하니 "배터리가 다 되어서 전화해봤자 꺼져 있다"고 자신의 꺼진 휴대전화를 보여줬다. 그러고 보니 내가 3만 원밖에 없다고 했을 때 그분은 근처에 인출기가 있으니 10만 원 인출을 부탁했었다. 그때 눈치를 챘었어야 했는데. 다행이라면 순진하게 나는 친구와의 약속시간에 늦을까 봐 현금 인출기에 가서 돈을 뽑지 않았던 것뿐이다.

부산대 국어국문학과 과사무실에 전화를 해서 ○ ○ ○ 교수라는 분이 있냐고 물어봤다. 그랬더니 그런 사람은 없다고 했다. 순간 너무나도 멍해졌다. 이런 식으로 눈 뜨고 당할 거라고는 생각도 못 했었다. 그동안 보이스피싱이니 뭐니 해서 신종 사기에 많이 당한다는 말은 들었지만 내가 당할 거라고는 꿈에도 생각지 못했다. 그런 일은 세상 물정 모르는 나이 드신 노인들이나 당하는 일이라 여겼었다.

그런데 나에게 이런 일이 벌어진 것이다. 친구를 만나 경찰서에 가서 신고를 했지만 물증이 없었다. 돈 3만 원을 그 사람에게 뺏겼다고 증명할 길도 없었다. 교수처럼 생겼다는 것 말고는 그 사람의 얼굴도 잘 기억이 나지 않았다. 게다가 뺏겼다는 것은 내 주장일 뿐 냉정히 말하자면 내 지갑에서 스스로 꺼내서 준 것이었다.

아이보리색 면바지에 하얀색 셔츠를 입고 서류 가방을 들고 있던 인자한 인상을 가진 그분, 전형적인 문과대 교수님 패션스타일이라 내가 깜박 속았던 것이다. 과사무실에 전화를 걸어 신분을 확인하지 않았던 내가 너무나도 어리석게 느껴졌다.

그리고 보니 그동안 나는 길을 걷다 "인상이 좋다"며 조상님을 운운하면서 돈을 요구하는 이들을 많이 만났었다. 2인 1조로 오는 그들의 매서운 레이더망에 늘 걸려들었다. 한번은 조상에게 제사를 지내야 하는데 돈을 기부하라고 하길래 싫다고 하니까 두 명의 남자가 나를 양 팔로 번쩍 들어 끌고 가려는 것이 아닌가. 너무나 놀라서 소리를 지르며 놓으라고 하자 주변 사람들이 힐끔거리면서 쳐다봤다. 그제야 팔을 놓아주었고, 나는 전력질주해서 도망을 갔다. 엄마는 앞을 보고 똑바로 보고 걷지 않고 주변을 두리번거리며 걷기 때문이라고 하셨다. 그날 이후 난 그 사람들과 얼떨결에 눈이 마주치면 얼른 시선을 거두고 앞을 바라보며 똑바로 걸어간다. "저기요" 하면서 나를 불러도 못 들은 척, 바쁜 일이 있는 척하면서 갈 길을 간다.

어쨌든 이런 일이 있은 이후로 스스로에 대해 많이 생각하게 되었다. '생각하면서 살지 않으면 사는 대로 생각하게 된다'는 말이 이토록 가슴 깊이 와 닿은 적도 없었다. 머릿속이 텅 비어버렸으니 그렇게 눈을 뜨고 당한 것이 아니겠는가. 돈 3만 원이 아까웠던 것은 말할 것도 없지만 스스로가 너무나도 바보 같아서 기분이 영 찜찜했다. 친구는 액땜한 것이라면서 잊어버리라 했지만 나는 잊을 수가 없었다.

그리고 결심했다. 이제는 이렇게 눈 뜨고 당하는 어처구니없는 일이 내 삶에서 일어나도록 그냥 두지 않겠다고 말이다. 살다 보면 정말 어이없는 일이 많다. 나의 이런 일화는 아무것도 아닐지도 모른다. 그렇지만 나는 그 이후부터 '생각하며 사는 인간'이 되었다. 오귀스트 로댕의 〈생각하는 사람〉의 동상도 생각하면서 사는데 인간인 내가 생각하지 않고 살아서 되겠는가.

인생을 마감할 때는 "나는 생각하는 대로 살았다"고 말할 수 있는 내가 되기 위해 오늘도 노력한다. 그래서 목표를 세운 후에는 '과연 가능할까'라는 생각 대신에 '잘될 거야'라고 여기며 잘된 이후의 상황에 대해 미리 상상한다. 일이 꼬여서 쉽게 풀리지 않더라도 무조건 긍정적으로 생각하는 편이다. 앤드류 매튜스도 말하지 않았던가. "그 무엇도 직선으로 움직이지 않는다. 어떤 목표도 좌절과 방해를 겪지 않고 이루어지는 법은 없다"고 말이다. 힘든 상황이 닥쳐오면 속으로 '아, 일이 되려고 그러는구나' 하면서 여유를 부려보기도 한다. 마릴린 먼로도 한때는 사진 모델이 되고 싶었지만 영화배우로 크게 성공했고, 박지성도 야구선수가 되고 싶었지만 세계적인 축구선수가 되었으니까 말이다.

그러니 처음에 의도한 대로 일이 풀리지 않는다고 해서 자책하거나 실망할 필요가 없다. 인생은 어디로 어떻게 튈지(?) 모른다. 예상대로 될 수도 있지만 예측하지 못한 방향으로 풀릴 수도 있다. 그대가 생각만 똑바로 하면서 살아간다면 괜찮다. 사람은 생각하고 살면 그 모습으로 살게 되고, 생각하지 않고 산다면 사는 대로 생각하게 되는 비참한 순간이 오는 것이다. 그래서 나는 생각하고 사는 인간이 되고자 하고 싶은 일이 있다면 용기를 내서 도전해보기로 했다. 머릿속으로만 맴돌고 지나쳐 버리는 수많은 생각이 망상으로만 그치지 않고 현실로 짠 하고 나타나길 기대하면서 말이다. 물론 용기를 가지기는 쉽지 않다.

'첫 번째 펭귄'을 아는가? 남극의 펭귄들은 처음에는 뭍에서 지내다가 나중에 바다로 간다. 그동안 뭍에서만 생활했기 때문에 막상 바닷속으로 뛰어들기까지는 꽤 용기가 필요하다. 바닷속에는 펭귄들이 좋아하는 크릴새우와 물고기도 많지만 바다표범과 같은 천적들이 펭귄을 노리며 곳곳에 도사리고 있기 때문이다. 그래서 다들 눈치만 보고 있을 때 첫 번째 펭귄이 멋지게 뛰어든다. 그러면 다른 펭귄들도 마치 그 순간을 기다렸다는 듯이 바닷속으로 다이빙을 한다. 이것이 바로 자연이 우리에게 주는 교훈이다. 무언가를 얻기 위해서는 불확실성에 대한 위험을 감수하고 도전하는 것이 진짜 용기 있는 자의 모습이라고.

그러니 그대도 첫 번째 펭귄이 되어 용기 있게 도전해보라. 미래에 대한 두려움은 잠시 접어두고 목표가 확실하다면 일단 풍덩 빠져들라. 또 다른 새로운 세상이 펼쳐질 것이다.

최고의 백조를
꿈꾸다

지금 그대는 무엇으로 인해 스트레스를 받고 있는가. 스트레스를 받지 않고 폼 나게 살고 싶은데 잘 안 된다고? 하루가 고통의 연속이라고? 답답해서 미치겠다고?

어릴 적에 〈미운 오리 새끼〉라는 동화를 한 번쯤은 읽어봤으리라. 형제 오리들과 생김새가 달라서 엄마 오리에게조차도 미움과 구박을 당했지만, 그 미운 오리 새끼가 실은 백조였다는 이야기 말이다. 우아하게 날갯짓을 하던 백조의 해피엔딩 줄거리를 알고 있지 않는가. 현실이 내 뜻대로 되지 않는다고 그대로 주저앉지 마라. 그대가 진정으로 미운 오리 새끼일지 모른다.

요즘 젊은이들의 우상인 피겨 선수 김연아의 《김연아의 7분 드라마》에 인상 깊은 구절이 있어 소개하고자 한다.

> 한 번만 더 해보자! 역시 안 됐다. 속이 부글부글 끓으면서 눈물이 찔끔 흘렀다. '오늘 이거 안 되면 집에 안 가!' 독하게 마음먹었다. 다시 한 번! 또 실패. 될 것도 같은데, 연습도 이렇게 많이 했는데, 왜 안 되는 거지? 어떻게 해야 성공할 수 있지? 오기가 발동했다. 언젠가는 꼭 성공해야 하는 점프였다.

그녀는 첫 포즈로 음악을 기다릴 때 가장 긴장된다고 말한다. 그 순간은 소름이 끼치도록 두렵고 세상에 혼자인 것처럼 외롭다고 했다. 그 넓은 빙판에 오직 그녀만 서 있기 때문이다. 그런데 어느 순간부터 빙판에서 팬들과 교감을 한다는 사실을 깨달았고, 그때부터 자신의 일을 즐기는 김연아가 되었다고 말한다. 그대도 지금의 미운 오리 새끼 시절이 지나고 나면 하늘을 향해 우아하게 날개를 펼칠 백조가 되는 날이 올 것이다.

멋지게 날개를 펼칠 준비가 되어 있는가? 그럴 자신이 있는가? 아니라고? 만약 그대의 온몸이 방전된 느낌이 든다면 지금부터 에너지 충전을 하고 다시 기운을 차려라. 한비야는 이런 말을 한 적이 있었다.

> 더 이상은 안 될 것 같다, 싶을 때가 있잖아요. 여기까지가 내 최선이고 한계다,

싶은 순간. 그 순간에 저는 딱 한 번 더 해봐요. 밤새도록 문을 두드렸는데 주인이 안 나와요. 딱 한 번만 더 두드리면 나올지도 모르잖아요? 그냥 돌아서는 건 너무 아까워요. 그렇게 마지막 순간에 딱 한 번 더 노력하면 더 이상 후회가 없어요. 저도 하고 싶은 일의 반의 반도 못 하고 살아요. 다만 내가 하고 싶은 일의 우선순위 1, 2번을 하고 살기 때문에 아쉬운 게 없어요. 또 내 힘의 100퍼센트를 쓰고 나면 실패해도 좌절하지 않을 수 있어요. 자신감이라는 건, 내가 전부 잘할 수 있다는 게 아니라 100퍼센트 몰두할 수 있다는 자신, 나를 믿는 힘이에요. 그럴 때 결과와 상관없이 자기가 예뻐 보이지 않겠어요?

그대도 자신을 100퍼센트 믿어보라. 그대가 스스로를 믿지 않는다면 누가 믿겠는가. 한비야처럼 100퍼센트를 자신에게 쏟아부어라. 문이 열릴 때까지 두드리고 또 두드려라. 언젠가 문은 열리게 마련이다. 먼 훗날 지금 그대의 모습을 안타까워하고 아쉬워하면서 후회하지 않도록 말이다.

적당히 살려고 하지 마라. 나중에 가서 나름대로 열심히 했다고 변명하지 마라. 자신의 이름을 걸고 대답해보라. 적당히만 해서 될 일이 있는가? 만약 그렇다면 적당한 인생을 살게 될 것이다.

적당한 대학 가서 적당히 취직하고 적당히 안정된 삶을 누리고자 하는 그대여, 자신이 욕심이 없다고 생각하는가? 내심 모든 것을 공짜로 얻고 싶은 것은 아닌가? 혹은 돈 많은 부모 밑에서 태어나 아버지 회사에 다니는 그런 아들을 부러워만 하고 있는 건 아닌가? 아니면 힘든 노력은 하기 싫고 즐길 것 다 즐기고, 누릴 것 다 누리고 싶은 마음만 꿈틀대는 것은 아닌가? 이것은 순전히 '날로 먹겠다'는 태도의 표본임을 알 것이다. '뻔뻔하다'라는 단어를 떠올려도 무방하리라. 그러면 그대는 이렇게 말할지도 모른다. "큰 욕심을 부리는 것도 아닌데 이놈의 사회 구조가 잘못되어 있어서 본인이 피해자라고", "성적으로 사람을 판단하는 이 사회와 어른들의 잘못이라고" 소리칠지도 모른다.

백수 시절 나도 그랬다. "실업자를 양산하는 이놈의 사회가 문제"라고 말이다. 그렇지만 어느 시대든 백수는 있게 마련이다. 대학교를 졸업해도 할 일이 없다며, 고학력 백수가 판을 치는 현실에 대해 비판을 해봤자 아무 소용이 없다. 현실은 실력이 부족해서 시험에 떨어졌기 때문이다. 내가 부족하고 어리석었던 것이다.

세기 이래 만만한 시절은 없었다. 오히려 지금이 가장 좋은 때다. 그대들이 가끔씩 헷갈려 하는 6·25도, 일제강점기도, 임진왜란도 아니니 말이다. 남녀가 차별을 받는다고 하지만 예전에 비해서 많이 좋아졌다. 여성에 대한 배려도 커졌고, 신분제 사회도 아니다. 그러니 얼마나 좋은 호시절이냐.

모든 것을 남 탓으로 돌린다면 아무리 좋은 시절을 만난다고 해도 인생이 바뀌지는 않을 것이다. 원래 인생이란 스스로 이끄는 자에게 유리하도록 되어 있다. 자신의 인생을 이끌며 주체적으로 살기 위해서는 그만큼의 노력이 필요하다.

《해리 포터》시리즈로 유명한 조앤 캐슬린 롤링은 한때 신발을 사 신을 돈이 없을 정도로 가난한 시절을 겪었다. 결혼을 했지만 무능력한 남편으로 인해 결국 이혼을 했다. 아이의 분유 값을 벌기 위해 그녀는 비서로 일하면서 《해리 포터와 마법사의 돌》을 완성했으나 인쇄할 돈이 없어 직접 타자를 쳐서 출판사에 보냈다. 그러나 번번이 퇴짜를 맞았다. 아무도 무명작가에게 투자하고 싶어 하지 않았기 때문이다. 그러던 중 고작 2천 달러의 계약금을 받고 블룸스베리라는 출판사와 계약을 했다. 전 세계 어린이는 물론 어른들까지 좋아하는 《해리 포터와 마법사의 돌》이 이토록 힘겨운 과정을 통해 나온 것이다.

루시 몽고메리 역시 《빨강머리 앤》을 서른 살에 썼으나 모든 출판사로부터 거절을 당했다. 3년 뒤 다시 용기를 내어 미국 보스턴의 어느 출판사로 보냈고, 결국 500파운드에 계약을 했다. 다들 이렇게 초라하게 시작했지만 의지를 가지고 도전한 결과 성공을 거머쥐었다.

권동희의 《당신은 드림워커입니까》에 스타 배우인 장혁의 인터뷰 사연이 나온다. 너무나도 가슴에 와 닿아 그대들과 함께 장혁의 말을 들어보고자 한다.

오디션에서 정말 많이 떨어졌어요. 제 성격이 상당히 긍정적인데 열두 번, 열세 번 떨어지니까 못 버티겠더라고요. 내 길이 아닌가 하는 생각도 괴로웠지만 무

엇보다 날 미치게 만들었던 건 떨어질 때마다 도대체 왜 떨어지는지를 모르겠다는 거였어요. 그때는 이런 생각을 했어요. 나름대로 정말 열심히 준비했고 이 정도면 되지 않겠나 생각했어요. 그런데 어느 날 깨달은 거죠. 아, '나름대로'와 '이 정도'를 빼야 하는 거구나! 그러면서 내가 생각하는 것과 다른 사람이 원하는 것의 차이를 메우기 시작했고, 남이 원하는 것을 공부하기 시작했죠. 나를 만들어 나간 거예요.

그렇다. 그는 오디션에서 119번이나 떨어졌고 120번째에 붙었다. 만약 그가 119번째에서 포기했더라면 우리는 장혁을 만나지 못했을 것이다. 배우 장혁처럼 무언가에 120번 도전해보지 않았다면 더 이상 스스로를 합리화하지 말자. 지금 그대가 할 수 있는 그 무엇이든 하라. "다시 살라고 해도 이토록 뜨겁게 살 수는 없다"고 남들 앞에서 당당히 말할 수 있을 정도로 살아라. 그때는 스스로가 미운 오리 새끼가 아니라 백조라는 것을 느낄 것이다.

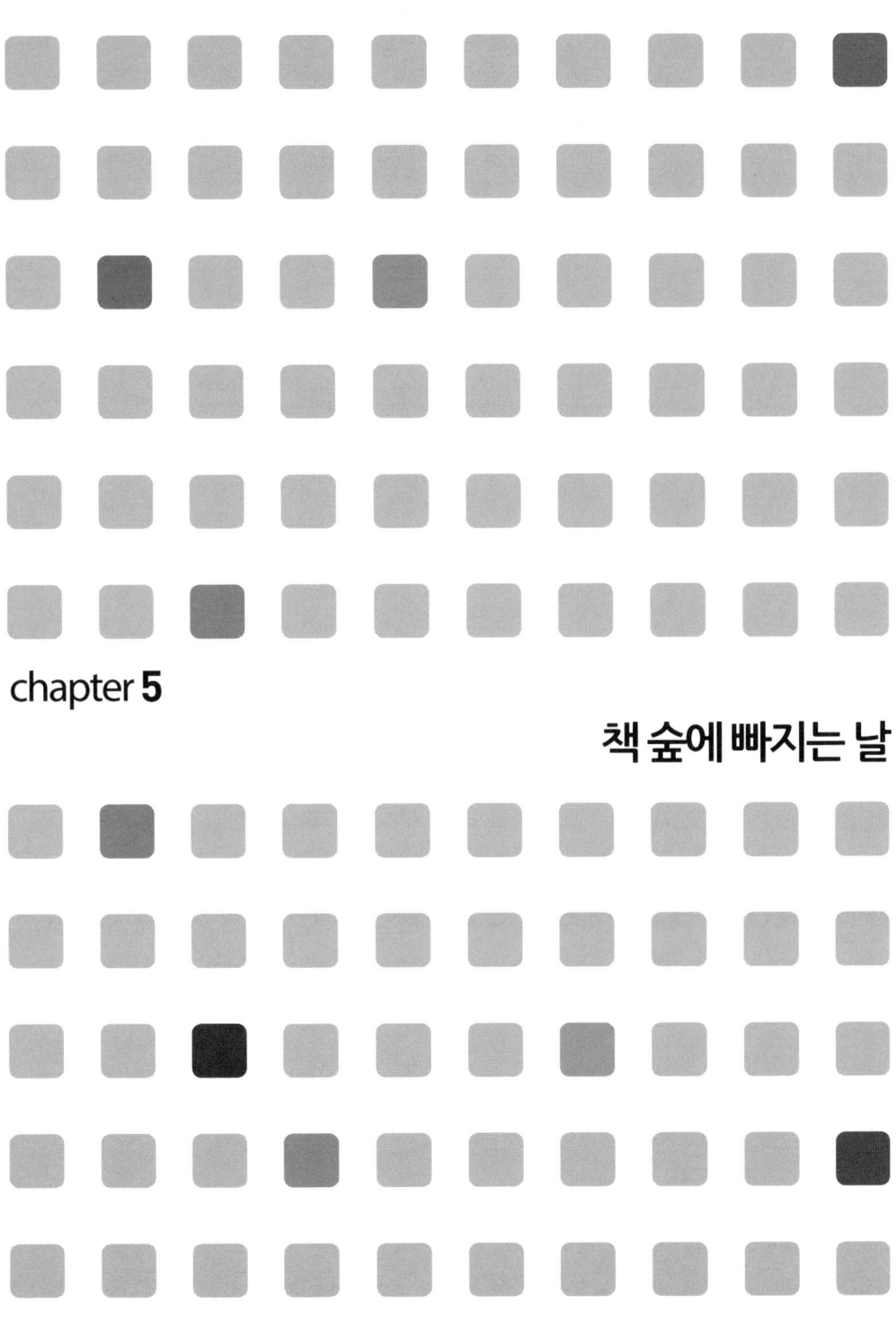

chapter **5**

책 숲에 빠지는 날

삶이 너무나도 두렵다고 느낄 때도 나는 책을 읽는다. 책을 통해서 토닥토닥 위안을 받기도 한다. 그 당시는 끝없는 오르막을 걸어야만 하는 고통의 순간이었는데 책을 읽다 보면 충분히 걸을 만한 평지였음을 알게 되는 때도 있다. 누구나 한 번씩은 폭풍의 눈 속에 자신이 서 있는 듯한 느낌을 받은 적이 있지 않는가. 그렇지만 시간이 지나면 폭풍도 사라지고 언제 그랬냐는 듯이 태양이 비추지 않던가.

나만의 든든한
스폰서를 만나다

　요즘 우리는 기계에 참 익숙해져 있다. 하루라도 휴대전화를 들여다보지 않으면 불안하다. 버스나 지하철을 타도 많은 사람들이 휴대전화로 인터넷이나 게임을 한다. 또 모르면 네이버에게 물어보라는 말이 있을 정도로 전 국민이 인터넷 검색의 달인이 되어가고 있다. 네티즌들이 올린 글들이 단 몇 시간 만에 전국적으로 이슈가 되기도 한다.

　이토록 빠르게 돌아가는 세상에서 과제도 해야 하고, 학교도 다녀야 하고, 학원까지 가야 하는 하는 그대들이 과연 책 한 권 읽을 시간이 있는지 의문이 든다. 그래도 이제는 인터넷을 끄고 책을 펼치라고 말해주고 싶다. 인터넷을 검색하는 인간에서, 책 읽고 사색하는 인간으로 변해야 한다.

그렇다면 왜 책을 읽어야 하는 걸까? 흔히들 책 속에 길이 있다고 한다. 맞다. 책 속에 길이 있기에 읽어야 한다. 그렇다면 무엇을 근거로 사람들은 책 속에 길이 있다고 하는 것일까?

그대도 가슴속에 꿈틀거리는 꿈이 있을 것이다. 그 꿈을 찾을 수 있는 방법이, 아니 꿈을 이룰 수 있는 방법이 바로 책 속에 있다. 책은 죽은 활자가 아니라 살아 숨 쉬는 생명체다. 현실에서는 가까이 다가가 보지 못할 정도로 대단한 사람들이 자신의 꿈을 이룬 이야기가, 인생 경험이, 혹은 수많은 이들이 좌절하고 힘겨운 삶은 어떻게 이겨냈는지 등이 모두 책 속에 담겨 있다. 단돈 1만 원 정도의 투자로 한 사람의 인생을 덤으로 사는 것이나 마찬가지다. 프랑스의 철학자 몽테뉴도 "독서만큼 값이 싸면서도 오랫동안 즐거움을 누릴 수 있는 것은 없다"고 했다. 물론 독서광이라 해서 꿈을 이룬 것은 아니지만, 꿈을 이룬 모든 이들은 모두 지독한 독서광이었다.

나 역시 책을 매우 좋아한다. 아무리 바빠도 책을 읽지 않고 한 주를 보내는 적은 없는 듯싶다. 가슴이 먹먹해질 때 읽는 책, 답답한 현실에서 벗어나고 싶을 때 읽는 책, 용기를 얻고 싶을 때 읽는 책, 여행을 떠나고 싶을 때 읽는 책이 따로 있다. 심지어 연애를 좀 더 잘하기 위해서도 책을 읽는다.

책을 읽을 때마다 깊은 우울의 덫에서 빠져나오는 듯한 느낌을 받는다. 삶이 힘겹고 지칠 때 책으로부터 크나큰 위로를 받는다. 책을 읽다 보면 나만 힘든 게 아니라 다른 이들도 나와 같은 상처와 아픔을 갖고 살았음을 알 수 있다. 그래서 참 위안이 되기도 한다. 그리고 책을 통해 자극도 많이 받는다. '이 사람은 이런 현실 속에서 이렇게 멋지게 이겨 냈구나', '이 사람은 이렇게 많은 나이임에도, 이런 환경에서도 이런 식으로 도전했구나' 하면서 자신감을 얻기도 한다.

또한 책을 읽으면 작가들의 열정을 한 몸에 받아 엔도르핀이 수천 개씩 생겨남을 느낀다. 그러다 보니 내가 처한 상황을 더욱 긍정적으로 받아들이게 되었다. 우리가 피곤하면 병원에 가서 링거 주사를 맞거나 비타민을 먹듯 나에게 있어 책은 에너지를 충전해주는 피로회복제다.

우리나라 사람들은 평균적으로 한 달에 한 권도 채 읽지 않는다고 한다. 게다가 열 명 중 네 명은 1년 동안 단 한 권도 읽지 않고 지낸다고 한다. 정말로 통탄할 일이다. 열 명 중 네 명은 자신의 꿈을 이룰 기회를 잃어버린 것이나 마찬가지 아닌가.

바빠서 책 읽을 시간이 없다는 그대여! 그대보다 수천 배나 더 바쁜 빌 게이츠도, 오프라 윈프리도, 워런 버핏도 한 달에 수십 권 이상을 읽는다고 한다. 한때 나 역시 너무 바빠서 책 한 권 읽을 시간이 없다고 투덜거린 적이 있었다. 그때 어느 책 속에 이런 내용이 있었다. "그대가 정녕 빌 게이츠만큼 바쁜가? 책 한 권 읽을 시간이 없는 건지 그 시간을 만들지 않는 건지 곰곰이 생각해보라"는 내용이었던 것 같다. 그 순간 이른바 멘붕(멘탈 붕괴)이 왔다. 그렇다. 내가 아무리 바빠도 빌 게이츠보다 바쁘지는 않다. 아니, 빌 게이츠에 비해서는 시간이 남아돈다고 해도 과언이 아닐 것이다. 과연 그대도 빌 게이츠보다 더 바쁘다고 할 수 있는가? 빌 하이벨스의《빌 하이벨스의 액시엄》에는 이런 구절이 있다.

훌륭한 리더들은 열심히 책을 읽는다. 욕심 사나울 만큼 책을 읽는다. 고전과 신간을 고루 읽는다. 당신이 진정한 리더라면 독서를 안 할 수 없다. 읽을 수 있는 책은 다 읽을 것이다.

그렇다. 인생에서 리더가 되고 싶은가? 그렇다면 이미 리더가 된 자를 본받아 그대 손에 책을 펼쳐라. 철학자이자 정치사상가인 홉스도 말했다. "만약 내가 남들과 같은 정도로 독서를 했더라면 남들과 같은 정도밖에 몰랐을 것이다"라고.

리더가 되려면 독서를 운명으로 받아들여라. 단순히 생활기록부의 독서활동 상황란에 적히기 위함이 아닌, 엄마가 시켜서 읽는 그런 독서 말고 진짜 책 읽기를 시도하라. 텔레비전 리모컨을 손에서 놓지 못하고, 눈만 뜨면 개그쇼를 보며 웃고 떠들고, 시간 때우기용 게임에 깊이 빠져 있다면 꿈을 이룰 생각은 애초에 하지도 마라. 책을 읽지 않고 꿈을 이루겠다는 생각은 덧셈 뺄셈을 배우지 않고 미적분을 하겠다는 말과 같다.

그대에게 강제로, 무조건적으로 책을 읽으라고 말하고 싶지는 않다. 그것은 책에서 멀어지는 가장 빠른 방법이니까 말이다. 다만 꿈꿀 수 있는 그대가 그 꿈과 한 발 더 가까워지길 원한다면 나는 그대에게 책을 권하고 싶다.

책에는 우리 삶에 도움이 될 만한 교훈들이 많다. 평상시는 느끼지 못했던 것들을 책을 통해서 느끼게 되는 경우들도 많다. 책 속의 한 구절을 읽고 인생의 전환점을 찾는 기쁨을 맞이할 수도 있다. 그대도 한 번씩 가슴속에 필이 꽂히는 구절이 있지 않는가. 그래서 그 구절을 수첩에 적어두면서 기운을 내기도 하고 스스로를 토닥거리고 살아가지 않는가. 책 속에는 다양한 이야기들과 경험들이 담겨 있다. 우리가 세상의 모든 것을 다 경험하고 느낄 수는 없다. 그래서 책을 통해 다른 이의 다양한 삶을 경험하고 이해하는 것이다.

미친 듯이, 닥치는 대로 읽어보라. 어느 순간 그대의 인생이 달라져 있음을 확연히 느낄 것이다. 물론 우선은 그대가 읽고 싶은 책, 관심 가는 책부터 시작하라. 그것이 만화책이라도 괜찮다. 개인적으로 판타지 소설보다는 순수한 만화가 훨씬 낫다고 생각한다.

그대의 처지나 상황에 맞는 책을 읽는다면 더할 나위 없이 감동으로 다가올 것이다. 영국의 문학가인 새뮤얼 존슨도 "일거리처럼 읽은 책은 대개 몸에 새겨지지 않기 때문에 읽고 싶은 책을 읽어야 한다"고 했다. 눈이 가는, 마음이 가는 책부터 손에 들고 읽어보라. 미국의 사상가

소로의 말대로 유익하고 좋은 책부터 읽어도 좋을 일이다. 그의 말처럼 나중에 그 책을 읽을 시간이 없을지도 모르기 때문이다.

그대와 같은 힘든 삶을 겪은 이들도, 그대가 느끼는 말 못 할 불안감과 두려움을 먼저 느낀 이들도 책 속에 있다. 인류 역사를 통틀어 그대가 하는 고민을 누군가는 먼저 했었던 적이 있다는 말이다. 그들이 누구였는지 궁금하지 않은가? 지금 이 고민이 나에게만 일어난 일이라 여겨지겠지만 앞 세대들도 똑같은 고민을 하고 살았다. 고맙게도 그분들은 자신과 같은 고민을 할 그대들을 위해 책을 썼다. 땅 속의 그분들을 만나지 못할지라도 책을 통해서는 그분들과 고민을 함께 이야기하고 나눌 수 있다. 그러니 지금 그대의 고민을 해결하고 싶다면 책을 읽으면 된다. 그리고 책 속에서 그대의 진짜 친구를 만나고 스승을 찾아보라.

그래서 사람들은 자신이 어떤 길로 가야 할지, 어떻게 살아야 할지 막막할 때 책을 집어 든다. 자신과 같은 고민을 하고 방황한 이들의 이야기를 접하면서 다시 용기를 내고, 스스로 갈 길을 찾는 것이다. 나만의 멘토가 없다고 불평만 하지 말고 책 속에서 그대의 멘토를 찾으라. 머릿속이 복잡해서 죽을 맛인가? 일본의 소설가 도쿠토미 로카는 "두뇌 세탁에 독서보다 좋은 것은 없다"고 했다. 삶이 답답해서 머릿속을 비워버리고 싶다면 책을 읽어라. 책은 그대의 꿈에 날개를 달아주는 든든한 스폰서가 될 것이다. 임마누엘도 말하지 않았는가. "그대의 돈을 책을 사는 데 쓰면 황금과 지성을 얻을 것"이라고 말이다. 교과서에서 자주 등장하는 두보는 "남자는 모름지기 다섯 수레의 책을 읽어야 한다"고 했으며, 대한민국 사람이라면 누구나 아는 안중근도 "단 하루라도 책을 읽지 않으면 입에 가시가 돋는다"고 했다. 안중근의 말대로라면 그대의 입속에 이미 가시가 돋아 있는 건 아닌지 되돌아볼 일이다.

그대가 게임머니를 충전하는 동안 누군가는 자신의 꿈을 현실로 바꾸기 위해서 열심히 책을 뒤적이고 있을 것이다. 1년에 두어 권의 책을 읽었다는 사실에 만족하며 그대의 삶에 안주를 하는 동안 누군가는 10년 후·20년 후를 대비하며, 다른 이의 삶을 바꿀 정도의 강력한 열정을 가진 리더를 꿈꾸며 손에서 책을 놓지 않고 있을 것이다.

어떠한 선택을 하든지 그것은 순전히 그대의 몫이다. 당장 눈앞의 점수에 연연해 하지 말고 한 권의 책을 읽어 감동 어린 눈물을 흘려보자.

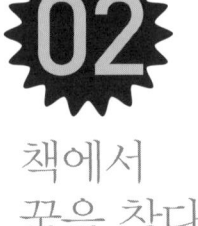

책에서
꿈을 찾다

《지도 밖으로 행군하라》에서 한비야는 "세상이 만들어놓은 한계와 틀 안에서만 살 수가 없었다"고 한다. 그녀의 말대로 새장 속의 삶, 경계 선이 분명한 지도 안에서만 살고 싶지 않았기 때문이리라. 긴급 구호라 는 일은 항상 위험에 노출되어 있지만 길들여지지 않는 자유를 얻기 위 한 대가이자 수업료라고 했다.

그대도 그대의 꿈을 위해서 수업료를 지불할 용의가 충분히 있는가? 냉혹하게 들릴지 모르겠지만 세상에 공짜는 없다. 그대가 먼저 나눠주 지 않는다면 다른 이도 그대의 손을 잡지 않을지도 모른다. 그렇기에 그 대의 꿈을 이루기 위해서는 먼저 노력을 해야 한다. 물론 현실적인 상황

때문에 자신을 꿈을 포기할 필요는 없다. 꿈을 이루기 위한 열정이 강하면 현실을 바꿔버릴 수도 있다. 열정적인 이들은 현실에 타협하고 자신의 꿈을 단지 꿈으로 생각하고 살아가는 일 따위는 하지 않는다.

한비야도 말했다. "가슴을 뛰게 하고, 피를 끓게 만드는 진짜 자신의 꿈을 움켜쥐라"고 말이다. 인생이란 산맥을 따라 걷는 것이라 했다. 산의 정상에 도착하는 데 수십 년이 걸리는 산도 있고, 1년이면 오를 수 있는 아담한 산도 있다. 정상에 올랐다고 끝이 아니고, 산은 또 다른 산으로 이어진다고 했다. 그렇게 모인 정상들과 그 사이를 잇는 능선이 바로 인생길이라는 것이다.

참으로 가슴을 울리는 말이지 않는가. 그대도 인생을 마감할 때 내가 걸어온 산들을 되돌아보며 흐뭇한 미소를 지을 수 있다면 성공한 인생이라 말할 수 있지 않을까?

2005년에 4년간 2억 원을 지급하는 '삼성 이건희 해외 장학생'으로 선발되었고, 미국의 명문 프린스턴대학교에 수시 특차로 합격하면서 그토록 염원하던 아이비리그 유학의 꿈을 이루어낸, 한국과학영재고 출신인 김현근도 학창 시절 홍정욱의 《7막 7장》을 보고 자신의 꿈을 키웠다고 한다. 한 권의 책이 인생을 흔들어놓을 정도의 중요한 역할을 한 것이다.

나 역시 마찬가지다. 서점에 잘 가는 나는 《10년차 직장인, 사표 대신 책을 써라》는 김태광의 책을 우연히 보게 되었다. 그동안 책을 읽어만

온 나로서는 책을 쓰겠다는 생각 자체를 하지 못했었다. 가끔씩 지인들이 "책 한번 써보지"라고 해도 우스갯소리라고만 여겼었다. 내가 무슨 책을 쓰냐고, 어림 반 푼 어치도 없다고 생각했다. 한 번씩 글을 끄적거려 보기는 했어도 작가는 아무나 되는 것이 아니라 생각했기 때문이다. 작가가 되겠다는 생각은 꿈에도 하지 않았었다. 그런데 그 책을 읽는 순간 책을 쓰고 싶은 욕구가 꿈틀거렸다.

가끔씩 사람의 인생이 어떻게 풀려나갈지 모르겠다는 생각이 든다. 나 역시 나의 인생이 이렇게 바뀌게 될 줄은 꿈에도 생각하지 못했다. 그동안 책이란 유명한 작가만 쓰는 것이라 여겼었다. 섬마을의 일개 교사가 책을 쓰다니, 정말 꿈에서도 생각을 못 했다. 그렇지만 '하고 싶은 것은 하고 살자'라는 나의 인생 모토를 실천하기 위해서 책을 썼다. 오~ 마이 갓! 내가 책을 쓰다니! 지금도 믿기지 않지만 사실이다. 정말 신기하지 않은가.

책을 통해 '나도 도전을 해봐야지' 하는 생각을 갖게 되자 가슴속 꿈틀거리는 열정을 주체할 수가 없어 도전을 하게 되었고, 이미 공저로 《여자의 물건》이라는 책도 썼다. '그 책이 아니었다면 나같이 평범한 섬마을 선생이 이렇게 글을 쓸 수 있었을까' 하는 생각이 아직도 든다.

또한 나는 여행 책을 읽으며 다음에 가야 할 여행지를 정하기도 한다. 여행 책을 읽다 보면 가보고 싶은 곳이 많이 생기기 때문이다. 《On the Road》라는 여행 책을 읽고서 태국의 카오산 로드에 가서 일주일을 지낸 적도 있었다. 책에서 소개한 것처럼 여행자의 거리는 나를 설레게 하기에 충분한 곳이었다. 또한 카네기의 《카네기 인간관계론》을 읽고 그동안 내 주변의 인간관계에 대해 심각하게 고민하고 반성하기도 했었다. 그동안 무엇이 문제였는지, 내가 어떤 식으로 사람을 대하고 지내야 하는지 알 수 있었다.

삶이 너무나도 두렵다고 느낄 때도 나는 책을 읽는다. 책을 통해서 토닥토닥 위안을 받기도 한다. 그 당시는 끝없는 오르막을 걸어야만 하는 고통의 순간이었는데 책을 읽다 보면 충분히 걸을 만한 평지였음을 알게 되는 때도 있다. 누구나 한 번씩은 폭풍의 눈 속에 자신이 서 있는 듯한 느낌을 받은 적이 있지 않는가. 그렇지만 시간이 지나면 폭풍도 사라지고 언제 그랬냐는 듯이 태양이 비추지 않던가.

공지영의 《네가 어떤 삶을 살든 나는 너를 응원할 것이다》는 작가인 엄마가 고등학교 3학년 딸에게 보내는 격려와 위로하는 편지들로 이루어져 있다. 마음에 드는 구절이 있어 소개하고자 한다.

오늘만이 네 것이다. 어제에 관해 너는 모든 것을 알았다 해도 하나도 고칠 수도 되돌릴 수도 없으니 그것은 이미 너의 것은 아니고, 내일 또한 너는 그것에 대해 아는 것이 아무것도 없단다. 그러니 오늘 지금 이 순간만이 네가 사는 삶의 전부니 온몸으로 그것을 살아라. 그냥 살아지는 것이 아니라 네가 살아내는 오늘이 되기를, 당연한 것을 한 번 더 당연하지 않게 생각해보기를, 아무것도 두려워 말고 네 날개를 맘껏 펼치기를. 약속해, 네가 어떤 인생을 살든 엄마는 너를 응원할 거야.

글을 읽고 있으면 이 순간을 온몸으로 살아야겠다는 생각이 들지 않는가. 작가로서 한 아이의 엄마로서 얼마나 가슴 따뜻한 응원인가. 어떤 인생을 살든 곁에서 그대의 인생을 응원해줄 수 있는 이가 있다면 성공한 것이다. 나도 나중에 이런 엄마가 될 거라고 다짐하고 또 다짐했었던 기억이 있다.

영어를 잘하는 개그맨으로 유명한 김영철은《일단 시작해》에서 이런 말을 했다.

젊은 나이에 하는 대부분의 걱정은 사실 걱정이 아니라 고민에 가깝다. 가족, 경제력, 연애와 사랑 등 여러 가치 사이에서 갈팡질팡하는 일, 또 더러는 어느 길로 가야 할지 몰라 머리가 아파지는 일, 젊은 시절에 이러한 혼란과 맞닥뜨리는 것은 어쩌면 소중하고 다행스러운 일인지도 모른다. 자연스러운 일이라고 말해도 좋겠다. 지나치게 낙담해서 포기하고 그 자리에 멈춰버리는 것이 아니라 내 고민이 가는 대로 마음과 몸을 움직일 수 있다면 꼭 나쁜 경험만은 아니다. 자신을 너무 멀리 가도록 방치하지 않는 선에서 말이다. 그것은 돈 없고 눈치 없는 젊은 나이에 누릴 수 있는 특권이기도 하다.

피터 드러커는《프로페셔널의 조건》에서 "자신이 어떤 사람으로 기억되기를 바라는지 질문해야 하고, 늙어가면서 그 대답을 바꾸어야만 한다"고 말했다. 그리고 성숙해가면서 세상의 변화에 맞추어 바뀌어야만 하고, 꼭 기억될 만한 가치가 있는지 생각해야 하며, 사는 동안 다른 사람의 삶에 변화를 일으킬 수 있어야 한다고 했다.

그렇다. 그대는 과연 어떤 사람으로 기억되고 싶은가? 어떤 식으로 다른 사람의 삶을 변화시키고 싶은가? 이 질문에 답을 할 수 있다면 그대는 충분히 그대의 꿈을 이룰 것이다. 아니, 어쩌면 이루어졌을지도 모른다. 이 질문에 대답을 해보라. 그리고 그대의 꿈에 날개를 달아줄 책을 읽어라.

운명의 페이지를
넘겨라

친한 친구와 실컷 수다를 떨고 있다가 갑자기 그가 "너 요즘 책 안 읽냐?"라며 물었다. 나는 "요즘 바빠서 책 읽을 시간이 없다"며 너스레를 떨면서도 "생뚱맞게 그건 왜 묻냐?"고 하니 그 친구는 "넌 책을 안 읽으면 생각이 부정적으로 바뀌는 거 몰라?"라고 하는 것이었다. 순간 멍해졌다. '뭐라고? 내가 책을 읽지 않으면 부정적으로 바뀐다고? 그럼, 내가 책을 읽을 때는 긍정적인가? 하면서 머릿속이 복잡해져 왔다.

나를 가까이에서 알고 지냈던 친구이니 그의 말이 정답이리라. 친구의 말로는 평소에 초긍정을 외치던 내가, 어느 순간 누군가를 비난하고 세상을 부정적으로 볼 때는 책을 한동안 읽지 않던 적이 많았다고 한다.

친구는 책을 쌓아두고 읽으면서 책 읽는 것을 낙樂으로 알며 살아갈 때 나는 희망에 대해, 긍정에 대해, 자신감에 대해 이야기를 하면서 주변 사람들에게 책을 추천해주며 밝게 지냈다고 말해줬다. 그 후로도 그 친구는 내가 힘들어 할 때마다 농담조로 "요즘 바쁘냐? 책 안 읽었구나, 책한 권 사주마"라고 말하곤 했었다.

친구의 그 말을 들은 이후부터 나는 스스로를 관찰하기 시작했다. 바쁘다는 핑계로 책을 읽지 않고 지낼 무렵에는 늘 어둠 속에서 세상을 비난하고 있는 나를 발견했다. "어쩐지, 안 될 것 같더라", "나만 억울하지 뭐", "어차피 그럴 줄 알았어"라는 말을 입에 달고 살았던 것 같다. 그런데 책을 읽으면 스스로가 조금씩 변해가는 것을 느꼈다. 습자지처럼 책속의 내용을 소화하면서 삶을 바꾸고자 노력하는 나를 발견하기 시작한 것이다. 내 안에는 천사와 악마가 공존하며 살아가기에 천사를 키울지, 악마를 키울지 늘 선택의 기로에 서게 된다. 내가 관심을 가지고 함께하는 쪽으로 천사든 악마든, 내 인생도 그렇게 펼쳐지리라. 나는 천사와 함께하고자 생존적으로 책을 읽었다. 힘이 들어도 읽고, 마음이 아파도 읽고, 날이 맑아도 읽고, 비가 와도 읽었다. 어느 순간 책을 읽고 있는 내가 참 예뻐 보이기도 했다. 아무리 힘들어도 내가 나를 향한 끈을 놓지 않고 있다는 생각이 들었기 때문이다.

중학교 2학년 때 나는 국어 선생님을 짝사랑했었다. 어린 나이였지만 누군가를 처음으로 사랑(?)했으니 풋풋한 첫사랑이라 불러도 좋으리라.

선생님을 사랑(?)하는 나의 모습을 보면서 제일 좋아한 사람은 당연 엄마였다. 너무나도 사랑했던 국어 선생님이 하시는 말씀을 단 한마디도 놓치지 않으려고 정말 열심히 수업을 들었기 때문이었다. 특히나 우리 반 국어시간은 체육시간 다음이라 꽤 많은 아이들이 졸았다. 그렇지만 나는 결코, 단 한 번의 흐트러짐도 없이 수업에 임했다. 그 당시 우리 반에 전교 1등 하는 친구가 있었는데, 반 친구들은 국어수업 듣는 아이는 나와 그 1등 하는 친구 둘만 있는 것 같다며 놀리기도 했었다. 그런데 나는 내심 '전교 1등 하는 친구보다는 내가 더 열심히 듣지' 하는 생각을 했었다.

사실 그 당시 국어 선생님은 연세가 꽤 있으신 분이었다. 아마 나와 40여 년은 차이가 났으리라. 내가 그분을 좋아하게 된 계기는 수업을 하시는 눈앞의 선생님이 아니라 그 선생님의 젊은 시절 사진 때문이었다. 축제 때 선생님들의 젊은 시절 사진을 게시하는 코너가 있었는데 그때 보고 너무나도 잘생기신 모습에, 한눈에 반해버린 것이었다. 지금 생각해도 참 우습다. 사진을 보고 좋아하다니 말이다. 하여튼 그때는 열렬히 좋아했었다. 연세가 있으신 그분이 수업을 하셔도 내 눈에는 아주 젊은 선생님이 수업을 하시는 것처럼 느껴져 무조건 국어수업을 열심히 들었다. 혹시나 선생님이 질문을 하실까 봐 집에 가자마자 국어책을 보면서 공부를 했다. 학창 시절 그렇게 공부를 열심히 한 적이 없었을 정도였다. 사랑의 힘은 위대해서 그해에는 상장도 꽤 받았다. 물론 그 이후로는 흔적조차 찾아보기 힘들었지만 말이다.

그토록 열렬히 좋아하는 국어 선생님이다 보니 그 선생님이 수업시간에 언급해주시는 책을 읽지 않을 수 없었다. 그전까지는 부모님께서 용돈을 주시면서까지 책을 좀 읽으라고 하셔도 그렇게 말을 듣지 않았던 나였는데 말이다. 그때 태어나서 처음으로 부모님께 책을 사달라고 요청하기도 했었다.

《삼국지》도 중학교 2학년 때 처음으로 읽었다. 이유는 단 하나, 그 선생님께서 "여러분은 삼국지를 읽어보았냐?"고 물어보셨기 때문이다. 국어 선생님은 소설이나 시와 관련해서 많이 알려주셨다. 그래서 그때부터 나는 책에 빠져들기 시작했다. 처음에 엄마는 책을 읽고 있는 내 모습에 의아해 하시며 "왜 그러냐? 학교에서 무슨 일 있었냐?"고 계속 걱정을 하시기도 하셨다. 그저 책 읽는 사람이 멋져 보인다는 그 선생님의 말씀 한마디 때문에 순식간에 내가 달라진 것이다.

중학교 3학년 때부터 우리 반 수업을 들어오지 않으셔서 공부에 대해 의욕을 상실한 채로 1년을 보내다가 졸업을 하긴 했지만, 그래도 그 선생님이 수업시간에 추천해주신 책을 읽어야 한다는 생각에 책을 손에서 놓지 않았다. 우리 반 수업을 들어오시지 않는다는 말을 듣고 나만큼 애통해 했던 사람도 역시 엄마였다.

그때부터 내 인생은 책과 함께 시작되었다. 서점 주인을 어렴풋이 꿈꾸기 시작한 것도 그 즈음이었다. 그런 학창 시절이 흐르고 나는 여전히 책을 사랑하는 어른이 되었다. 책 속의 한 구절을 보고 하루 종일 가슴 설레기도 하고 책을 통해 상처를 치유하기도 한다. 시인 신달자도 인터뷰에서 이런 말을 한 적이 있다.

미국에 철강왕 앤드루 카네기라는 사람이 있죠. 그 사람의 묘비명에 '남의 마음을 잘 알아주는 이, 여기 잠들다'라고 쓰여 있어요. 남편이 아플 때 병원에 꽂혀 있는 책 중에 앤드루 카네기의 자서전이 있었어요. 우연히 그 책을 서서 뒤적여 보고 있었는데, 거기에 "내가 일생 가장 많이 한 말은 딱 한 마디, 당신 오늘 너무 힘들었지요?" 이런 말이 있었어요. 그런데 나는 그때 인생에 막 화가 나 있고, 모든 게 원망스러워 포기하고 싶고, 세상 사람이 다 밉고 그럴 때에요. '왜 나만 이래야 돼' 그런 게 온몸에 가시처럼 돋아 있을 때인데, "당신 너무 힘들었지요?" 이런 말은 절대로 할 수 없는 상황이었어요. 남편한테조차. 그런데 그 책을 보고 병실에 다시 와서 가만히 생각을 해보니까, '내가 우연히 읽게 된 이 말은 신이건, 아니면 다른 누군가가 내게 이 말을 해주고 있는 것인지 모른다'라는 생각이 들더라고요. 너무 절박할 때인데 "당신 너무 힘들었지요?" 그 사람은 그 말을 일생에서 제일 많이 했다는 거예요. 그리고 생각해보니까, '이 말은 내가 지금 제일 듣고 싶은 말이 아닌가', 그리고 '내가 지금 이 말을 가장 듣고 싶어 하고, 그러면서도 나는 이 말을 너무 안 하고 살았구나' 이런 생각이 문득 들었어요. 몸에 가시가 뚝뚝 떨어지는 기분이 들었어요.

232

내 안의 깊은 상처들도 책을 읽으면서 조금씩 아물어갔다. 나와 같은 처지의 사람들이 많다는 것도 다 책을 통해서 알았다. 그래서 나는 책을 읽고 나면 스스로가 따뜻한 사람으로 잘 바뀐다. 책을 읽으면 '평범한 나'에서 '영혼이 있는 나'로 바뀌는 것이다.

주변 사람들과 비교를 하지 말고 살아야지 하면서도 무심코 다른 이들의 모습을 보면서 초라해지던 내가, 책을 읽고 나면 근거 없는(?) 자신감도 막 솟는다. '괜찮다. 할 수 있다'는 마음부터 생기면서 가끔씩은 세상의 이치에 통달한 도인의 어설픈 흉내를 내기도 한다. 그러면서 지금의 나를 바로 바라보게 되고 인정하고 싶지 않던 나의 모습을 인정할 줄 알게 되었다.

그렇게 내면의 부정을 조금씩 몰아내면서 꿈을 꾸기 시작했다. 과연 내가 무엇을 잘할 수 있을까, 나는 어떻게 살아가야 할까, 나도 할 수 있겠지, 너무 늦은 시기란 없다는 거 믿어도 되지, 라며 스스로에게 투자하기로 했다. 나의 젊음을 믿기로 했고 그렇게 하루하루를 살아가기로 마음먹었다. 세상은 그것을 받아들이는 마음가짐에 따라 달라진다는 것도 알게 되었다. 그래서 나는 책을 읽는다. 그대에게도 책을 권하고 싶다.

하늘 아래 새로운 것은 없다고 하지 않는가. 찾아보면 누군가는 그대와 같은 마음을 가진 이가 있기 마련이다. 그런 이들이 어디에 있냐고? 바로 책 속에 있다. 그러니 그대도 지금 당장 그대의 운명을 바꾸어줄

책을 읽어라. 그 운명의 페이지를 넘겨라. 평생, 나만의 지기를 만나게
될 것이다.

그대가
진정한 챔피언

길을 걷다가 누군가가 나를 알아보고 환호성을 지르거나 사인을 해 달라고 요청을 한다면? 가끔은 파파라치에 의해 내 일상이 노출되기도 하겠지만 그것도 사람들의 관심의 하나라고 쿨하게 여기는 당신, 상상만 해도 짜릿하지 않은가?

대중의 관심과 사랑으로 살아가는 연예인이 되고자 하는 이들이 많다는 것만으로도 사람들은 늘 타인들의 시선에 부담을 가지면서도 다른 한편으로는 그 시선을 즐기고자 하는 이중심리가 깔려 있는 듯싶다. 누군가가 나에게 호감을 갖고 다가와 준다면 싫다고 거절할 사람이 과연 몇이나 있을까? 인간이기에 자신에게 호감과 관심을 보인다면 일단은 나 역시 상대방에게 긍정적인 관심을 보일 것이 당연하다. 이것이 바로 인간이 타인 속에서 존재하는 이유라고 하면 너무 확대해석한 것일까?

사실 김태희나 송혜교처럼 눈이 부실 정도의 미모가 아니라면, 소녀시대의 티파니처럼 천만 불짜리 미소를 가지고 있는 이가 아니라면 타인에게 자신의 존재를 증명해 보이기가 쉽지 않다. 그렇지만 방법이 없는 것은 아니다. 누군가에게 자신을 알아주지 않는다고 서운해 하지 말고 스스로가 자신의 존재를 증명해 보이면 된다.

연예인들 중에는 자기관리가 정말 철저한 이들이 많다. 아마도 개그우먼 조혜련이나 국민 MC 유재석 등이 자연스레 떠오르리라. 순전히 개인적인 생각이지만 대형 기획사 소속의 스타급 연예인도 관리가 철저할 듯싶다. 그들도 사람인데 그토록 철저하게 관리를 할 수 있는 비결이 뭘까? 소속사에서는 한 명의 스타급 연예인을 위해 수십 명이 관리를 해준다고 한다. 소속사 사장, 매니저, 코디 등 많을 것이다. 그런 위치라면 자신이 조금만 노력해도 관리가 충분히 될 것 같지 않은가.

그런데 나는 지금 스타급 연예인도 아니고 길을 가도 아무도 알아주지 않는 평범한 사람일 뿐이다. 그래도 스스로를 관리하는 멋진 인간으로 살아가고 싶다면 어떻게 할 것인가? 방법은 하나, 대형 기획사처럼 스스로가 스스로를 관리하는 것이다. 스케줄대로 움직이는 그들처럼 그대들도 스케줄을 만들고 관리하면 되는 것이다.

혹독한 스케줄을 견디는 연예인의 심리는 과연 뭘까? 연예인들에게 '링거 투혼'이라는 말은 이제는 상투적으로 들릴 뿐이다. 연예인은 대중의 인기와 관심으로 살아가는 직업이기에 인기가 있을 때 그것을 충분히 누리고 자신을 홍보하기 위해 혹독하게 자신을 관리하는 것이다. 인기가 언제 떨어질지 모르는 그 불투명한 미래를 대비하기 위함이라고 여겨도 좋다.

그러니 그대도 본인만의 절박함이 있어야 철저한 자기관리를 할 수 있다. 그리고 절박함의 이유가 지속되기 위해서는 독서를 해야 한다. 책은 삶을 보다 치열하게 살아가는 의지를 다지기에 충분히 매력적인 물건이다.

사람의 마음은 갈대와 같아서 작은 바람에도 잘 흔들린다. 어떤 일에 본인이 A라고 생각했어도 다른 이들이 B라고 소리 높여 말하면 B를 따르기도 한다. 또다시 C라는 이유를 제시하는 누군가가 있다면 C라 여기기도 하는 것이 사람의 심리다. 타인의 말이나 생각에 영향을 받지 않고 살아가기는 참 힘들기 때문이다.

나 역시 귀가 얇은 편이다. 누가 여행을 가고 싶다고 하면 그 순간부터 나도 여행을 가고 싶고, 누가 영어 공부를 해야지 하면 그동안 영어 공부를 하지 않았던 스스로를 반성하기도 한다. 또한 누가 살이 쪄서 고민이라고 하면 나도 당장 살을 빼야겠다는 위기의식이 들어 하루 이틀 운동을 시도해보기도 한다.

이렇게 사람들은 주변 환경에 매우 민감한 존재다. 맹자의 어머니가 왜 맹자를 위해서 세 번이나 이사를 감행했던가. 맹모삼천지교孟母三遷之 教라는 말도 그때 생긴 것이다. 맹자는 일찍 아버지를 여의고 처음에는 묘지 근처에 살았었다. 그랬더니 맹자는 소리 내어 울거나 묘를 만들어 장사를 지내는 흉내를 냈다. 그래서 맹자의 어머니는 '아이가 살 곳이 아니구나' 하면서 시장 쪽으로 이사를 갔었다. 그러니 이번에는 맹자가 장사하는 사람들을 흉내 내면서 놀았다고 한다. 그래서 맹자 어머니는 서당이 있는 곳으로 또 한 번 이사를 감행했다. 그때 자연스레 맹자는 글 읽기를 시작한 것이다. 물론 맹자 어머니의 자식에 대한 열정도 대단하지만 내가 말하고 싶은 것은 바로 환경의 중요성이다.

그대는 키위새라고 아는가? 겁이 많아서 낮에는 쓰러진 나무나 땅굴에 숨어 있다가 밤에 먹이를 찾으러 나오는 키위새는 새이면서도 날지 못한다. 이유는 뉴질랜드라는 환경적 요인 때문이다. 뉴질랜드에는 키위새의 천적이 존재하지 않았고 먹이도 풍부해서 날아다닐 필요가 없었기에 날개의 기능이 퇴화되어 버린 것이다.

이토록 환경은 중요하다. 주변에 책을 읽는 이들로 가득하다면 자연스레 책을 접할 기회를 갖게 될 것이다. 누구나 어린 시절 부모님이 만들어준 환경에서 모든 것을 시작하듯이 말이다. 그렇지만 좋은 환경을 가지고 태어나지 못했다면 다른 이들 속에서 자신만의 미친 존재감을 드러내기 위해서는 책을 읽는 것이 가장 좋다. 그대가 책을 통해 긍정적인 에너지를 지속적으로 받을 수 있기 때문이다. 나는 바빠도 꼭 하는 것이 있다. 그것은 바로 책 읽기다. 주변 이들의 말에 쉽게 흔들리고 상처받는 나를 잘 알기에 책을 읽으면서 스스로를 다독이기도 하고 삶을 되돌아보기도 한다.

지금보다 나은 인생을 살고 싶다면, 지금보다 좀 더 멋진 이가 되고 싶다면 책을 읽어라. 미친 듯이 돈을 벌고 싶다고? 그러면 돈을 벌 수 있는 곳으로 가야 한다. 그런 곳이 어디냐고? 그대 말고도 그런 고민을 충분히 한 이들이 많다. 우선 그들을 만나서 조언을 듣는 것이 좋지 않겠는가?

공부로 승부를 보고 싶다고? 다른 사람들이 어떤 식으로 공부를 했는지 궁금하다고? 우선 공부를 잘해서 그대들이 원하는 대학에 먼저 간 선배들을 만나라. 그래서 어떤 식으로 공부를 했는지 직접 들어보면 훨씬 도움이 되리라. 그런 사람을 어떻게 만나냐고? 바로 그들은 책 속에 있다.

만약 그대가 돈을 벌고 싶다면 시중에 나와 있는 재테크 책, 수십 권 정도는 기본으로 읽어야 한다. 연애를 잘하고 싶다면 연애와 관련된 책을 모조리 다 읽어보라. 물론 책과 실전은 다르겠지만 충분히 예상할 수 있는 일도 나타나지 않을까 싶다.

그러니 그대가 하고 싶은 것이 있다면 그것과 관련된 책을 읽어라. 자신감이 없거나 스스로가 초라하다고 느껴진다면 자존감을 찾는 법을, 당당하게 세상을 살아가는 수많은 이들의 이야기를 접하라. 그것만이 살길이다. 책 속에는 정말 다양한 길이 있다. 그 많은 길을 혼자서 다 가보지 않아도 미리 가보았던 사람들의 조언들을 생생하게 들을 수 있는 것이 바로 책이다.

생각하라. 어떻게 살고 싶은지, 어떤 모습으로 살고 싶은지 말이다. 그리고 적어보라. 수십 개가 되든지 수백 개가 되든지 상관없다. 내 인생과 관련된 일이므로 충분한 시간을 들여서 적어보라. 그중 핵심 키워드를 골라서 그와 관련된 책들을 인터넷에서 찾아보라. 수십 권씩 쏟아져 나올 것이다. 좀 더 생생함을 느끼고 싶다면 대형 서점에 가도 좋다. 가서 읽고 싶은 책을 골라서 읽어보라.

그렇게 책을 통해서 자신의 존재 이유를 스스로에게 먼저 증명하라. 과연 내가 어떤 사람인지, 어떤 삶을 살길 원하는지 말이다. 존재의 이유를 알았다면 그때는 굳이 나를 인정해달라고 하지 않아도 주변에서 먼저 인정해줄 것이다. 그때가 바로 진정한 챔피언이 된 순간일 것이다.

사람들이 나에게 책을 추천해달라고 할 때 나는 기분이 참 좋다. 북마스터가 된 듯한 기분이라고나 할까? 한 권의 책을 읽고 나와 감정을 공유할 수 있는 이가 생겼을 때 그 사람과 더욱 더 가까워진 느낌이라고 할까? 그런 기분 좋은 설렘을 느낀다. 그래서 나는 사람들에게 책을 추천해주는 것이 참 좋다.

책과
수다 떨기

개그우먼 조혜련은 연예계의 독서왕으로 불린다. 1남 7녀 중 다섯째로 태어나 대학 진학을 반대했던 부모님 때문에 더 악착같이 입시를 준비했던 그녀는 '울 엄마', '골룸' 등으로 스타가 되어 성공을 했다.

〈광주일보〉 '리더스 아카데미'에서 강연한 내용에 따르면 그녀의 인생은 서른일곱 살 때 일본 여행으로 인해 바뀌게 된다. 그때부터 무작정 일본 관련 책을 사서 일본어를 공부하면서 신인 때의 절박한 마음으로 일본 진출을 준비한 것이다. 결국 일본 프로그램에 출연을 하게 되고 한국과 일본을 오가면서 혹독한 일정을 소화해낸다. 하지만 엄마가 곁에 없어서 늘 울먹이는 딸과 일본에서의 저평가로 인해 힘든 시간을 보내게 된다. 주변에서는 관두라고도 했다. 그렇게 자아가 상실되어 있을 때 그녀를 잡아준 것이 바로 책이었다.

그녀는 론다 번의 《시크릿》과 이지성의 《꿈꾸는 다락방》에 충격을 받았고, 그 후로도 오직 살기 위해서 두 달 동안 무려 70권을 읽었다. 특히 나폴레온 힐의 《놓치고 싶지 않은 나의 꿈 나의 인생》을 읽고 인생의 해답을 얻었다고 한다. 스스로가 미래를 결정하기 위해 미래일기를 쓰면서 《조혜련의 미래일기》를 내놓기도 한다. 데이비드 호킨스 박사가 쓴 《의식혁명》을 50번가량 읽었다는 그녀는 이렇게 말했다.

당신의 인생은 몇 년 뒤에 끝나는 것이 아닙니다. 당신이 죽는 날 끝납니다. 당신은 그때까지는 계속 달려야 합니다. 행복하게요. 여러분은 행복합니까? 행복은 뭘까요? 행복해지기 위해서는 철학서적을 읽어야 합니다. 괴테와 플라톤, 공자, 노자는 평생을 밥만 먹고 인생을 어떻게 살아야 하는가를 전문적으로 고민한 사람들입니다. 그들의 답은 같습니다. 책은 우리의 에너지를 높여줍니다. 클래식도 함께 들으면 좋습니다. 또 걷기 운동을 하면서 사색하십시오. 괴테가 되어보는 것이죠. 사색하면서 나무에 감탄하고, 꽃에 감탄하면 됩니다.

그녀는 사랑할 때 큰 에너지가 넘친다면서 스스로를 진심으로 사랑하라고 말했다. 한 명의 인조인간을 만들기 위해 6조 원이 든다고 한다. 그렇지만 사람의 감성을 만들 수 없다. 그렇게 그대들은 6조 원 이상의 가치가 있는 사람이라 했다. 평소 책을 읽으면서 자신을 사랑하며 사는 그대가 얼마나 가치로운 사람인지 그녀가 말해준 것이다.

떡볶이 체인점 전국 90개 점 보유, 연매출 500억 원, 연 300퍼센트 이상 성장 중인 사업체를 갖고 있는 청년 CEO 김상현은 원래 책을 읽지 않았지만 군대에서 우연히 책을 한 권 읽게 된다. 바로 공지영의《고등어》였다. 책을 읽고 눈물을 흘리고 있는 스스로를 신기해 하면서 또다시 책을 읽게 된다. 바로 로버트 기요사키, 샤론 레흐트의《부자 아빠 가난한 아빠》였다. 그리고 "돈을 벌고 싶다면 돈을 공부하라"는 말이 뇌리에 박혀서 그때부터 공부를 시작했다고 한다.《소심하고 겁 많고 까탈스러운 여자 혼자 떠나는 걷기 여행》의 김남희는 "책은 가장 편하고 가장 저렴한 비용으로 생각의 성을 벗어날 수 있게 이끌어주는 문"이라 했는데, 김상현이 바로 그러했으리라.

몽테뉴는 "내가 슬픈 생각에 사로잡혔을 때 책보다 더 훌륭한 친구는 없다. 책을 읽으면 감정이 승화되어 마음속의 구름이 빨리 걷히게 된다"고 했다. 그렇다. 우울하고 기분이 착 가라앉아 있을 때 유쾌한 책을 읽다 보면 어느새 삶의 희망을 찾게 된다. 자신감은 더불어 따라오는 듯 싶다. 서상훈은《독서로 시작했다》에서 이런 말을 했다. 의미 있는 구절이라 함께 나누고 싶어 적어본다.

일주일에 한 권씩 열 권 정도의 책을 읽으면 변화가 시작됩니다. '아, 이 분야에

는 이런 내용들이 다뤄지고 중요한 부분은 어디구나.' 이런 생각과 함께 전문 분야에 대한 '감感'이 잡힙니다. 30권 정도의 책을 읽으면 변화가 커집니다. '이 책의 저자는 이런 특성을 갖고 있고 이 부분을 강조하고 있구나. 저 책의 저자는 다른 견해를 갖고 있구나. 나는 이런 점에서 이 책 저자의 생각이 옳다고 생각하고, 저 책 저자의 생각에는 반대한다.' 이런 생각과 함께 전문 분야에 대한 '비평批評'을 할 수 있게 됩니다. 50권 정도의 책을 읽으면 나름의 지식과 정보, 노하우가 쌓이게 됩니다. 강의를 하고, 책을 낼 수 있는 수준이 되는 겁니다.

숭실대학교 총장인 한헌수 역시 "책 읽기와 토론은 미래 사회의 인재를 육성하는 데 가장 본질적이고 효과적인 방법"이라 했다. 더불어 책 속의 지식을 모두 기억할 수는 없지만 책을 읽으며 느꼈던 감성들은 몸 한 부분에 그대로 남아 있다고 했다.

이토록 많은 사람들이 책을 통해 자신의 삶의 가치를 발견하고 인생의 의미를 찾아간다. 그대도 자신의 삶을 뜨겁게 사랑하고 온몸으로 느껴보고 싶다면 책을 읽어라. 책을 읽고 사는 사람과 읽지 않고 사는 사람은 삶이 질적으로 다르다. 그러니 그대도 이제부터 책과 수다를 떨어라.

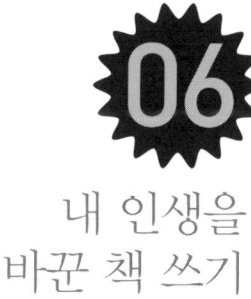

내 인생을
바꾼 책 쓰기

우리 아버지는 30여 년 동안 일을 하시다 정년퇴직을 하셨다. 퇴직하고 6개월은 참 행복해 하셨던 것 같다. 엄마와 여행도 다니고 해서 별 걱정이 없으실 줄 알았다. 출근도 안 하시고 여유롭게 놀러 다니시는 모습이 부럽기도 했다. 그러던 어느 날 아버지와 술을 한잔 하게 되었다. 퇴직 후 어떠냐는 나의 질문에 아버지는 막상 퇴직을 하고 나니 오히려 마음이 가볍다면서 퇴직하기 3개월 전부터는 아무것도 손에 잡히지 않으셨다고 한다. 당신 스스로 더 이상 쓸모없는 인간이 되어버린 것이 아닌가 하는 생각에 정말 힘이 들었다고 차분히 말씀해주셨다. 그러면서 당신은 퇴직 이후의 삶을 준비해두지 않아 두려움이 많았다면서 딸인 나에게 퇴직 이후의 삶에 대해서 깊이 있게 생각해두어야 한다고 조언해주셨다.

그런데 퇴직을 한 직후 헬스클럽에 다니기 시작하셨던 아버지께서는 한 두어 달 다니시더니 더 이상 나가지 않겠다고 선언을 하시는 게 아닌가. 왜 그러시냐고 하니, 아침에 나가니 다들 당신을 백수로, 할 일 없는 인간으로 바라보는 것 같아 기분이 좋지 않다고 말씀하셨다. 퇴직을 한 지 얼마 되지 않아서, 그때까지만 해도 퇴직 후 달라진 당신의 삶에 적응을 하지 못하셔서 그러하셨으리라. 이렇게 아버지의 작은 등을 바라보게 되면서 당장 닥친 문제가 아니지만 나 역시 퇴직 이후의 삶을 준비해야겠다는 생각을 하게 되었다. 그렇게 나의 머릿속은 복잡해져만 갔다.

그렇게 인생 2막을 준비하고자 무엇이든 도전해보기 위해 책 쓰기를 시작하게 된 것이다. 책 쓰기는 단순히 은퇴준비가 아니라 지금의 내가 살아 있음을 느끼게 해주고 새로운 꿈을 꾸게 해준다. 내 글을 읽고 사람들이 어떤 반응을 보일까, 아이들이 공감을 할까를 생각하면 미치도록 궁금해서 잠이 오지 않는다.

책에서는 열정적으로 살라고 그대에게 조언해두고 스스로는 대충 살면 안 된다는 생각에 책을 쓰면서 내가 더욱 더 성숙해진 느낌이 많이 든다. 그대들에게 전하고 싶은 이야기가 있어서 쓰게 되었지만 결국은 이 책을 통해 내가 힐링을 받았다.

나는 책과 사람을 통해서 지금까지 살아온 인생과 180도 다른 삶을 살아갈 수 있다고 생각한다. 나 역시 누군가를 만나서 사랑하고 이별하고, 그리고 그 상처를 보듬어가는 과정을 통해 많은 것을 깨닫고 이해하게 되었다. 사람으로 인해 내 인생이 행복해지고 풍요로워졌기 때문이다.

그리고 나머지 하나, 바로 책이다. 내가 책을 읽지 않았더라면 이렇게 삶이 바뀌었을까, 하는 생각이 든다. 그렇다. 책이라는 것이 이런 존재다. 한 사람의 인생을 송두리째 흔들어놓기도, 바꿔놓기도 한다. 아무리 하찮은 책이라도 그 책을 쓰는 사람은 책 한 권을 쓰기 위해 수많은 자료를 수집한다는 사실을 알았다. 나 역시 그랬으니까 말이다. 사실 글을 잘 쓰는 사람이 필feel을 받으면 뚝딱 써지는 것이 책이라 생각했다. 그래서 더욱 특별한 사람만이 책을 쓸 수 있다고 여겼었고 나는 시도조차 하지 않았던 것이다. 그런데 아니었다. 지금은 누구나 쓸 수 있는 것이 책이라는 생각이 든다. 남들이 알지 못하는 진짜 자신만의 이야기는 누구에게나 있으니까 말이다. 한 권의 책에서 단 한 줄의 글귀라도 마음에 드는 것을 발견했다면 성공한 것이다. 나보다 수백 년 전에 태어난 사람도 만날 수 있고 지금 살아 있는 이도 만날 수 있다. 얼마나 좋은 기회인가.

요즘은 은근히 10~20대들도 책을 쓴다. 자신의 여행기를 엮어내기도 하고 자신만의 공부 비법을 책을 통해 알려주기도 한다. 그 젊은 나이에 책을 쓴다면 평생에 걸쳐 얼마나 많은 책을 쓸 것인가. 책을 쓰려면 자신도 많이 읽어야만 한다. 한 권을 쓰기 위해 수십 권을 읽는 것은 기본이다. 그렇다면 책 한 권을 쓴 이는 독서량이 얼마나 풍부해질 것인가.

자신의 꿈과 살아온 이야기를 책으로 써낸다면 이것보다 더 좋은 자기소개서가 어디 있겠는가 싶다. 아마도 대학에서 서로 자기네 학교로 오라고 반길지도 모를 일이다. 그대들이 아는 피겨의 여왕 김연아도 책을 썼고, 공부의 신神인 강성태도 책을 썼다. 어리다고 못 할 것은 없다. 그러니 그대도 나처럼 용기를 내서 책을 한번 써보는 것이 어떠한가. 책을 쓰겠다고 마음을 먹는 것이 부담이 돼서 그렇지 마음만 먹게 된다면 못 할 것도 없다.

일단 책을 쓰겠다고 마음을 먹어라. 주변 사람에게는 말을 하지 않아도 좋다. 괜히 다른 사람들이 "네가 무슨 책을 쓰냐, 장난하냐?", "그 시간에 공부나 한 자 더 해라"면서 퉁을 주면 책을 쓰겠다는 열정이 식을지도 모른다. 그러니 차라리 혼자 조용히 책을 쓰겠다고 다이어리에 다짐을 써놓아라. 성적이 바닥이었지만 6개월 만에 1등이 되고 서울대에 합격한 《박철범의 하루 공부법》의 박철범도 책을 써서 유명해지지 않았는가.

그 다음에는 어떤 종류의 책을 쓸 것인지 진지하게 고민을 해야 한다. 10대라면 공부하는 방법 등을 쓰는 것도 좋은 일일 듯싶다. 스스로가 직접 겪은 일이고 살아 있는 스토리가 될 수 있으니 또래 친구들이 충분히 공감해줄 것이다.

어떤 종류의 책을 쓸지 충분히 고민을 했다면 집필기간을 정하라. 책을 쓰겠다고 마음먹는 순간 그대도 작가이니까 말이다. 기간은 가능한 한 6개월 이내가 좋을 듯싶다. 집필기간이 너무 길면 책이 한 권 나오기도 전에 자신의 결심과 다짐이 흔들릴 수도 있다.

그리고 일단은 뭐든 써라. 쓰고 난 후 다시 고치고 또 고치면 된다. 천재 작가가 아닌 이상 누구나 수십 차례 퇴고의 과정을 거친다. 아니, 천재 작가도 수십 번의 퇴고 과정을 거쳤기에 책 쓰기에 천재가 되었을는지 모른다.

마지막으로 꾸준히, 성실하게, 끈기를 갖고 쓰라고 말해주고 싶다. 《아리랑》,《태백산맥》으로 유명한 조정래도 책을 쓸 때 엉덩이에 종기가 나는 일은 예사라고 하지 않았던가. 그 정도의 끈기와 인내로 써라. 책을 한 권 쓰고 난 후의 성취감을 느껴보지 못한 사람은 모른다. 꼭 그 책이 유명해지지 않더라도 자신의 인생의 기록이고 자신의 삶이기 때문에 그 가치는 실로 어마어마하다.

책을 한 권 쓰게 되면 다른 사람들도 다들 그대들을 우러러볼(?) 것이다. 책을 한 권 썼다는 것 자체가 실로 대단한 일이기 때문이다. 진짜 대단해서 대단하다는 것이 아니라 책을 써보면 알겠지만 스스로 마음을 다잡고 목표를 향해 나아가는 자신을 발견할 수 있기 때문이다. 책 한 권을 썼다는 것은 스스로가 정신적으로 성숙해졌음은 물론이거니와 다른 이를 바라보는 이해의 폭도 넓어졌다는 뜻이리라. 더불어 자신의 인생을 되돌아볼 수 있는 기회가 되기도 한다.

또한 자신감이 생기는 것은 물론이고 긍정의 기운에 둘러싸여 있는 스스로를 발견하게 될 것이다. 운 좋아서 그 책이 대박을 친다면 더할 나위 없이 행복할 것이다. 그때 가서는 집안의 가보로 물려줘도 좋을 일이다.

우리가 어떤 사람에 대해 깊이 있게 아는 경우는 그 사람과 만나서 진짜 친해지거나 책이나 강연 등을 통해서 그를 아는 것이다. 현실적으로 세상의 모든 이들을 만날 수는 없다. 그러니 책이나 강연 등을 통해 그들의 영향을 받는 것이다.

나도 개인적으로 강연이나 특강을 매우 좋아한다. 그렇지만 그것은 시공간적으로 제약이 크다. 지방에서는 유명한 강의나 특강이 자주 열리지는 않는 편이라 대개는 인터넷으로 보거나 서울까지 강연을 들으러 간다. 그러나 책은 언제 어디서든 읽을 수 있다. 시간과 공간에 제약이 전혀 없다. 읽고 싶은 날에 읽고 싶은 만큼 읽을 수 있는 것이 바로 책이다. 그러니 그대도 책을 읽어라. 그리고 한 가지 더, 그대만의 책을 써라. 그러면 대학에서 요구하는 자기소개서쯤은 식은 죽 먹기가 되지 않을까. 뜨겁게 사랑하며 살아온 그대의 이야기를 나에게도 들려주길 바란다. 언제든 기다리고 있겠다.

10대, 지금은 내일을 준비할 시간

초판 1쇄 발행 ┃ 2014년 03월 10일
초판 2쇄 발행 ┃ 2014년 08월 20일

지은이 ┃ 노명화
펴낸이 ┃ 김왕기
펴낸곳 ┃ 푸른영토

주 간 ┃ 맹한승   편집장 ┃ 최옥정
편집부 ┃ 원선화, 김한솔   마케팅 ┃ 임성구

주소 ┃ 경기도 고양시 일산동구 장항동 865 코오롱레이크폴리스1차 A동 908호
전화 ┃ (대표)031-925-2327, 070-7477-0386~9 · 팩스 ┃ 031-925-2328
등록번호 ┃ 제2005-24호 등록년월일 ┃ 2005. 4. 15

제작 ┃ (주)T플래닝
제본 ┃ 동신제본

전자우편 ┃ designkwk@me.com
ⓒ노명화, 2014

ISBN 978-89-97348-28-2   03810